DAS BABY DER JUNGFRAU

EINE BAD BOY MILLIARDÄR LIEBESROMAN -
SÖHNE DER SÜNDE ZWEI

JESSICA FOX

INHALT

Melde Dich an, um kostenlose Bücher zu erhalten   vii

	Klappentext	1
1.	Kapitel Eins	3
2.	Kapitel Zwei	11
3.	Kapitel Drei	19
4.	Kapitel Vier	27
5.	Kapitel Fünf	35
6.	Kapitel Sechs	42
7.	Kapitel Sieben	51
8.	Kapitel Acht	58
9.	Kapitel Neun	65
10.	Kapitel Zehn	72
11.	Kapitel Elf	80
12.	Kapitel Zwölf	88
13.	Kapitel Dreizehn	96
14.	Kapitel Vierzehn	104
15.	Kapitel Fünfzehn	111
16.	Kapitel Sechzehn	119
17.	Kapitel Siebzehn	126
18.	Kapitel Achtzehn	134
19.	Kapitel Neunzehn	142
20.	Kapitel Zwanzig	149
21.	Kapitel Einundzwanzig	157
22.	Kapitel Zweiundzwanzig	165
23.	Kapitel Dreiundzwanzig	172
24.	Kapitel Vierundzwanzig	180
25.	Kapitel Fünfundzwanzig	188
26.	Kapitel Sechsundzwanzig	195
27.	Kapitel Siebenundzwanzig	203
28.	Kapitel Achtundzwanzig	209
29.	Kapitel Neunundzwanzig	217
30.	Kapitel Dreißig	224

Veröffentlicht in Deutschland:

Von: Jessica Fox

© Copyright 2020 – Jessica Fox

ISBN: 978-1-64808-155-2

ALLE RECHTE VORBEHALTEN. Kein Teil dieser Publikation darf ohne der ausdrücklichen schriftlichen, datierten und unterzeichneten Genehmigung des Autors in irgendeiner Form, elektronisch oder mechanisch, einschließlich Fotokopien, Aufzeichnungen oder durch Informationsspeicherungen oder Wiederherstellungssysteme reproduziert oder übertragen werden. storage or retrieval system without express written, dated and signed permission from the author

❀ Erstellt mit Vellum

MELDE DICH AN, UM KOSTENLOSE BÜCHER ZU ERHALTEN

Möchtest Du gern Eifersucht und andere Liebesromane kostenlos lesen?

Tragen Sie sich für den Jessica Fox Newsletter ein und erhalten Sie ein KOSTENLOSES Buch exklusiv für Abonnenten indem Du diesen Link in deinem Browser eingibst:

https://www.steamyromance.info/kostenlose-b%C3%BCcher-und-h%C3%B6rb%C3%BCcher/

Eifersucht: Ein Milliardär Bad Boy Liebesroman

Neue Liebe entsteht, aber auch eine Eifersucht, die sie zu zerstören droht.

Ich habe meine winzige Heimatstadt und ihre Einschränkungen hinter mir gelassen. Dann erschien ein bekanntes Gesicht in der Bar, in der ich arbeite, und brachte mich wieder dorthin zurück, wo ich angefangen hatte …

https://www.steamyromance.info/kostenlose-b%C3%BCcher-und-h%C3%B6rb%C3%BCcher/

Du erhältst ebenso KOSTENLOSE Romanzen-Hörbücher, wenn Du Dich anmeldest

KLAPPENTEXT

Der Tod wurde zum Katalysator für das Leben ...
Mein dreißigster Geburtstag sollte nicht so enden.
Ein Anruf ließ mich an die Seite meines Großvaters eilen.
Die einzige Familie, die ich noch hatte, würde mich bald allein zurücklassen.
Seine einzige Forderung?
Ich musste einen Erben zeugen oder er würde mich aus seinem Testament streichen.
Aus allen potenziellen Leihmüttern stach sie hervor.
Brillant. Bezaubernd. Unschuldig.
Sie erkannte von Anfang an, dass ich ein Bad Boy war.
Sie würde mein Baby bekommen, aber ich würde niemals ihr Herz besitzen.
Oder doch?

Nie hätte ich mir träumen lassen, einmal das Baby eines Fremden zu bekommen ...

Als vielbeschäftigte Studentin hatte ich keine Zeit für das andere Geschlecht.
Der Mittelpunkt meiner Welt war meine zukünftige Karriere.
Bis er kam.
Stimulierend. Männlich. Obsessiv.
Ich sollte sein Baby bekommen, mehr nicht.
Aber dann wollte er viel mehr, als ich ihm geben konnte.
Die geringste Berührung von ihm ließ mich dahinschmelzen.
Wenn ich es zuließ, würde er mich besitzen – mit Leib und Seele.
Ich würde ihm seinen Erben schenken, aber niemals mein Herz.

KAPITEL EINS

Ransom

Ibiza, Spanien – 9. Mai

Sanfte Wellen rollten auf den unberührten weißen Sand und das Wasser reflektierte den klaren blauen Himmel. Das Paradies war, wofür wir hergekommen waren, und meine Freunde und ich wurden nicht enttäuscht. Dass überall, wo man hinsah, halbnackte Frauen waren, machte unseren Urlaub – unseren ewigen Urlaub – noch besser.

Dumphy hob seine Hand und wartete auf eine High-Five von mir.

„Das musst du mir lassen, Ransom. Habe ich den perfekten Ort für den nächsten Monat ausgewählt oder nicht?"

Ich war niemand, der einen Freund hängen ließ, also gab ich ihm die Anerkennung, die er verdiente.

„Das hast du wirklich getan, Dumphy." Charles Mason Dumphy war einer der reichsten Bastarde der Welt. Er hatte mich eines Tages angerufen und mir gesagt, dass er gehört habe, auf Ibiza in Spanien gebe es eine Menge Action, und dass wir auch dorthin gehen müssten.

Ich kontaktierte zwei weitere Freunde, Vick und Alejandro, und machte uns wieder zum berüchtigten Fearsome Foursome. Unsere kleine Gruppe gab gern Geld aus, hatte so viel Spaß wie nur möglich und verführte alle Frauen, die uns über den Weg liefen. Wir machten viermal im Jahr einen Monat lang Urlaub. Und wir wechselten uns dabei ab, die Reiseziele auszusuchen.

Der Sommer hatte gerade erst begonnen und ich war mir sicher, dass er großartig werden würde. Am Strand zu liegen und die Schönheiten zu beobachten, die an uns vorbeigingen, war besser als jeder Film.

Vick stützte sich auf die Ellbogen und hob sein Glas Hierbas Ibicencas, ein typisches Getränk auf Ibiza. Er hielt es hoch und machte einen Trinkspruch: „Auf Ransoms dreißigsten Geburtstag. Möge das nächste Jahrzehnt so gut zu dir sein wie das letzte."

Ich setzte mich auf und ergriff mein Getränk, eine wohlschmeckende Frígola, hielt jedoch inne, um den Anderen die Möglichkeit zu geben, ihre Drinks ebenfalls zu ergreifen, bevor wir zusammen mit einer Auswahl alkoholischer Glückseligkeit anstießen und wie aus einem Mund auf Spanisch sagten: „¡Salud!"

Dreißig zu werden war nichts, das mir Sorgen machte. Als Erster in unserer Gruppe, der diese Reise in das nächste Lebensjahrzehnt antrat, würde ich meine langjährigen Freunde wie immer in die nächste Lebensphase führen.

Ich war nicht der Typ Mann, der Änderungen vornehmen wollte. Ich lehnte mich einfach zurück und wartete ab, wohin mich das Leben führte, so wie ich es immer getan hatte. Bisher hatte es funktioniert. Warum also sollte ich die Dinge nicht einfach so lassen, wie sie waren?

Alejandro zog seine Pilotenbrille herunter und sah mich über die Gläser hinweg an. „Weißt du, in deinem Alter ist es üblich, zu heiraten und eine Familie zu gründen, Ransom."

Ich musste lachen. „Nicht ich, Kumpel. Nicht dieser Kerl." Ich stieß meinen Daumen in meine nackte Brust, da ich nur eine Badehose trug, sonst nichts. Seinen Körper für alle sichtbar zu präsentieren war das, was man an einem belebten Strand nun einmal tat.

Vick schüttelte den Kopf und legte sich zurück in den Sand. „Ich bin ganz deiner Meinung, Ransom. Lass uns für immer Junggesellen bleiben."

„Verdammt richtig", stimmte ich ihm zu und legte mich auch wieder hin, um die Sonnenstrahlen weiter auf meinen Körper brennen zu lassen – einen Körper, an dem ich verdammt hart arbeitete. Das tägliche Training und eine proteinhaltige Diät ließen mich besser aussehen als je zuvor.

Dreißig zu werden würde mich nicht runterziehen. *Nein, Sir!*

Dumphy stand auf und wischte Sand von seinem Hintern. „Ich werde uns noch eine Runde besorgen und herausfinden, wo heute Abend die Party steigt. Wir müssen den Geburtstag dieses großen Kerls stilvoll feiern."

Mein Geburtstag.

Ich musste über meine Erfolge in den letzten zwanzig Jahren nachdenken. Ich hatte die High-School mit Mühe und Not abgeschlossen, aber das lag nur daran, dass es mir egal war, ob ich gute Noten hatte. In jenen Jahren lag mein Fokus ganz auf Mädchen. Die Pubertät hatte einen großen Einfluss auf mich und traf mich – und meinen Schwanz – hart. Das Ding blieb fast fünf Jahre lang steif.

In meinen Zwanzigern begann ich, meinen Geschmack zu verfeinern, anstatt mich an allem zu erfreuen, was weiblich war. Ein bestimmter Typ Frau zog mich an. Für meine Freunde ergab es keinen Sinn. Sie waren immer nur hinter den allerschönsten Mädchen her. Aber ich? Ich mochte meine Mädchen am unteren Ende der Skala.

Alle zwischen einer Zwei und einer Fünf machten meinen

Schwanz hart. Ich hatte meine Gründe. Ich hatte in meiner Zeit schon viele schöne Mädchen gehabt. Sie alle hatten eines gemeinsam: Sie versuchten, mich eher mit ihrer Schönheit als mit Sex zu beherrschen.

Ich war sowieso kein Mann, der beherrscht werden konnte. Und es war mir auch nicht wichtig, eine Frau zu beherrschen. Ich lebte gern so frei wie ein Vogel.

Mit vier neuen Drinks in seinen fleischigen Fäusten kam Dumphy mit einer Neuigkeit zurück: „Heute Abend gehen wir ins Amnesia, Amigos."

Ich nahm mein Getränk von ihm entgegen. „Klingt nach einem Plan, Mann. Ich bin nur zu gern bereit, an diesem dreißigsten Geburtstag mein Gedächtnis zu verlieren."

Vick nahm sein Getränk von Dumphy in Empfang. „Ich auch." Er trank einen Schluck und reckte sein Glas. „Auf heute Abend und jede Menge Spaß!"

Wir hoben alle unsere Gläser. „¡Salud!"

Breite Hüften, ein runder Hintern und Brüste, die kaum in das pinkfarbene Bikinioberteil passten, gingen an mir vorbei. Ich machte mir nicht die Mühe, bis zu ihrem Gesicht hochzusehen. „Geht ihr später ins Amnesia?" Sie hatte einen Südstaatenakzent – das gefiel mir, da ich aus Texas stammte.

„Ja", antwortete ich, als ich ihren Körper bis zu ihrem Gesicht musterte. Blonde Haare, die zu einem unordentlichen Knoten auf ihrem Kopf zusammengezogen waren, ließen es noch runder erscheinen, als es war.

Absichtlich strich sie mit der Hand über eine Brust. „Vielleicht sehen wir uns dort." Ihr Kopf drehte sich zurück, als sie zu ihren Freundinnen deutete. „Vielleicht gehen wir heute Abend auch dorthin." Ihre weichen, von der Sonne geröteten Wangen, wurden runder, als sie lächelte. Aufgrund ihrer dunklen Sonnenbrille hatte ich keine Ahnung, welche Farbe ihre Augen hatten – nicht, dass es eine Rolle spielte.

Das Einzige, was für mich eine Rolle spielte, war, wie üppig ihr Körper war. Ich mochte füllige Mädchen. Meine Hände über Knochen zu bewegen reizte mich überhaupt nicht. Aber etwas Ungewöhnliches kam aus meinem Mund, obwohl ich durchaus in Betracht zog, mit ihr ins Bett zu gehen: „Ihr Mädchen solltet vorsichtig sein. Es gibt viele Männer da draußen, die euch möglicherweise nicht besonders gut behandeln würden."

Woher ist das gekommen?

Ich klang wie ein alter Mann! Ich wollte nicht so klingen. Und ich erwischte meine Freunde dabei, wie sie mich mit verwirrten Gesichtern ansahen.

Vick fragte: „Alles okay bei dir, Geburtstagskind?"

Ist es das?

Ich schaute auf den Drink in meiner Hand und dachte, ich hätte vielleicht zu viel getrunken. Ich stellte ihn neben mir in den Sand. „Sicher. Ich dachte nur, dass sie vorsichtig sein und sich nicht irgendeinem Kerl anbieten sollte ..." Als ich sie ansah, bemerkte ich, dass sich auf ihrer Stirn über ihrer Brille Falten gebildet hatten. Sie musste denken, ich wäre irgendwie verrückt.

„Wie du meinst." Sie drehte sich um und ging davon. „Vergiss es einfach, Alter."

Ihr Hintern bebte, als sie davoneilte. Der Anblick hätte mich heiß für sie machen sollen. Ich hätte aufstehen, ihr nachlaufen und ihr erzählen sollen, dass ich nur Spaß machte, und sie fragen sollen, ob sie mein Hotelzimmer sehen wollte.

Aber alles, was ich tat, war, mich zurück in den Sand zu legen und mich zu fragen, was zur Hölle mit mir los war. Es war nicht mehr als fünfzehn Stunden her, dass ich dreißig geworden war, und schon redete ich dummes Zeug.

Alejandro drückte seine Schulter an meine. „Hey, gehörst du nicht selbst zu den Typen, die Frauen nicht besonders gut behandeln, Ransom?"

Ich glaubte nicht, dass ich Frauen schlecht behandelte. Ich

verschaffte ihnen im Grunde nur einen tollen Fick und schickte sie dann ihres Weges. *Was ist daran so schlimm?*

Bevor ich antworten konnte, mischte sich Dumphy ein: „Ja, Alter. Du hast die Tussi in die Flucht geschlagen. Ich meine, ich hätte sie auch weggeschickt. Sie ist kein schöner Anblick. Aber du? Normalerweise kümmerst du dich um die Frauen, an die keiner von uns einen zweiten Blick verschwendet. Sie war mindestens eine Drei. Ganz dein Stil."

Vick stimme ein: „Ja, Mann, was ist los mit dir?" Ich setzte mich auf und war nicht bereit, mir noch mehr von ihrem Mist anzuhören.

Als ich zu dem Mädchen schaute, das ich abgeschreckt hatte, war es damit beschäftigt, mit einem anderen Kerl zu plaudern.

„Ich weiß nicht, warum ich das zu ihr gesagt habe. Aber seht sie euch an. Sie geht wahllos zu irgendwelchen Typen. Sie hat keine Ahnung, wie leicht sie es irgendeinem Arschloch macht, sie auszunutzen und mit ihr zu tun, was es will."

„Ja", stimmte Alejandro zu, „aber gefällt es dir nicht an Frauen, wenn sie leicht zu haben sind?"

Während die anderen lachten, legte ich mich hin und dachte, dass sie wie Teenager klangen.

Teenager?

Was zum Teufel ist mit mir los?

Ich musste mich einfach betrinken, nicht nachdenken und mir treu bleiben. So wie ich es immer getan hatte.

Für den Rest des Tages stellte ich sicher, dass ich zu keinem der Mädchen, die vorbeikamen, um Hallo zu sagen und uns zu fragen, wohin wir später gehen würden, zu viel sagte. Wenigstens rannte keine von ihnen weg, als wäre ich ein langweiliger, alter Mann, der sie bevormunden wollte.

Als ich in mein Hotelzimmer zurückkam, sah ich mich lange im Spiegel an. Als ich lächelte, bemerkte ich Linien um meinen Mund. Und als ich die Stirn runzelte, waren dort tiefe Falten.

Hinweis an mich selbst: Nicht zu oft die Stirn runzeln.

Als ich lachte, verengten sich meine Augen und die Linien wurden unübersehbar.

Und nicht zu viel lachen.

Ich zog meine Badehose aus und stieg in die Dusche. Als ich mit dem cremigen Duschgel den Sand von meiner Haut wusch, fühlte ich meinen durchtrainierten, harten Körper. Zumindest konnte man mein Alter nicht an meinem Muskelaufbau ablesen. Ich würde noch härter arbeiten müssen, damit mein Gesicht nicht vorzeitig alterte.

Ich schaute auf die Flasche mit Sonnencreme auf der Kommode und schwor mir, mein Gesicht ein paar Mal am Tag damit einzucremen, besonders wenn ich Zeit in der Sonne verbrachte.

Jung auszusehen war noch nie zuvor eine meiner Prioritäten gewesen. Und es war nicht so, als wäre ich alt oder so. Warum also hatte ich plötzlich das Gefühl, dass mir die Zeit davonlief?

Ich dachte wieder an meine Errungenschaften und fügte meinen Bachelor in Mineralöltechnik von der Texas Tech University in Lubbock hinzu – einen Abschluss, den ich noch nie in meinem Leben genutzt hatte.

Das Familienunternehmen war in der Ölbranche, also machte ich einen Abschluss, der alle glücklich machte. Dieser Abschluss hatte meine Zukunft als reicher Mann besiegelt. Er war die einzige Bedingung meines Großvaters – der mich aufgezogen hatte, nachdem meine Eltern getötet wurden, als ich fünfzehn war –, wenn ich das Vermögen erben wollte, das er angehäuft hatte.

Ich hatte jedoch ein Schlupfloch in seiner Forderung gefunden. Er hatte nie gesagt, dass ich nach meinem Abschluss einen Job finden müsste. Also hatte ich mir nie die Mühe gemacht, einen zu suchen. Ich nahm einfach die Bankkarte, die er mir gab, und machte Urlaub. Wieder und wieder. Ein Urlaub nach dem anderen.

Das Hoteltelefon klingelte und ich dachte, es sei einer der Jungs, der mich fragen wollte, ob ich bereit war, in den Club zu gehen. Als ich den Hörer abnahm, war ich überrascht, am anderen Ende der Leitung den persönlichen Assistenten meines Großvaters zu finden. „Ransom, Ihr Großvater weiß nicht, dass ich Sie anrufe", sagte Mr. Davenport flüsternd.

Mein Blut gefror. „Geht es ihm gut?"

Mein Großvater war nicht mehr der Jüngste. Er hatte etwas von der robusten Kraft verloren, die er gehabt hatte, als er mich bei sich aufgenommen hatte, um mich großzuziehen. Aber er war mit siebzig auch nicht alt – und seine Gesundheit war immer ziemlich gut gewesen.

„Nein, tut es nicht", kam seine Antwort. „Sie müssen nach Hause kommen, Ransom. Warten Sie nicht länger. Kommen Sie, so schnell Sie können."

Oh Gott, lass mich ihn nicht auch noch verlieren.

KAPITEL ZWEI

Aspen

Lubbock, Texas – 9. Mai

Die Sonne brannte auf mich herab, als ich zum Postamt ging, um nach meiner Post zu sehen. Eine warme Brise ließ den Nachmittag heißer erscheinen, als es am Vortag gewesen war.

Lubbock war nicht gerade ein Paradies, aber es war der einzige Ort, an dem ich je gelebt hatte. Irgendwie hatte ich mich nie an die drückende Hitze gewöhnt, aber ich hatte gelernt, mich für das Sommerwetter anzuziehen. Shorts und ein Baumwoll-T-Shirt zusammen mit Flip-Flops machten es erträglich. Meine dicken, dunklen Locken musste ich zu einem hohen Pferdeschwanz zusammenbinden, um sie von meinem Hals fernzuhalten.

Ich stieg die Treppe zum Postamt hoch und kam an einer meiner Professorinnen vorbei.

„Hallo, Aspen. Heute ist ein schöner Tag, finden Sie nicht?", fragte mich Professor Sampson. Sie war im letzten Semester eine meiner liebsten Dozentinnen gewesen. Mineralöltechnik schien so leicht zu sein, wenn sie unterrichtete.

Ich blieb kurz zum Plaudern stehen und sagte: „Für Lubbock ist es ein ziemlich schöner Tag. Aber wäre ein tropischer Strand an einem Tag wie diesem nicht viel besser?"

Nickend stimmte sie zu. „Bestimmt. Haben Sie schon Pläne für den Sommer gemacht?"

„Arbeit, Arbeit und noch mehr Arbeit", sagte ich mit einem Lachen. Ich hatte kein Geld für Urlaub. „Wie ist es bei Ihnen?"

„Mein Mann und ich gehen im Juni nach Cancun. Wir werden eine ganze Woche dort sein." Sie fächelte sich mit der Hand vor ihrem Gesicht Luft zu. „Ich kann es kaum erwarten, dort anzukommen."

„Und Sie werden es wahrscheinlich hassen, wieder von dort wegzugehen", fügte ich lächelnd hinzu. Ich wusste, dass ich es hassen würde.

„Sehr wahrscheinlich", sagte sie mit einem Nicken. „Nun, ich lasse Sie jetzt besser weitermachen. Bye, Aspen."

„Bye." Ich ging zur Tür, öffnete sie und spürte, wie ein kühler Luftzug über mich hereinbrach, als ich eintrat. Ich wollte mir Zeit lassen, um mich abzukühlen, bevor ich den heißen Spaziergang zurück in die Wohnung machte, die ich mit einem anderen Mädchen teilte, und ging langsam durch das große Gebäude.

Ein USPS-Plakat, das für die neuesten Briefmarken Werbung machte, zog meine Aufmerksamkeit auf sich. Vögel waren das Thema: hübsche kleine Vögel auf winzigen Ästen, die mich zum Lächeln brachten.

Ich war keine gewöhnliche dreiundzwanzigjährige Studentin. Kleine Dinge machten mich glücklich. Ich hatte auch keine Lust zu feiern, im Gegensatz zu so vielen Leuten hier am College.

Obwohl ich von diversen Studentenverbindungen eingeladen worden war, hatte ich kein Interesse. Es war mir wichtig, nicht nur gute Noten zu bekommen, sondern sehr gute. In einem Haus voller hormonverrückter Mädchen zu leben klang für mich wie Gift – eine todsichere Methode, um meine Chancen auf einen Master-Abschluss in Mineralöltechnik zu ruinieren.

Fach 954 befand sich rechts neben dem Plakat. Ich tippte den Code ein und öffnete die kleine Box, die mit Briefen gefüllt war. Es war eine Woche vergangen, seit ich zuletzt hier gewesen war.

Insbesondere ein Umschlag machte mir Angst. *Mein Kontoauszug.*

Meine Ausgaben waren nicht hoch, aber mein Teilzeitjob wurde nicht gut bezahlt. Meine Hälfte von Miete, Strom, Wasser und Kabelfernsehen belief sich auf insgesamt fünfhundert Dollar pro Monat, zusammen mit durchschnittlich hundert Dollar pro Woche für Lebensmittel, sodass in der Regel gerade einmal fünfzig Dollar für das College-Konto übrigblieben, das mein Vater für mich eröffnet hatte.

Dieses Bankkonto war in viereinhalb Studienjahren langsam, aber sicher geschrumpft. Ich benutzte es ausschließlich, um Kurse, Bücher und andere Dinge zu bezahlen, die ich für das College brauchte. Es war sechs Monate her, dass ich den Mut gehabt hatte, einen Kontoauszug zu öffnen und nachzusehen, wie viel noch übrig war.

Ich schaute mich in dem geschäftigen Postamt um und entschied, den Umschlag nicht zu öffnen, aus Angst, ich könnte vor all den Leuten in Tränen ausbrechen. Also steckte ich ihn in meine Tasche und ging zurück zu meiner Wohnung.

Auf dem Heimweg ging ich den Rest der Post durch. Drei Kreditkartenangebote wanderten in den ersten Mülleimer, den ich fand. Dad hatte mir geraten, niemals eine Kreditkarte zu haben. Er sagte, am Ende könnte ich damit das Doppelte oder sogar Dreifache für etwas bezahlen müssen, wenn man alle Zinsen berücksichtige.

Es gab auch eine Einladung, der Lubbock First Baptist Church beizutreten. Ich sah sie verärgert an. Es war der achte Brief in diesem Jahr. Mein Vater war Mitglied dieser Kirche gewesen, auch wenn er selten am Gottesdienst teilgenommen hatte. Dad hatte mich gezwungen, bei diesen Gelegenheiten mitzukommen. Aber ich war einfach kein Fan davon, dazusitzen und zuzuhören, wie jemand über ein Buch redete.

Es verwirrte mich, dass so viele Menschen die Bedeutung der Worte in der Bibel unterschiedlich interpretierten. Warum sollte jemand eine andere Person brauchen, um die geschriebenen Worte zu entschlüsseln?

Ich brauchte das nicht. Und ich wollte nicht ein oder zwei Stunden damit verbringen, jemandem zuzuhören, der so etwas Profanes tat.

Ich warf den Brief in die nächste Mülltonne und dachte daran, wie sich nach Dads Unfalltod auf dem Ölfeld niemand aus seiner Kirche gemeldet hatte. Niemand hatte mir Hilfe angeboten. Nicht einmal, als ich gezwungen war, unser Haus zu verlassen, weil es zwangsversteigert wurde. Nicht einmal, als Dads Truck und mein Auto beschlagnahmt wurden.

Alles, was Dad auf seinem Bankkonto hatte, als er starb, waren ein paar tausend Dollar. Die Bank gab mir nach einem Monat Wartezeit Zugriff darauf. Ich bezahlte unsere Rechnungen für jenen Monat und kaufte etwas zu Essen, aber das war's. Danach kam kein Geld mehr.

Ich musste einen Job finden – obwohl mein Vater so sehr versucht hatte, mich davon abzuhalten. Er wollte, dass ich mich vollständig auf mein Studium konzentrierte. Und das tat ich auch bis zu meinem dritten Collegejahr, als mein Vater von einer explodierenden Ölquelle getötet wurde. Danach änderte sich alles für mich.

Er hatte von jedem Gehaltsscheck etwas auf mein College-Konto überwiesen. Ich hätte überhaupt kein Problem gehabt, wenn er überlebt hätte. Aber das tat er nicht und hier war ich nun.

Ohne Mutter war ich ganz allein. Ich hatte keine Erinnerungen an sie. Sie hatte meinen Vater verlassen, bevor ich ein Jahr alt war – und sie kam nie zurück.

Während ich abends in einem nahe gelegenen Dairy Queen arbeitete, ging ich zu Fuß von meinem Elternhaus dorthin und wieder zurück, bis die Bank es zwangsversteigerte. Glücklicherweise brauchte meine Kollegin Margo eine Mitbewohnerin und ließ mich in ihre kleine Einzimmerwohnung einziehen.

Während dieser Zeit machte ich ihre Couch zu meinem Zuhause und versuchte, ihr nicht im Weg zu stehen. Schließlich zogen wir gemeinsam in eine Zweizimmerwohnung und teilten die Rechnungen. Es funktionierte und wir verstanden uns gut.

An der Wohnungstür angekommen, hielt ich noch einen einzigen Brief in der Hand: den Kontoauszug. Ich machte eine Pause, bevor ich die Tür öffnete, schaute zur Decke und sagte: „Bitte mach, dass es gute Nachrichten sind." Ich interessierte mich nicht für die Kirche, aber ich glaubte an Gott.

Die Tür flog auf und Margo rannte mich auf dem Weg nach draußen beinahe um. „Whoa! Aspen, ich wusste nicht, dass du hier bist."

Ich trat zur Seite. „Ich bin die Post holen gegangen." Ich hielt den Umschlag hoch. „Mein College-Kontoauszug ist da und dieses Mal muss ich nachsehen, wie viel übrig ist. Ich kann ihn nicht wegwerfen, ohne ihn anzusehen. Nicht, wenn in ein paar Monaten die Kurse für das neue Semester beginnen."

Sie schnalzte mit der Zunge und ging weiter. „Hast du nicht gesagt, dass du etwa zwanzigtausend Dollar dafür brauchst?"

„Ja", murmelte ich. Ich war ziemlich sicher, dass nicht einmal annähernd so viel auf dem Konto war.

„Ich drücke dir die Daumen." Sie löste die Kette von ihrem Fahrrad und stieg auf. „Ich habe heute eine Doppelschicht im

Dairy Queen. Und danach gehe ich mit ein paar Mädchen aus. Wenn du dich uns anschließen möchtest, bist du mehr als willkommen, Aspen."

Sie wusste, wie meine Antwort lauten würde, bevor ich überhaupt etwas sagte. „Nein, danke." Ich ging in die kleine Wohnung und musste feststellen, dass es darin genauso schwül war wie draußen.

Wir benutzten unsere Klimaanlage nur nachts, wenn wir schliefen, und sobald wir aufstanden, wurde sie ausgeschaltet. Arm zu sein bedeutete, nichts unnötig zu verwenden. Dazu zählten Strom, Lebensmittel, Wasser und sogar Shampoo und Seife.

Mein Leben hatte sich nach dem Tod meines Vaters so drastisch verändert. Er hatte auf dem Ölfeld viel Geld verdient, aber die Leute in dieser Branche neigten dazu, viel auf Raten zu kaufen.

Sicher, er war einen sehr teuren Truck mit Allradantrieb gefahren. Und dieser Truck kam mit gewaltigen Monatsraten, die ohne sein Einkommen unmöglich zu bewältigen waren. Nach und nach verlor ich alles, sogar die Möbel, die unser Haus mit den drei Schlafzimmern gefüllt hatten. Alles war auf Kredit gekauft worden, nichts war bezahlt. Ich fand es etwas heuchlerisch von meinem Vater, mir zu sagen, ich solle niemals eine Kreditkarte haben, wenn er alles auf Raten kaufte.

Ich ließ mich auf die Couch fallen und starrte den Umschlag lange an, bevor ich ihn endlich öffnete.

Okay, lass es uns einfach tun.

Die erste Seite begrüßte mich und dankte mir dafür, dass ich treue Kundin der Friend's Bank in Lubbock, Texas war.

Mein Handy klingelte und ich hielt inne, um es aus meiner Tasche zu ziehen. Ich klappte es auf – ich konnte mir kein Smartphone leisten –, ging ran und sagte: „Hallo?" Die Schrift auf dem winzigen Bildschirm war zu klein, um sie ohne meine

Lesebrille zu entziffern, die ich vor ein paar Monaten im Dollar Store gekauft hatte.

„Aspen, hi", sagte meine Chefin. Mrs. Pepper war immer gut zu uns gewesen. Sie zahlte nicht viel, aber sie war sehr nett zu allen, die für sie arbeiteten.

Sie rief mich nicht oft an. Ich ging sofort davon aus, dass sie mich bitten wollte, zur Arbeit zu kommen, obwohl ich nicht auf dem Dienstplan eingetragen war.

„Brauchen Sie mich, Mrs. Pepper? Ich bin nicht beschäftigt. Ich kann kommen, wenn Sie möchten."

„Ähm ... nein." Sie zögerte, bevor sie fortfuhr. „Wissen Sie, Aspen, ich habe Neuigkeiten. Ich erzähle heute jedem der Mädchen, die hier arbeiten, davon. Da Sie heute frei haben, wollte ich Sie nicht extra herkommen lassen, um zu hören, was ich zu sagen habe."

Mein Herz sank. Diese Neuigkeiten würden nicht gut sein. „Danke für Ihre Rücksichtnahme, Mrs. Pepper. Also, was für Neuigkeiten haben Sie für uns?"

„Erinnern Sie sich an meinen Sohn Gerald?", fragte sie.

Ich konnte mich kaum an seinen Namen erinnern. „Natürlich."

„Nun, er und seine Frau hatten gerade Drillinge", fuhr sie fort.

Vielleicht macht sie einen kleinen Urlaub. „Oh wow. Nun, ich gratuliere Ihnen dazu, dass Sie jetzt Großmutter sind", sagte ich. Das klang gar nicht so düster.

„Danke, Aspen", erwiderte sie. „Sie können sich also vorstellen, wie schwer es für ihn und seine Frau mit drei Neugeborenen sein wird, oder?"

Wieder hatte ich dieses sinkende Gefühl. „Ja."

„Und sie wohnen außerhalb von Dallas. Das ist ziemlich weit weg von hier. Ein bisschen zu weit, um hier alles am Laufen zu halten." Sie räusperte sich und bereitete sich darauf vor, mich mit den Neuigkeiten zu konfrontieren, bei denen ich jetzt davon ausging, dass sie sehr schlecht sein würden.

„Okay," flüsterte ich und wusste, dass mir ein Schock bevorstand. „Und was bedeutet das, Mrs. Pepper?"

Mit einem Schnauben erzählte sie mir genau, was das bedeutete. „Okay, hier ist es. Ich muss morgen dorthin. Ich habe bereits mit einem Makler gesprochen, der das Gebäude für mich verkaufen wird. Ich schließe das Dairy Queen noch heute Abend um neun Uhr. Es tut mir leid, meine Liebe. Ich habe für jede von Ihnen bereits Empfehlungsschreiben verfasst. Das ist leider alles, was ich tun kann."

„Danke", konnte ich nur sagen. „Können Sie mein Empfehlungsschreiben bitte Margo mitgeben?"

„Das werde ich", sagte sie glücklich, als hätte sie meine Welt nicht gerade ins Chaos gestürzt. „Viel Glück, Aspen. Ich bin sicher, dass Sie zurechtkommen werden. Sie haben eine großartige Ausbildung. Verkaufen Sie sich nicht unter Wert. Bewerben Sie sich für die Jobs, die Sie brauchen, um Ihren Abschluss zu machen, meine Liebe."

„Okay. Bye." Ich klappte mein Handy zu und schaute auf die zweite Seite des Kontoauszugs. „Sechsundfünfzig Dollar und dreizehn Cent."

Oh mein Gott.

3

KAPITEL DREI

Ransom

L ubbock, Texas – 11. Mai
Seltsame Geräusche trafen meine Ohren, als ich die Schlafzimmersuite meines Großvaters betrat. Der erste Raum, fast ein Wohnzimmer und mit Ledermöbeln gefüllt, war leer. Die Tür an der gegenüberliegenden Wand führte zu seinem Schlafzimmer. Dahinter hörte ich etwas, das klang, als ob Darth Vader atmete.

Ich klopfte an die Tür und fragte: „Grandad, bist du da drin?"

Nach leisen Schlurfgeräuschen öffnete sich die Tür und vor mir stand eine junge Frau, die einen lila Kittel trug. „Ich fürchte, dass Sie später wiederkommen müssen. Mr. Whitaker führt gerade seine Atembehandlung durch. Geben Sie uns bitte noch dreißig Minuten." Dann schlug sie mir einfach die verdammte Tür vor der Nase zu.

Ich klopfte erneut, drehte den Türknopf und musste feststellen, dass sie abgeschlossen hatte. „Was zum Teufel soll das?"

Als ich Schritte hinter mir hörte und mich umdrehte, fand

ich den Assistenten meines Großvaters im Vorraum. Seine Augenbrauen hoben sich, als er mich sah. „Gut, dass Sie gekommen sind."

Ich rieb mir die Stirn, als die Frustration in mir wuchs. „Mr. Davenport, was in aller Welt ist hier los?"

„Haben Sie ihn gesehen?", fragte er, anstatt meine Frage zu beantworten.

„Nein. Diese Frau lässt mich nicht rein. Und sie hat die Tür abgeschlossen." Ich warf meine Hände in die Luft. „Was ist los? Sagen Sie es mir schon."

Seine hellblauen Augen sahen mich bittend an. „Ich wünschte, ich könnte es. Leider wurde mir aufgetragen, Ihnen nichts zu sagen." Er rang seine alten, runzligen Hände, als er auf den Boden sah. „Bitte verraten Sie ihm nicht, dass ich Sie angerufen habe. Ich fürchte, er wird mich feuern, wenn Sie es tun. Er hat darauf bestanden, dass Ihnen niemand etwas sagt."

„Okay." Ich setzte mich auf das Sofa. „Ich weiß, wie er sein kann." Mein Herz fühlte sich so schwer an, dass ich dachte, es würde aus meiner Brust fallen. „Er ist alles, was ich noch habe, wissen Sie. Nachdem Mom und Dad vor der afrikanischen Küste getötet worden waren, kam er in mein Internat, um mir die schrecklichen Neuigkeiten mitzuteilen. Ich ging mit ihm nach Hause und er wurde für mich sowohl eine Mutter als auch ein Vater. Ich weiß nicht, was ich ohne ihn tun würde." Ich sah den Mann an, der solange ich mich erinnern konnte bei meinem Großvater beschäftigt war. „Ist es lebensbedrohlich?"

„Ich sage nichts mehr, Ransom. Ich kann es nicht. Bald können Sie mit ihm reden und er wird Ihnen sagen, was er für richtig hält." Mr. Davenport drehte sich um und ließ mich allein mit der Frage zurück, was ich bald hören würde.

Ich schloss die Augen und erinnerte mich daran, wie mein Großvater in meinem Internat aufgetaucht war. Ich war fünfzehn und hatte keine Ahnung, dass er da war, um mir schreckliche Neuigkeiten zu überbringen. Er kam gelegentlich unerwartet vorbei, um mich zum Essen mitzunehmen oder einen Film anzusehen.

An jenem Tag sah er anders aus. Blass, zittrig, schwach – gar nicht wie mein Großvater.

„Ransom, ich habe schreckliche Neuigkeiten für dich, Junge."

Ich setzte mich auf die Bettkante. „Ja, Sir. Was ist passiert?"

„Mein Sohn ..." Er hörte auf zu reden und drückte seine Faust fest gegen seinen Mund. Dann räusperte er sich, bevor er weitersprach. „Mein Sohn wurde ermordet. Dein Vater und deine Mutter sind tot. Ihre Leichen wurden voller Einschusslöcher vor der afrikanischen Küste gefunden. Ihre Yacht wurde gestohlen. Es wird angenommen, dass Piraten diese Untat vollbracht haben."

Es war schwer zu glauben, was er mir an jenem Tag erzählte. Die Sonne schien vor meinem Fenster und die Vögel zwitscherten fröhlich. Sollte es draußen nicht stürmen? Wusste nicht der ganze Planet, dass meine Eltern getötet worden waren?

Als ich nun gedankenverloren dasaß und darauf wartete, den alten Mann zu sehen, wusste ich, dass mein Großvater mir seine Neuigkeiten auf die gleiche Weise überbringen würde, wie er es vor fünfzehn Jahren getan hatte – direkt und auf den Punkt.

Ich bereitete mich innerlich darauf vor, sie zu hören. Ich hatte mir nie erlaubt, über die Zeit nachzudenken, die irgendwann kommen würde – die Zeit, in der ich allein auf der Welt sein würde.

Ich betete wie verrückt, dass ich nicht herausfinden würde, dass diese Zeit viel früher gekommen war, als ich je gedacht hätte. Ich war noch nicht bereit dafür, allein zu sein.

Sicher, ich war öfter unterwegs als zu Hause. Aber ich rief meinen Großvater ständig an, und er mich auch. Wenn ich zu

Hause war, unternahmen wir etwas zusammen. Aber seit ich das College abgeschlossen hatte, wurden unsere Ausflüge immer seltener. Bis sie plötzlich ganz aufhörten.

Ich habe so viel Zeit verschwendet.

Ich legte mein Gesicht in meine Hände und bekämpfte den Drang zu weinen. Ich war kein Mann, der weinte. Ich lachte. Ich scherzte. Ich hatte Spaß. Ich weinte nicht.

Aber die Tränen brannten so heiß in meinem Hinterkopf, dass ich dachte, sie könnten zum ersten Mal fließen, seit ich Mom und Dad verloren hatte.

Ungefähr ein Jahr nach den Morden wurden die letzten meiner Tränen vergossen, und ich weinte nie mehr. Und jetzt war ich hier und versuchte, sie zurückzuhalten, obwohl ich keine Ahnung hatte, welche Art von Neuigkeiten mein Großvater mir überbringen würde.

Ich reckte meinen Kopf und schüttelte die Untergangsstimmung ab. Ich wusste nicht, was er mir sagen würde.

Warum soll ich jetzt schon damit anfangen, um den Mann zu trauern?

Die Tür zu seinem Schlafzimmer öffnete sich und die Frau in dem lila Kittel kam heraus. „Sie müssen Ransom sein. Ihr Großvater hat mir schon so viel von Ihnen erzählt." Sie lächelte mich an, als sie ihre Hand ausstreckte.

Ich schüttelte sie. „Er hat mir nichts von Ihnen erzählt."

Mit einem leisen Lachen sagte sie: „Ich bin mir sicher, dass er das nicht getan hat. Ich bin Daphne, seine Pflegerin. Ich werde ihn den Rest erzählen lassen." Sie ging weg, um uns Privatsphäre zu geben. „Ich bin in etwa dreißig Minuten zurück. Bitte lassen Sie ihn nicht unbeaufsichtigt."

„Und warum nicht?", fragte ich sie.

Sie antwortete nicht. Sie schloss einfach die Außentür hinter sich und ließ mich mit meinem Großvater allein. Ich drehte mich um und ging in sein Schlafzimmer, besorgt über den

Zustand, in dem ich ihn vorfinden würde.

Er lag in seinem großen Eichenpfostenbett. Eine weiße Bettdecke umhüllte ihn und ließ ihn klein und schmal aussehen.

„Ransom?", krächzte er.

„Ja, Sir. Ich bin's." Ich ging zu seinem Bett, als er sich nicht aufsetzte.

Seine blauen Augen waren in seinen Schädel zurückgesunken. Es war erst etwas mehr als einen Monat her, dass ich ihn das letzte Mal gesehen hatte, und er hatte in dieser kurzen Zeit ziemlich viel an Gewicht verloren. Außerdem waren viele seiner weißen Haare verschwunden.

Als er seine Hand unter der Decke hervorzog, konnte ich darauf mehrere Blutergüsse sehen. Infusionsnadeln mussten darin gesteckt haben. Und er hatte mir nichts davon erzählt.

„Ransom, setze dich." Er klopfte neben sich auf das Bett.

Ich setzte mich auf die Kante, sah ihn an und hasste, was ich sah. „Grandad, was ist mit dir passiert? Hattest du einen Schlaganfall oder so?"

Er nickte und mir war wieder nach Weinen zumute. „Ja, das hatte ich."

„Warum hast du mich nicht anrufen lassen?" Ich konnte nicht verstehen, warum er mir das antun würde.

„Ransom, ich wollte, dass du zu mir kommst, aber nicht, weil es mir schlecht geht." Er fuhr mit seinen dünnen Fingern über meinen Handrücken. „Du bist immer unterwegs. Du musst Wurzeln schlagen, mein Junge."

„Es geht mir gut, Grandad. Wirklich. Ich habe viel Spaß", sagte ich zu ihm und hoffte, dass er verstehen konnte, dass ich nicht so leben wollte wie er, fest an diesen Ort gebunden.

„Spaß", sagte er schnaubend. „Spaß hat seinen Ort und seine Zeit. Aber Spaß ist keine Lebenseinstellung, Junge." Er schüttelte den Kopf. „Nein – nicht, Junge. Mann. Du bist ein Mann und schon dreißig Jahre alt. Ich dachte, du würdest an deinem Geburtstag anrufen oder vorbeikommen. Aber du hast dir nicht die Mühe gemacht. Du wolltest diesen besonderen Tag nicht mit deinem eigenen Fleisch und Blut verbringen. Ich nehme an, du warst bei deinen Kumpels – deiner Truppe oder wie auch immer du sie nennst."

„Ja." Ich musste aufstehen und ein bisschen herumlaufen. Ihn in diesem geschwächten Zustand zu sehen setzte mir zu. Ich fühle Dinge, die ich nicht fühlen wollte. „Normalerweise rufst du mich an meinem Geburtstag an, nicht umgekehrt. Ich habe seit Jahren meinen Geburtstag nicht mehr mit dir verbracht."

„Denkst du, das weiß ich nicht?", fragte er. Seine heftige Antwort ließ ihn husten.

Ich drehte mich zu ihm um und wartete, bis der Hustenanfall nachließ, bevor ich fragte: „Das ist mehr als ein Schlaganfall, oder?"

Er nickte. „Ich habe Lungenkrebs."

Ich wusste nicht, was ich sagen sollte. Ich wusste nicht, was ich tun sollte. Ich wusste nicht, wie ich mich fühlen sollte.

Der Mann war nicht tot. Um ihn zu trauern wäre nicht das Richtige. Aber jede Faser meines Wesens sagte mir, ich sollte genau das tun.

„Was machen die Ärzte, um dich zu behandeln?", brachte ich schließlich heraus, bevor ich mich auf einen Stuhl setzte, damit ich nicht umkippte.

Ich werde ganz allein sein!

„Chemotherapie." Seine Augen starrten an die Decke. „Bestrahlung. Es kann keine Operation durchgeführt werden. Der Tumor ist inoperabel. Er verstopft langsam meine Luftröhre."

Ich stand auf, eilte an seine Seite und nahm seine Hand in meine, während ich die Angst in seiner Stimme hören konnte. „Die Chemotherapie und die Bestrahlung werden dich heilen, Grandad. Du wirst sehen. Du kannst diesen Kampf gewinnen."

Die Art, wie seine Augen trüb wurden, sagte mir, dass er meinen verzweifelten Optimismus nicht teilte.

„Hoffentlich. Meine größte Angst ist, dass der Tumor meine Luftröhre verschließt und ich ersticke. So will ich nicht sterben, Ransom. So nicht."

Ich konnte das nicht ertragen. Ich wollte in Tränen ausbrechen, aber mein Großvater war immer stark für mich gewesen, und jetzt war es an mir, es für ihn zu sein.

„Mach dir darüber keine Sorgen, Grandad. Gib den Ärzten Zeit, dich zu heilen. Du hast genug Geld für die beste medizinische Hilfe der Welt. Wenn die Schulmedizin nicht wirkt, versuchen wir alternative Methoden. Ich will nicht, dass du dir Sorgen machst."

„Ich will nicht, dass du allein bist, Ransom." Er ergriff meine Hand. „Deshalb habe ich etwas getan. Nicht, weil ich dich hasse. Nicht, weil ich versuche, dein Leben zu ruinieren. Aus Liebe habe ich es getan."

Verwirrung erfasste mich. „Wovon redest du, Grandad?" Ich hatte wirklich keine Ahnung, worum es ging. „Was hast du getan?"

„Mein Testament. Ich habe eine Änderung daran vorgenommen." Er musste eine Sekunde warten, um wieder zu Atem zu kommen, und die Laute, die sein Hals und seine Brust machten, erschreckten mich.

„Grandad, geht es dir gut? Soll ich die Pflegerin holen?", fragte ich, während ich ihn aufmerksam beobachtete und er nach Luft schnappte.

Schließlich schloss er seine Augen und sein Atem wurde wieder normal. „Verdammter Tumor."

Ich hatte keine Ahnung, was gerade passiert war, aber ich wusste, dass es sich für ihn überhaupt nicht gut anfühlen musste. „Also, was hast du getan?"

„Ich habe dem Testament eine Klausel hinzugefügt. Wenn

du keinen Erben zeugst, bevor ich sterbe, wird mein gesamtes Vermögen nicht an dich, sondern an eine Wohltätigkeitsorganisation gehen", sagte er ungerührt.

Oh mein Gott!

4
KAPITEL VIER

Aspen

Lubbock, Texas – 15. Mai

Die Jobsuche lief überhaupt nicht gut. Ich versuchte, das zu tun, was Mrs. Pepper vorgeschlagen hatte: Ich suchte nach Jobs in allen Bereichen, die mit meinem Abschluss in Mineralöltechnik zu tun hatten. Leider waren all diese Jobs außerhalb von Lubbock und ich musste dortbleiben, um meine Abschlussarbeit zu schreiben.

Ich konnte nicht glauben, dass ich vor meinem letzten Semester an eine solche Mauer gestoßen war. Ich konnte keinen Job finden, der genug einbrachte, um weiter aufs College zu gehen.

Margo und ich saßen an unserem kleinen Esstisch und schlürften Top Ramen, während wir über unsere düstere Zukunft sprachen. Eine Nudel traf ihren Mundwinkel, als sie sie zwischen ihre Lippen saugte. „Gott, ich hasse das!"

„Ich auch." Ich legte meine Gabel auf den Tisch und starrte in die Pfütze farbloser Nudeln am Boden der Schüssel. „Was habe ich getan, um das zu verdienen? Ich war ein guter Mensch. Ich habe gearbeitet, wenn ich musste. *Warum also ich?*"

Margo stand auf und stellte ihre Schüssel in die Spüle. „Ich habe mich überall dort beworben, wohin ich zu Fuß gehen kann. Heute Nachmittag nehme ich mein Fahrrad und bewerbe mich überall in Fahrweite. Aber verdammt, ich habe keine Lust mehr!"

Ich verschlang den Rest der Nudeln und dachte darüber nach, wo ich sonst noch einen Job suchen könnte. Am Ende ging es nicht darum, einen zu finden, der genug für mein Studium einbrachte – ich musste erst einmal einen finden, der meine Lebenshaltungskosten deckte.

„Okay, ich denke, wir sollten die Wohnung doppelt belegen, Margo. Lass uns zwei Mitbewohnerinnen suchen, um die Ausgaben zu teilen." Ich stand auf, um meine Schüssel zu reinigen. „Wir können unsere Betten in deinem Zimmer unterbringen, dann können zwei andere Mädchen zwei Einzelbetten in meines stellen und wir teilen alles durch vier, anstatt nur zwei. Auf diese Weise könnte ich meine Kurse und meine Rechnungen bezahlen."

Die Art und Weise, wie ihre dunklen Augen aufleuchteten, sagte mir, dass sie die Idee gut fand. „Ich bin dabei. Warum hängst du nicht am College einen Aushang auf, um zu sehen, ob wir schnell jemanden finden können?"

„Einverstanden. Ich werde Poster für jedes schwarze Brett auf dem Campus machen." Nachdem ich meine Schüssel gespült hatte, trocknete ich sie ab und stellte sie weg. „Und wir sollten hier alles gründlich putzen, um gute Mädchen anzuziehen. Wir wollen nicht mit unordentlichen Menschen zusammenleben." Margo war selbst auch unordentlich und wir brauchten auf jeden Fall jemanden, der ihr beim Aufräumen unter die Arme griff.

Sie folgte meinem Beispiel, spülte und trocknete ihre

Schüssel ab und stellte sie ebenfalls weg. „Okay, ich übernehme die Küche und das Wohnzimmer, während du dein Bett und deine Sachen in mein Schlafzimmer bringst. Auf diese Weise kommen wir schneller voran."

Wir machten uns an die Arbeit und es dauerte fast den ganzen Tag, die Wohnung in Ordnung zu bringen und die Aushänge zu machen. Als Margo bemerkte, wie viel Zeit vergangen war, setzte sie sich auf das Sofa, anstatt auf ihr Fahrrad zu steigen und sich um Jobs zu bewerben. „Mit der Jobsuche wird es heute wohl nichts mehr."

Ich ging meinen Laptop holen und reichte ihn ihr. „Hier. Du kannst dich auch online auf Stellen bewerben. Kein Grund, einen Tag zu verschwenden." Ich setzte mich neben sie und tippte mein Passwort ein, damit sie den Computer benutzen konnte. „Ich habe mich bereits auf alles beworben, was zu Fuß erreichbar ist. Da ich nicht Fahrrad fahren kann, kann ich den Radius nicht vergrößern."

„Whoa", sagte sie und sah fassungslos aus. „Du kannst nicht Fahrrad fahren. Nun sag mir, warum ich das nicht von dir weiß, Aspen."

Achselzuckend sagte ich: „Weil ich dir nichts davon erzählt habe. Ich rede nicht viel über mich. Das weißt du doch."

„Und warum ist das so?", fragte sie, als sie den Laptop auf ihre andere Seite schob.

Sie musste denken, dass ich mich ihr öffnen würde. *Falsch.*

Ich nahm den Laptop und stellte ihn wieder auf ihren Schoß. „Kümmere dich darum, einen Job zu finden, und nicht darum, mehr über mich zu erfahren. Ich bin sowieso langweilig."

Tatsächlich glaubte ich, dass meine Geschichte langweilig war. Bei meinem Vater aufzuwachsen, hatte mir Sicherheit gebracht. Ich hatte keine coolen Geschichten über meine wilde Kindheit. Ich hatte nie rebelliert, also hatte ich keine großartigen Geschichten darüber, wie ich meinen Vater überlistete und meinen Willen bekam. Und ich war nie in Schwierigkeiten geraten, also hatte ich auch keine „Damals im Gefängnis"-Geschichten.

Ich war langweilig.

Margo war jedoch beharrlich. „Komm schon. Sag mir wenigstens, warum du nie Fahrrad fahren gelernt hast. Du hast gesagt, dein Vater hat gutes Geld verdient. Du bist in einem schönen Zuhause aufgewachsen. Ihr habt beide schöne Autos gefahren. Warum hast du nicht gelernt, Fahrrad zu fahren?"

„Ich weiß es wirklich nicht. Ich denke, Dad hat nie daran gedacht. Und ich habe nie danach gefragt." Wenn ich zurückdachte, konnte ich mich nicht erinnern, dass Dad mir jemals viel beigebracht hatte.

Er hatte mir nicht das Kochen beigebracht. Als er noch lebte, kaufte er ständig Essen zum Mitnehmen. Keiner von uns hat gekocht. Erst als mir klar wurde, dass Essen zum Mitnehmen viel mehr kostet als Essen, das man zu Hause zubereitet, habe ich gelernt, wie man ein bisschen kocht – zumindest genug, um zurechtzukommen.

Margo war nicht zufrieden. „Also, was kannst du sonst nicht?"

Ich musste eine Minute darüber nachdenken, bevor ich sagte: „Ich weiß nicht, wie man schwimmt. Ich kann nicht tanzen. Ich kann nicht nähen. Es gibt viele Dinge, die ich nicht kann. Aber ich weiß, wie man lernt und gute Noten bekommt. Ich weiß, wie ich mich auf eine Sache konzentrieren und jedes Ziel erreichen kann, das ich anstrebe." Ich hatte genug von ihren Fragen und stand auf, um zu gehen. „Und jetzt ist mein Ziel, uns neue Mitbewohnerinnen zu besorgen, um die Rechnungen zu teilen. Ich bin bald wieder zurück. Ich gehe jetzt zum College."

„Ich habe noch eine Frage an dich, Aspen", rief sie hinter mir her.

Ich blieb an der Tür stehen und drehte mich zu ihr um. „Was, Margo?", fragte ich genervt.

Ihre dunklen Augenbrauen hoben sich. „Hast du schon einmal Sex gehabt?"

„Oh Gott!" Ich öffnete die Tür, um zu gehen.

„Ja oder nein?", rief sie mir nach.

„Margo, du bist unverbesserlich." Ich zog die Tür hinter mir zu.

Plötzlich war sie neben mir und hielt die Tür fest, sodass ich sie nicht schließen konnte. „Nein! Sag mir die Wahrheit, Aspen. Bist du noch Jungfrau?"

„Das spielt keine Rolle", sagte ich, als ich davonging.

„Du bist es, nicht wahr?", schrie sie.

„Still, Margo. Mein Gott!" Meine Wangen waren vor Verlegenheit heiß. „Geh wieder rein. Die Nachbarn müssen nicht unser Privatleben kennen."

„Oh mein Gott! Ich muss dafür sorgen, dass du endlich eine heiße Nacht erlebst!", kreischte sie.

Ich rannte los, um von ihr wegzukommen. Es war mir unendlich peinlich, dass sie so etwas vor aller Welt gerufen hatte. Manchmal konnte das Mädchen so ahnungslos sein.

Sobald ich weit genug weg war, verlangsamte sich mein Tempo. Wenn sie mehr wüsste, würde sie mir wirklich das Leben zur Hölle machen. Ich hatte nicht nur nie Sex gehabt, ich hatte auch noch nie einen Jungen geküsst oder auch nur masturbiert.

Nicht, dass ich niemals sexuelle Gedanken über Jungs hatte. Das hatte ich sicherlich. Insbesondere über heiße Kerle. Aber ich wollte nie einen nach Hause bringen. Dad hatte einen ausgeprägten Beschützerinstinkt, was mich betraf.

Natürlich hatte ich ein paar Jahre ohne Dad gehabt. Es

wurde ziemlich schwierig, ihn als Ausrede zu benutzen. Aber ich war so beschäftigt mit dem Studium und der Arbeit, dass ich den Annäherungsversuchen irgendwelcher Typen nie eine große Chance gegeben hatte. Oder überhaupt eine Chance.

Ich ging auf den Campus und sah ein Paar, das sich küssend unter einem Baum herumwälzte. Vor den Augen aller Passanten. Der Kerl ging sogar so weit, sich an ihrem Unterleib zu reiben.

„Igitt", sagte ich laut.

Nicht, dass sie sich davon stören ließen. Sie machten nicht einmal eine Sekunde Pause, um mich anzusehen.

„Tiere", murmelte ich. „Nichts als Tiere."

Ich verstand nicht, wie manche Leute so etwas in der Öffentlichkeit machen konnten. Andererseits wusste ich nicht, wie sie solche Dinge überhaupt machten.

Mein Vater hatte nie eine Frau nach Hause gebracht. Und er hatte nie die Nacht außer Haus verbracht. Ich hatte Dad nicht nach Frauen gefragt, und er mich nicht nach Jungen. Er erzählte mir Dinge über Jungs, aber er fragte mich nie, ob ich einen Freund hätte.

Das musste er auch nicht. Er machte klar, dass ich mich auf die Schule konzentrieren musste. Ich sollte mich von Jungs fernhalten. Und von Freundinnen, die nicht die gleichen Ideen hatten wie ich.

Ich hatte also nur eine Freundin als Kind. Das Nachbarsmädchen. Courtney. Sie wurde zu Hause unterrichtet und ihre Eltern waren unheimlich streng. Sie und ich haben uns gut verstanden. Wir haben meistens Bilder gemalt, wenn wir zusammen waren. Keine von uns hatte viel zu erzählen.

Vielleicht war ich nie besonders gut in Kommunikation, weil ich allein mit Dad aufgewachsen bin. Es war so schlimm, dass einer meiner Professoren, als ich im ersten Semester war, sagte, ich sollte meinem Stundenplan Kommunikationskurse hinzufügen. Das war das einzige Thema, bei dem ich Nachhilfe brauchte.

Zuerst war ich irgendwie verärgert, dass er so etwas sagen würde. Aber nach einem Rhetorikkurs und etwas Schauspielunterricht wurde mir klar, dass ich diese wichtige Fähigkeit verbessern musste.

Bei meinem Vater aufzuwachsen war nicht schlecht gewesen, aber anders – jedenfalls demnach zu urteilen, was ich von anderen hörte. Aber wirklich nicht schlecht.

Dad und ich hatten uns gut verstanden und uns kaum jemals gestritten. Nichts Dramatisches. Wir hatten einfach den Alltag zusammen verbracht. Er arbeitete, ich ging zur Schule. Wir hatten unsere Aufgaben im Haus und haben sie erledigt. Und niemand hat sich beschwert oder beklagt. Das war nicht nötig. Unser Leben war einfach so.

Manchmal beneidete ich Freundinnen, die beide Eltern hatten. Aber zu anderen Zeiten wusste ich die Tatsache sehr zu schätzen, dass ich mir nicht die Streitereien meiner Eltern anhören musste. Ich musste auch keine peinlichen Zuneigungsbekundungen miterleben.

Plötzlich hatte ich eine Erkenntnis. *Vielleicht fühle ich mich deshalb mit dem anderen Geschlecht nicht wohl.*

Womöglich, weil ich nie gesehen hatte, wie ein Paar miteinander interagierte. Fand ich es deshalb nicht normal, so etwas zu tun? Dinge wie Küsse, Umarmungen, Sex ...

Ich erreichte das erste schwarze Brett und fand eine freie Stelle. Dann aber fiel mir der Aushang darunter auf.

Jemand wollte eine Mutter für sein Baby. Oder vielmehr wollte er, dass eine Frau sein Baby bekam. Und er würde sie dafür bezahlen.

Ich zog die Reißzwecke aus dem Poster, um es näher vor meine Augen zu halten, da ich meine Lesebrille vergessen hatte.

„Gesucht: Eine Frau mit guter Gesundheit, körperlich attraktiv, geistig kompetent, Intelligenz ist ein Plus. Wird als Leihmutter für mein Kind benötigt. Bin bereit, die richtige Frau gut zu bezahlen. Keine weiteren Bedingungen. Kein Sex. Künstliche Befruchtung." Ich schaute auf den unteren Rand und sah dort eine Telefonnummer.

Nachdem ich sichergestellt hatte, dass mich niemand beobachtete, faltete ich den Zettel zusammen und steckte ihn in meine Tasche.

Was tat ich da?

Das konnte ich nicht. Ich konnte nicht ein Baby für irgendeinen Kerl bekommen und dann nichts mehr mit dem Kind zu tun haben.

Wer wusste, ob dieser Kerl vertrauenswürdig genug war, um allein für ein Baby zu sorgen?

Ich schüttelte den Kopf und versuchte, mich in die Realität zurückzubringen.

Denke gar nicht erst darüber nach, Aspen Dell!

Aber dann dachte ich daran, dass er mich gut bezahlen würde. Im Grunde würde ich ihm eine Eizelle verkaufen, die befruchtet und dann wieder in meine Gebärmutter implantiert werden würde. Technisch gesehen würde meine Gebärmutter neun Monate lang vermietet sein, dann würde das Baby geboren werden und ihm gehören. Ich nahm an, dass er es so wollte.

Und ich könnte meinen Weg weitergehen, meinen Master-Abschluss machen und dann eine Karriere beginnen. Wenn er vorhatte, das Baby allein großzuziehen, war es eben so.

Dad hat es getan. Warum kann dieser Kerl es nicht auch tun?

Nein, ich konnte das unmöglich tun. Ich zog den Zettel aus meiner Tasche und wollte ihn in den nächsten Mülleimer werfen.

Seltsamerweise fand ich keinen einzigen Mülleimer auf dem Weg nach Hause.

Ist das Schicksal?

KAPITEL FÜNF

Ransom

Lubbock, Texas – 15. Mai

Nachdem ich an verschiedenen Stellen in Lubbock Poster aufgehängt hatte, hatte ich den Rahmen für meine Idee abgesteckt, die ich brillant fand. Eine Leihmutter anzuheuern würde mir ermöglichen, den Erben zu zeugen, den mein Großvater verlangte, ohne mich an irgendeine Frau binden zu müssen.

Wir würden beide bekommen, was wir wollten. Nicht, dass ich ein Baby wollte. Aber wenn ich eines brauchte, um das Geld zu behalten, das er hinterlassen würde, dann sei es so.

Außerdem würde es sich gut anfühlen, zu wissen, dass jemand von meinem Fleisch und Blut auf der Welt war. Das war eines der ersten Dinge, die mir in den Sinn kamen – nicht mehr allein zu sein.

Es wäre die perfekte Lösung. Nachdem das Baby geboren war, würde ich einfach ein Kindermädchen einstellen, um es aufzuziehen. Es könnte bedeuten, dass ich etwas öfter zu Hause bleiben müsste. Abgesehen davon sah ich nicht, dass sich mein Leben allzu sehr verändern würde.

Die Aushänge waren dort platziert worden, wo sich kluge Frauen aufhalten würden: Bibliotheken in der Stadt und mehrere Orte in der Umgebung des Colleges.

Bisher hatten mich die Anrufe, die ich bekam, nicht begeistert. Eine Frau klang, als ob sie rauchte. Nachdem ich gesehen hatte, wie mein Großvater sich mit Lungenkrebs herumschlug, der wahrscheinlich auf seinen jahrelangen Tabakkonsum zurückzuführen war, hatte ich keine Lust darauf.

Eine andere Frau stellte mir Fragen, bei denen ich eine Gänsehaut bekam. Ob ich seltsame sexuelle Dinge mit dem Baby machen würde? Nicht, dass sie etwas dagegen hatte, sie wollte es nur wissen. Sie machte mich krank. Ich wollte nichts mit ihr zu tun haben.

Ich saß auf der Gartenterrasse hinter dem Anwesen meines Großvaters und sah, wie mein Handy auf dem Tisch vor mir vibrierte. Chelsea, eines der Dienstmädchen, kam mit einem Tablett mit Obst und Käse und einer Karaffe Rotwein über den gepflegten Rasen. Ein kleiner Snack vor dem Abendessen.

Ich nahm das Telefon und nickte dem jungen, hübschen Mädchen zu. Ihre Gesichtszüge waren großartig: hohe Wangenknochen, von Natur aus makelloser Teint und glänzendes blondes Haar. Sie sah gesund aus. Aber ich wusste, dass ich keine der Angestellten bitten konnte, die Leihmutter zu sein. Sie standen mir zu nah. Die Bande würden nicht leicht gebrochen werden, wenn ich sie nicht entließ, was falsch wäre.

Mein Großvater war mit meiner Idee einverstanden. Wenn ich aber so weit gehen würde, eine Angestellte zu fragen, wäre er sicher nicht mehr an Bord.

„Danke, Chelsea." Ich nahm den Wein und füllte mein leeres Glas.

„Gerne, Sir." Sie knickste und wandte sich dann um, um mich zu verlassen.

Als ich den Anruf entgegennahm, sagte ich: „Hallo?"

„Hi, ich rufe wegen des Leihmutter-Jobs an", erklang die hohe, nasale Stimme einer Frau mit einem schrecklich breiten Südstaatenakzent.

Sie klang alt. „Darf ich Sie nach Ihrem Alter fragen, Ma'am?"

„Dreiunddreißig. Aber ich habe fünf Kinder. Sie wissen also, dass ich fruchtbar bin", sagte sie zu mir.

Ich war nicht beeindruckt. *Was für eine Frau, die schon Kinder hat, möchte eines für einen Fremden bekommen?* Etwas musste nicht mit ihr stimmen.

„Ist das so?" Ich trommelte mit den Fingern auf den Tisch und versuchte zu entscheiden, wie ich ihr sagen würde, dass sie zu alt war und dass ich dachte, sie könne nicht bei Verstand sein. Ich war mir allerdings ziemlich sicher, dass es keine gute Idee wäre, diese Worte laut auszusprechen.

„Ja", fuhr sie fort, als ob sie glaubte, sie würde mich beeindrucken. „Ich hatte mein erstes mit sechzehn und mein letztes mit achtundzwanzig. Ich schätze, ich kann noch eines für Sie bekommen. Also, über wie viel Geld reden wir hier?"

Oh, wie soll ich ihr sagen, dass die Hölle gefriert, bevor ich ihr erlaube, die biologische Mutter meines Kindes zu sein?

„Nun ...", sagte ich.

Sie unterbrach mich und erzählte mir mehr, um mich davon zu überzeugen, dass sie die Richtige für diesen Job war. „Lassen Sie sich nicht von meinem Alter abschrecken. Meine Mom hatte Kinder, bis sie vierzig war. Und die meisten davon wurden lebend geboren. Ein paar waren Totgeburten. Das ist aber verständlich. Sie hatte fünfzehn Schwangerschaften im Alter von vierzehn bis vierzig. Das ist beeindruckend, das müssen Sie zugeben. Und ich bin ihre Tochter. Ich habe ihre großartigen

Gene. Und ich kann sie an Ihr Kind weitergeben. Also, wie viel Geld bieten Sie?"

Mein Handy piepste und zeigte an, dass eine andere Nummer anrief. „Ich muss Sie ein anderes Mal zurückrufen. Tut mir leid."

„Aber ..."

Ich drückte die entsprechende Taste, um auf den anderen Anrufer umzuschalten und unser anregendes Gespräch zu beenden.

Was für eine Verrückte.

„Hallo?", sagte ich zu dem nächsten Anrufer und betete, dass er nicht ebenfalls ein schräger Vogel war.

„Hallo, mein Name ist Aspen Dell. Ich habe Ihren Aushang gesehen." Sie verstummte. „Das war eine schlechte Idee. Es tut mir leid."

Ihre Stimme war so leicht und süß, hatte aber einen Unterton, der mir sagte, dass sie auch klug war. „Nein, warten Sie. Bitte. Ich würde gern mehr hören. Sie sagten, Sie heißen Aspen Dell. Es ist schön, Sie kennenzulernen, Aspen. Ich bin Ransom Whitaker."

„Von der Whitaker Drilling Company?", fragte sie und nannte das Unternehmen meines Großvaters.

„Es gehört meinem Großvater." Ich liebte den leichten Südstaatenakzent ihrer sanften Stimme. Ich konnte sie noch nicht vom Haken lassen. „Also haben Sie von uns gehört?"

„Ja. Ich studiere an der Texas Tech mit Schwerpunkt Mineralöltechnik", antwortete sie.

Sie ist intelligent!

Meine Kriterien für die Mutter meines Kindes unterschieden sich stark von meinen Kriterien für Mädchen, mit denen ich ins Bett wollte.

Ich wollte körperlich attraktive Kandidatinnen, die intelligent waren. Mein Kind sollte schließlich nicht unansehnlich oder begriffsstutzig sein.

Ich musste einfach fragen: „Ich kann also davon ausgehen, dass Sie eine intelligente Frau sind. Macht es Ihnen etwas aus, mir Ihr Aussehen zu schildern?"

„Nun, ich bin immer noch nicht sicher, ob ich das tun werde." Sie schien zu zögern, fuhr dann aber fort: „Ich bin 1,65 Meter groß mit dunklen, naturgelockten Haaren, die bis zu meiner Taille reichen und sehr dicht sind."

„Sind sie weich?", fragte ich, als ich sie mir vorstellte.

„Nun ja, das sind sie." Sie machte erneut eine Pause. „Mein Teint ist von Natur aus gebräunt. Meine Augen sind braun mit dunkelgrünen und goldenen Flecken darin."

„Ich glaube, das nennt man haselnussbraun, Miss Dell." Ich musste sicherstellen, dass sie Single war. „Sie sind eine Miss, nicht wahr?"

„Ja. Ich bin nicht verheiratet oder so etwas. Es gibt keinen Mann, dem Sie im Weg stehen könnten, wenn Sie mich auswählen." Sie seufzte. „Warten Sie, ich kann das nicht tun. Ich kann es nicht. Es tut mir leid, dass ich Ihre Zeit verschwendet habe."

„Warten Sie. Es gibt keinen Grund, warum Sie voreilige Entscheidungen treffen sollten. Nun, diese Entscheidung muss bald getroffen werden, aber es ist noch etwas Zeit." Ich dachte, es würde sie ein wenig beruhigen, die Situation zu kennen. „Hören Sie, mein Großvater hat Krebs. Im Moment versuchen die Ärzte immer noch, den Tumor mit Chemotherapie und Bestrahlung loszuwerden, und ich hoffe das Beste für ihn."

„Das ist gut", sagte sie. „Sie müssen Hoffnung haben."

„Ja. Aber wissen Sie, er ist der einzige Blutsverwandte, den ich noch habe. Und er will mich nicht allein auf der Welt zurücklassen. Er hat mir sozusagen die Pistole auf die Brust gesetzt und zu seinem Testament hinzugefügt, dass ich ein Baby haben muss, bevor er stirbt, oder sein gesamtes Vermögen geht an eine Wohltätigkeitsorganisation." Eines musste ich dem alten Fuchs lassen: Er wusste, wie er andere Menschen dazu brachte, das zu tun, was er wollte.

Ihre Stimme wurde mitfühlend. „Oh, das ist der Grund dafür, dass Sie das tun. Ich war neugierig, aber ich hatte nicht das Recht, Sie danach zu fragen. Es ist sehr nett von ihm, Sie nicht allein zurücklassen zu wollen. Ich weiß, wie einsam das ist. Ich bin jetzt auch ganz allein. Mein Vater ist vor ein paar Jahren gestorben. Und meine Mutter war nie Teil meines Lebens."

„Wenn Sie mein Baby bekommen würden, wäre auch noch jemand von ihrem Blut auf dieser Welt." Bei diesem Gedanken fühlte ich mich viel besser damit, ein Kind mit ihr zu haben. Es würde nicht nur mir nützen, sondern auch ihr.

„Ich bin sicher, dass Sie nicht möchten, dass ich nach der Geburt des Babys überhaupt in der Nähe bin, oder?", fragte sie. Der Unterton in ihrer Stimme sagte mir, dass sie nicht ganz damit einverstanden war, dass sie aus dem Leben des Kindes ausgeschlossen sein würde.

Was wäre so schlimm daran, wenn das Kind ab und zu seine Mutter sehen würde?

„Wir könnten definitiv darüber reden. Das ist nicht wirklich ein Vertrag, wissen Sie. Ich denke, das wäre illegal. Ich kaufe kein Baby. Ich möchte eines mit der richtigen Frau zeugen. Aber ich möchte keine Beziehung zu dieser Frau. Wären Sie damit einverstanden?"

„Ja", stimmte sie ziemlich schnell zu. „Aber es wäre schön, das Kind ab und an zu sehen. Oder vielleicht sogar ein bisschen häufiger in seinem Leben zu sein. Das ist alles, was ich sage. Ich würde Sie nicht belästigen oder so." Es gab eine weitere Pause. „Es tut mir leid. Ich kann das nicht tun."

„Aspen", flüsterte ich. „Lehnen Sie nicht so schnell ab. Wir sollten uns treffen, uns unterhalten und uns kennenlernen. Dann sehen wir weiter. Die Wahrheit ist, dass Sie die erste

Anruferin sind, die nicht verrückt klingt. Ich würde es hassen, Sie zu verlieren."

„Wirklich?", fragte sie.

Ich wusste, dass es so wäre. „Ja. Also, wie wäre es mit einem Mittagessen morgen? Sie wählen das Restaurant. Wo auch immer Sie wollen. Nehmen Sie ein teures. Ich esse nie billig."

Sie lachte. „Ich esse nie teuer. Und ich habe kein Auto."

„Kein Problem. Ich hole Sie ab." Ich freute mich darauf, diese Frau kennenzulernen. „Und da Sie normalerweise nicht teuer essen gehen ... Wie wäre es, wenn Sie mir erlauben würden, unser Mittagessen zu arrangieren? Haben Sie ein schönes Kleid und High Heels, die Sie tragen können?" Ich dachte darüber nach. „Nein, vergessen Sie das. Ich schicke Ihnen etwas zum Anziehen. Geben Sie mir Ihre Adresse, Ihre Kleidergröße und Ihre Schuhgröße. Ich werde Ihnen morgen früh etwas bringen lassen."

„Das müssen Sie nicht. Ich habe schöne Kleider. Ich kann das nicht annehmen. Und ich bin mir immer noch nicht sicher, ob ich die Richtige bin für das, was Sie vorhaben."

Ich wollte sie wirklich nicht vom Haken lassen. „Lassen Sie uns zusammenkommen und reden. Wenn sich nichts daraus ergibt, haben Sie zumindest einen Kontakt zur Mineralölfirma meines Großvaters geknüpft, Miss Mineralöltechnik-Studentin." Nun, wie sollte sie dazu Nein sagen?

„Okay. Danke. Ich schicke Ihnen eine SMS mit meiner Adresse und freue mich darauf, Sie kennenzulernen, Ransom Whitaker. Auf Wiedersehen."

Ist das Schicksal?

KAPITEL SECHS

Aspen

Lubbock, Texas – 16. Mai

Margo saß im Wohnzimmer und befragte ein Mädchen, das ich einige Male auf dem Campus gesehen hatte. Cher Sandoval war eine schüchterne, introvertierte Kunststudentin, von der ich dachte, sie würde zu uns passen. Margo war sich bei ihr nicht so sicher und fragte: „Und ist es okay für dich, ein Zimmer mit einer Fremden zu teilen, Cher?"

Das Mädchen blickte nach unten zu ihren Händen, die auf ihren knochigen Knien lagen. Die Ungewissheit wogte wie eine Decke um sie herum. Ich nahm es also auf mich, mich neben sie auf die Couch zu setzen, um ihr etwas Selbstvertrauen zu geben. „Weißt du, ich war auch einmal schüchtern. Margo hat mir geholfen, ein bisschen aus mir herauszukommen. Ich bin sicher, dass sie dir auch helfen kann. Ein Zimmer zu teilen ist nicht schwer, wenn man sich so weit wie möglich aus dem Weg geht."

Cher kaute auf ihrer Unterlippe herum. „Ich denke, ich

könnte mich daran gewöhnen." Sie hob den Kopf und sah Margo an. „Was, wenn ich doppelt bezahle?"

Margo zuckte mit den Schultern. „Kannst du so viel Geld aufbringen?"

Chers kleiner, dunkelhaariger Kopf senkte sich wieder und sie schaute auf den Boden. „Ich weiß es nicht. Ich arbeite nur Teilzeit bei Chick-fil-A."

Ich legte meinen Arm um ihre schmalen Schultern und umarmte sie. „Komm schon. Ich denke, du brauchst eine Mitbewohnerin, die dir dabei hilft, dich selbst zu finden. Es wird Spaß machen. Du wirst sehen."

„Ich würde so gerne bei meinen Eltern ausziehen. Sie nehmen mir irgendwie die Luft zum Atmen", gab Cher zu.

Ich hatte das Gefühl, dass ihre Eltern sie kontrollierten und sie so gut es ging zu Hause festhielten. „Es wird dir guttun. Wie alt bist du nochmal?", fragte ich sie.

„Zweiundzwanzig", antwortete sie. „Alt genug, um meine eigenen Entscheidungen zu treffen. Auch wenn meine Mutter nicht damit einverstanden ist."

Margo schien besorgt zu sein. „Wenn du hier einziehst, müssen wir dann befürchten, dass deine Mutter oder dein Vater sich in unser Leben einmischen, Cher?"

Sie schüttelte den Kopf, während sie Margo ansah. „Nein. Meine Mutter verlässt das Haus nicht gern. Sie wird nicht hierherkommen. Sie wird mir am Telefon Schuldgefühle einreden, aber ihr müsst euch keine Sorgen machen." Sie sah mich an. „Ich nehme das Zimmer. Wenn das für euch in Ordnung ist."

Margo und ich tauschten einen Blick und ein Lächeln, dann sagte ich: „Willkommen zu Hause, Cher."

Es fühlte sich gut an, mindestens eine Person hier zu haben, die einen Job hatte. Der Wecker meines Handys klingelte und ließ mich wissen, dass ich nur noch eine Stunde Zeit hatte, bevor Ransom Whitaker mich zu unserem Mittagessen treffen würde.

Margo sah auf mein Telefon, als ich es aus meiner Tasche zog. „Worum geht es, Aspen? Hast du irgendwo einen Termin, den du nicht erwähnt hast? Vielleicht ein Vorstellungsgespräch?" Sie überkreuzte die Finger, um mir zu zeigen, dass sie hoffte, dass es so war.

„Nun, irgendwie schon. Ich bezweifle, dass ich es machen werde, aber es ist eine Art Job." Ich stand auf, um mich umzuziehen und mich zu stylen.

„Du machst es besser, wenn es ein Job ist, Mädchen", sagte Margo zu mir.

Cher stand auf, um zu gehen. „Ich werde meine Sachen packen. Ähm, wird heute jemand hier sein, damit ich einziehen kann?"

Margo zog einen zusätzlichen Wohnungsschlüssel aus ihrer Tasche. „Bitte schön. Der gehört dir. Du kannst kommen und gehen, wie du möchtest. Denke nur daran, die Tür immer abzuschließen, wenn du rausgehst. Nicht, dass wir eine Menge schöner Dinge haben, die jemand mitnehmen und verkaufen kann, aber die wenigen Dinge, die wir besitzen, möchten wir gerne behalten."

„Ich werde darauf achten, abzuschließen, Margo. Danke. Also, wir sehen uns später." Das schüchterne Mädchen ging zur Tür, während wir uns verabschiedeten.

Ich wollte in mein Zimmer gehen, aber Margo packte mich am Arm. „Okay, ich verstehe, dass du vielleicht nicht vor dem neuen Mädchen über den Job sprechen wolltest, aber mir musst du davon erzählen."

Gegenüber anderen Menschen offen zu sein war nicht meine Stärke. Und ich war nicht sicher, was Margo davon halten würde, dass ich mit dem Gedanken spielte, Leihmutter zu werden. Aber ich wusste, ich sollte es jemandem erzählen. „Es gibt einen sehr reichen Mann und er braucht einen Erben. Er ist bereit, eine Menge Geld für eine Frau zu zahlen, die sein Baby bekommt. Ganz ohne Sex."

Ihre Kinnlade klappte herunter. „Du willst ein Baby bekommen und dann weggeben?"

Mein Herz tat tatsächlich weh, als sie die Worte sagte. „Nein. Weißt du, deshalb habe ich gesagt, dass ich bezweifle, dass ich es machen werde."

„Ich kann jetzt verstehen, warum." Sie ließ meinen Arm los und schob mich sanft in mein Zimmer. „Also, lass uns dich hübsch machen, damit dich dieser reiche Kerl zur Mutter seines Kindes macht. Er bietet dir womöglich so viel Geld, dass du gar nicht Nein sagen kannst!"

Mit ihrer Hilfe wurde ich für Ransom Whitaker vorzeigbar und bald hörten wir beide ein Klopfen an der Wohnungstür.

„Das ist er!", keuchte ich.

Margo nickte. „Lass mich die Tür öffnen. Du kommst raus, wenn ich dir sage, dass er hier ist. Ich möchte, dass er einen langen Blick auf dich wirft, während du zu ihm gehst. Du siehst umwerfend aus mit all diesen dunklen Locken, die um deine Schultern und deinen Rücken fließen. Das mitternachtsblaue Kleid betont deine gebräunte Haut perfekt. Wenn du das tun willst, wäre er ein Dummkopf, dich nicht auszuwählen."

„Also glaubst du, dass er mich will?", fragte ich. Ich war so nervös. Ich hatte keine Ahnung, was er von mir halten würde.

Mit einem kurzen Nicken ging sie aus dem Zimmer, um zur Wohnungstür zu gelangen. „Er wäre ein Narr, es nicht zu tun."

Ich schaute noch einmal in den großen Spiegel und stellte sicher, dass das knapp knielange Kleid gut und schmeichelhaft saß. Die schwarzen Pumps waren nur wenige Zentimeter hoch. Ich wollte nicht super sexy, sondern super elegant sein – hoffentlich so, wie eine Mutter aussehen würde. Ich hatte keine große Erfahrung damit, zu wissen, wie eine Mutter aussah, also verließ ich mich auf Margos Rat.

„Aspen, dein Date, Ransom Whitaker, ist hier", rief Margo aus dem Wohnzimmer.

Es war kein Date. Ich wusste nicht, warum sie das sagte. Ich trat aus meinem Zimmer und bog im Flur in Richtung Wohnzimmer ab. Und da war er. 1,80 Meter reine Männlichkeit.

„Hi", flüsterte ich. Er trug Jeans, Stiefel und ein hellblaues Hemd, bei dem die drei obersten Knöpfe offenstanden und einen Hauch dunkler Haare auf seiner Brust zeigten. Blaue Augen durchdrangen mich und gemeißelte Gesichtszüge sagten mir, dass er gute Gene hatte. Er sah aus wie ein Held auf dem Cover eines Liebesromans. Sein glänzendes Haar reichte in dunklen Wellen knapp über den Kragen seines Hemdes. In diesem Moment wurde mir klar, dass ich mir auf die Unterlippe biss, während ich den Mann betrachtete. „Entschuldigen Sie, dass Sie warten mussten, Mr. Whitaker."

Ein langsames Lächeln zog über seine Karamelllippen. „Das ist okay, Miss Dell." Er streckte seinen Arm aus und bedeutete mir, zu ihm zu kommen. „Sollen wir aufbrechen? Ich habe im West Table in der Innenstadt reserviert."

Ich musste mich wirklich darauf konzentrieren, einen Fuß vor den anderen zu setzen. Sein Auftritt hatte mich überrascht.

„Natürlich." Ich machte mich auf den Weg zu ihm, und als er meine Hand nahm und sie in seine Armbeuge legte, wurde ich nass. Klatschnass. Zum allerersten Mal.

Ich hatte keine Ahnung, dass es sich so wahnsinnig intensiv anfühlen könnte. Mein Körper fühlte sich an, als würde er innerlich zittern. Meine Brüste wurden hart und meine Brustwarzen erwachten zum Leben und drückten sich gegen den dünnen Stoff meines BHs. Ich wusste, dass sie sich durch mein Kleid abzeichneten, und es war mir fast egal.

Fast. Ich hob meine Handtasche höher, um sie zu bedecken,

und versuchte, diskret zu sein. So im Nachmittagssonnenlicht mit einem attraktiven Mann den Bürgersteig entlangzugehen war bestimmt nichts, was ich tun sollte.

Wie ein echter Gentleman öffnete er mir die Autotür. Ich stand einen Moment da, um das Kunstwerk vor mir zu bewundern. „Ich bin noch nie in einem Porsche gefahren. Das wird sicher cool."

„Das ist ein 964-Turbo. Und es ist wirklich cool", sagte er, bevor er die Tür hinter mir schloss.

Alles war aus schwarzem Leder und die Scheiben waren dunkel getönt, sodass ich das Gefühl hatte, in einer Höhle zu sitzen – eine Höhle, in die sich die meisten braven Mädchen nicht wagen würden. Eine Höhle, in der böse Jungs auf der Lauer lagen und auf ihre Chance warteten, mit einem Mädchen alles zu tun, was sie wollten.

Warum muss er überhaupt für eine Frau inserieren, um ein Baby zu bekommen?

Der Mann war wahnsinnig heiß. Reich. Charismatisch, nach dem zu urteilen, was ich bisher gehört hatte. Warum also sollte eine Fremde die Mutter seines Kindes werden?

Er setzte sich mit solcher Anmut und Leichtigkeit hinter das Steuer des Wagens, dass ich ganz hingerissen war. „Tut mir leid, Mr. Whitaker."

Er drückte einen Finger an meine Lippen. „Nicht mehr Mr. Whitaker, Aspen. Du nennst mich ab jetzt Ransom."

Meine Lippen kribbelten, als sein Finger darauf ruhte. Alles, was ich wollte, war, sie zu öffnen und diesen Finger direkt in meinen Mund zu saugen.

Aspen Dell!

Was dachte ich da? Ich hatte sonst nie solche Gedanken. Niemals!

Sein Finger verließ meinen Mund, um das Auto zu starten. „Was wolltest du sagen, Aspen?"

Was wollte ich sagen?

Oh ja! „Ransom, das verstehe ich nicht." Der Motor des Wagens heulte auf. „Oh! Das ganze Auto vibriert." Es machte mich noch nasser. Mein Herz klopfte wild und mein Puls raste. „Ist das nicht ... ähm ... nett?"

Er zog eine kostspielig aussehende Sonnenbrille aus der Halterung über seinem Kopf und setzte sie auf, wodurch er wie ein total verruchter Kerl aussah. „Was verstehst du nicht? Und schnalle dich an. Ich bin gerne schnell unterwegs."

Ich beeilte mich, den Sicherheitsgurt anzulegen. Sobald er eingerastet war, fuhr Ransom los. Mein Kopf fühlte sich an, als würde er mit der Nackenstütze eins werden, als er beschleunigte. „Oh, wow!" Ich hielt mich an den Seiten des Sitzes fest.

Er schien nicht einmal zu bemerken, wie sehr mir die aufregende Fahrt zusetzte.

„Sprich weiter, Aspen. Was verstehst du nicht?"

„Oh ja." Ich sah ihn neugierig an. „Warum musst du eine Frau bezahlen, um dein Baby zu bekommen? Das verstehe ich nicht."

„Ja, ich kann mir denken, warum du das fragst." Er bog links ab und ich fühlte mich, als ob wir auf zwei Rädern stehen würden, aber ich unterdrückte den Schrei, der in meinem Hals hochkroch. „Ich will einfach keine feste Bindung. Ich glaube, ich habe es dir gestern Abend schon erzählt."

„Ja, das hast du. Aber du hast auch gesagt, dass es okay sein könnte, dass ich ein Teil des Lebens des Kindes bin. Denkst du das immer noch?", fragte ich. Ich hatte das Gefühl, er und ich könnten uns zueinander hingezogen fühlen.

Okay, ich fühlte mich bereits zu ihm hingezogen und bei ihm könnte es so *werden*. Ich war schließlich nicht unansehnlich. Und auf dem Weg zu einer großartigen Karriere. Ich wäre ein guter Fang für diesen Kerl.

„Das denke ich immer noch." Er bog rechts ab und ich schaute aus dem Beifahrerfenster, als die Fliehkraft meinen Kopf in diese Richtung zog. „Weißt du, du bist nicht mein Typ. Ich denke, dadurch wird es noch besser funktionieren als geplant."

Ich bin nicht sein Typ?

Ich musste zugeben, dass er mir den Wind aus den Segeln genommen hatte. Es gab nicht viele Männer, die mich so stark anzogen wie er. Okay, es gab gar keine Männer, die das machten, was er mit mir machte. Aber warum hatte ich keine Wirkung auf ihn?

Ich hatte mich gut gekleidet. Ich roch angenehm. Meine Haare waren genau richtig und auch mein Make-up war gelungen. Aber ich hatte es nicht übertrieben. Ich war nicht künstlich geworden. Vielleicht gefiel ihm so etwas.

„Darf ich fragen, warum ich nicht dein Typ bin?" Ich musste es einfach wissen.

„Du bist viel zu schön. Du scheinst perfekt zu sein." Er lächelte mich an, als er vor einer roten Ampel anhielt. „Kannst du für mich lächeln, Aspen?"

Obwohl ich mich verlegen fühlte, lächelte ich so gut ich konnte. „Okay."

„Perfekte Zähne", sagte er. „Und so weiß. Musstest du eine Zahnspange tragen?"

„Nein." Ich kämpfte immer noch damit, dass er gesagt hatte, ich sei wunderschön, aber nicht sein Typ.

„Benutzt du etwas, um deine Zähne aufzuhellen?", fragte er, bevor er auf das Gaspedal trat, als die Ampel grün wurde.

Ich hielt mich wieder fest und antwortete: „Nein, ich verwende nichts anderes als reguläre Zahnpasta."

„Du hast großartige Gene." Er hielt vor dem Restaurant. „Hier sind wir."

Ein Mitarbeiter des Parkservice erschien augenblicklich, um

meine Tür zu öffnen und mich hinauszulassen. „Guten Tag, Ma'am. Willkommen im West Table."

„Danke." Ich stieg mithilfe des Mannes aus dem Auto und strich mein Kleid glatt.

Ransom umrundete den Wagen, nahm meine Hand und führte mich zu der Tür, die ein anderer Mann offenhielt. Auch er begrüßte uns: „Mr. Whitaker, was für ein Vergnügen, Sie und Miss Dell heute Nachmittag bei uns zu haben."

Er kennt meinen Namen?

Ransom nickte. „Danke, Calvin. Steht mein üblicher Tisch bereit?"

„Ja." Calvin führte uns hinein, bevor ein anderer Mann ihn ablöste.

Der Kellner, den Ransom ebenfalls kannte, stellte sich mir vor: „Hallo, Miss Dell. Ich bin Ricardo. Sagen Sie mir bitte, welchen Wein Sie bevorzugen, Ma'am."

Ich war nicht so ein Mädchen. Eines, das Wein trinkt. Oder irgendetwas anderes. „Ich bevorzuge Wasser."

„Natürlich", sagte er und zog den Stuhl an einem Tisch für zwei Personen für mich heraus. „Ich werde Ihnen Ihre Getränke sofort bringen, Mr. Whitaker."

„Danke, Ricardo", sagte Ransom und setzte sich. Er verschränkte seine Finger und stützte sein starkes Kinn darauf. „Also, erzähl mir von dir, Aspen."

Nun, zunächst einmal bin ich gerade dabei, mich in dich zu verlieben.

KAPITEL SIEBEN

Ransom

L*ubbock, Texas – 16. Mai*
Die junge Frau, die mir gegenübersaß, war eine der schönsten Frauen, die ich je gesehen hatte. Dicke, dunkle Locken umgaben ihr ovales Gesicht. Goldbraune Mandelaugen mit tiefgrünen Flecken waren von dichten, dunklen Wimpern umgeben. Ihre rosafarbenen Lippen wirkten weich, üppig und zum Küssen gemacht. Und ihre, zartrosa akzentuierten hohen Wangenknochen machten sie zu einer klassischen Schönheit.

Sie und ich werden wahnsinnig hübsche Babys machen.

Ich hatte ihr eine Frage gestellt, aber sie hatte sie noch nicht beantwortet. Sie starrte mich einfach an, bis Ricardo unsere Getränke servierte. Meinen Whiskey und ihr Wasser. „Soll ich Ihnen die besondere Empfehlung des Küchenchefs bringen, Mr. Whitaker?"

„Bitte", antwortete ich ihm. Als er wegging, beugte ich mich vor, um mein Getränk zu nehmen. „Bist du stumm geworden, Aspen?"

„Ich verstehe dich nicht", gab sie zu.

„Das geht den meisten Leuten so." Ich nahm einen Schluck von dem kalten Drink, der ein warmes Gefühl hinterließ, als er durch meine Kehle floss.

„Ich sollte dich aber irgendwie verstehen, wenn ich ein Baby in deiner Obhut lasse." Sie schaute nach unten und sagte leise: „Was ich wahrscheinlich nicht tun werde."

Ihre Statur war großartig. Genau die richtige Größe mit 1,65 Metern und perfekt proportioniert. Zumindest schien es so. Ich hatte das Gefühl, ich sollte fragen. „Sind deine Brüste echt?"

Ihre Arme bedeckten ihren Oberkörper, während ihre Wangen rot glühten. „Ransom!"

„Es tut mir leid. Ich war zu direkt." Ich nahm noch einen Schluck.

Ihre Augen kamen langsam zu meinen. „Ich habe an meinem Körper nichts operieren lassen. Mein BH ist nicht gepolstert. Was du siehst, ist, was du bekommst."

„Hättest du eine Abneigung dagegen, dass ich dich nackt sehe, Aspen?" Ich hatte keine Ahnung, warum so etwas aus meinem Mund kam.

Sie war nicht mein Typ. Was tat ich also?

„Um zu sehen, ob irgendetwas an mir seltsam ist oder ob ich Missbildungen habe?", fragte sie, als sie sich zurücklehnte, um mich zu mustern. Ihre Augen wanderten über mich.

„Sicher." Ich nahm noch einen Schluck. Ich hatte keine Ahnung, warum die Frau so auf mich wirkte. Sie war eine derjenigen, die definitiv versuchen würden, mich mit ihrer Schönheit zu beherrschen. Mit einem Kuss ihrer weichen Lippen auf meinen Schwanz würde sie mich um ihre Liebe betteln lassen und ich würde ihr alles geben, wonach sie verlangte.

Nein, das kann ich in meinem Leben nicht gebrauchen.

„Du musst mir einfach vertrauen, Ransom. Ich zeige meinen

nackten Körper nicht irgendwelchen Leuten." Ihre Antwort sagte mir, dass sie nicht freizügig war. Das gefiel mir.

„Wenn wir einen Deal abschließen, musst du von meinem Arzt gründlich untersucht werden, bevor wir weitermachen." Ich beäugte sie und bemerkte, wie sie sich wand.

„Wir sind noch nicht soweit, Ransom." Sie nahm das Glas Eiswasser und trank davon.

„Bist du sicher, dass du nichts Stärkeres willst? Vielleicht ein Bier oder so? Sie haben hier alles, was man sich nur wünschen kann." Sie musste sich entspannen, wenn wir weiterkommen wollten.

„Ich habe noch nie etwas Alkoholisches getrunken." Ihre Hand hielt das Glas umklammert, nachdem sie es wieder auf den Tisch gestellt hatte.

Ich konnte das kaum glauben. „Du sagtest, du gehst auf die Texas Tech, richtig?" Es war wie ein Ritus, mindestens eine der epischen Partys an diesem College zu besuchen.

„Das tue ich." Ihre Augen wurden dunkel, als sie mich ansah. „Ich weiß, es hört sich komisch an, aber ich habe noch nie Alkohol getrunken. Verklage mich."

Es faszinierte mich, dass sie dem enormen Gruppenzwang standgehalten hatte, der an diesem College herrschte. „Ich finde das cool. Aber ich denke auch, dass du einen Drink haben solltest, wenn du einen willst. Wie alt bist du?"

„Dreiundzwanzig. Aber ich will keinen. Ich werde mich nicht betrinken und eine so wichtige Entscheidung unter Alkoholeinfluss treffen." Sie legte die Hände in den Schoß, als die Vorspeise serviert wurde.

Ricardo stellte eine große weiße Porzellanschale mit Eis und Austern auf den Tisch. „Sie wurden heute Morgen von Rockport aus hergeflogen. Frischer geht es nicht, wenn Sie nicht an der Küste sind." Er stellte eine kleine Flasche Tabasco-Sauce daneben, bevor er sich Aspen zuwandte. „Wenn Sie etwas anderes als Wasser trinken möchten, lassen Sie es mich wissen."

Sie sah die Austern an, als wären sie etwas, das sie noch nie gesehen hatte. „Äh. Was trinkt man normalerweise, wenn man das isst?"

„Bier", antwortete Ricardo. „Oder Weißwein."

Ich musste lachen. „Oder einen Whiskey." Ich hielt mein Glas hoch und nahm einen Schluck.

Sie sah nicht so aus, als wäre sie bei dem Gedanken glücklich, die Delikatesse zu probieren. „Man muss also betrunken sein, um diese Dinger zu essen. Das ergibt Sinn."

Ich hätte Ricardo sagen können, er solle die Austern wieder mitnehmen und uns etwas bringen, das mehr nach ihrem Geschmack war. Aber ich dachte, ich könnte versuchen, sie zu etwas zu überreden, das sie nicht tun wollte. Es klang amüsant für mich. „Ich denke, du wirst die Erste sein, die sie mit Wasser herunterspült. Danke, Ricardo. Wir kommen hier zurecht."

Ihre Augen folgten ihm, als er wegging. Ich nahm eine der Muscheln mit dem saftigen Fleisch im Inneren. Sie beobachtete mich, als ich Tabasco darauf gab, bevor ich die Muschel anhob, damit die Auster in meinen Mund gleiten konnte und meinen Hals hinunterrann. Dann trank ich meinen Whiskey und sagte: „Ah. Probiere eine."

Sie schüttelte den Kopf. „Oh, besser nicht."

Ich würde sie nicht davonkommen lassen, ohne wenigstens eine zu essen. Ich schob meinen Stuhl näher zu ihr und ergriff eine weitere Muschel. „Ich werde dir helfen. Es ist überhaupt nicht schlimm. Das verspreche ich dir. Komm schon. Mach den Mund auf und ich erledige die ganze Arbeit. Du wirst sehen. Sie rutscht dir direkt in den Hals."

Ihre Augen waren so groß, wie sie nur werden konnten. Ihre Lippen zitterten. „Nein."

Ich legte einen Finger an ihre prallen Lippen. „Du hast es

einfach noch nicht versucht. Das bedeutet nicht, dass du es nicht ausprobieren möchtest. Komm schon. Öffne deine Lippen und lass mich das tun. Es wird kein bisschen wehtun."

Mit ihren Augen auf meinen nickte sie schließlich, schloss die Augenlider, öffnete den Mund und neigte ihren Kopf zurück, um sicherzustellen, dass das Ding ihren Hals hinunterrutschte.

„Kaue es nicht. Lass es sich von allein bewegen und schlucke, wenn es deine Kehle erreicht." Das Interesse meines Schwanzes wurde geweckt, als ich sah, wie ihr Hals sich beim Schlucken bewegte.

Ich hob die Muschel an, um sicherzugehen, dass die Auster direkt in ihrem Hals landete. Dann kippte ich sie und sie rutschte genauso in Aspens Hals, wie ich gesagt hatte. Nachdem sie erneut geschluckt hatte, öffnete sie ihre hübschen Augen. „Hey, ich habe es geschafft. Du hattest recht. Es war überhaupt nicht schlimm. Ich habe nichts geschmeckt."

Ich reichte ihr das Glas Wasser und sagte: „Hier, trink das. Ich gebe dir noch eine, wenn du willst."

„Lass es mich versuchen", sagte sie und nahm einen Schluck.

Ich konnte nicht anders, als zu lachen, als sie drei hintereinander aß. „Siehst du, du probierst gern neue Dinge aus. Wie wäre es mit einem Glas Weißwein?"

„Okay", stimmte sie mit einem Nicken zu. „Aber wenn ich trinke, darfst du nicht allzu ernst nehmen, was ich sage. Wenn ich zum Beispiel sage, dass ich diese Sache für dich tun werde, bedeutet das nicht, dass ich es tatsächlich tue. Verstehst du?"

„Das ist nur ein vorläufiger Schritt, Aspen. Natürlich haben deine Worte keine offizielle Gültigkeit – nur die Formulare, die du gegebenenfalls irgendwann unterzeichnest." Ich aß selbst eine Auster, bevor Ricardo ihr ein Glas des besten Weißweins brachte.

Das Mädchen tat jetzt schon Dinge, an die es vorher nie

gedacht hatte. Ich wurde immer sicherer, dass ich sie dazu bringen konnte, mein Baby zu bekommen.

Als der erste Gang beendet war, hatte Aspen bereits ein halbes Glas Wein getrunken. „Das Zeug ist so gut, Ransom. Danke, dass du es vorgeschlagen hast." Sie nahm einen weiteren Schluck und stellte das Glas ab.

Ricardo kam und nahm die leere Aperitifschüssel weg, bevor er mit einer cremigen Suppe zurückkehrte. „Crab bisque", sagte er. „Guten Appetit."

Ich musste ein wenig auf Abstand gehen, damit unsere Ellbogen sich nicht trafen, während wir die Suppe aßen. Aber ich musste zugeben, dass ich die Atmosphäre zwischen uns mochte. Es war angenehm, in ihrer Nähe zu sein. Plötzlich machte mir dieser Umstand ein wenig Angst.

Vielleicht ist sie nicht die Richtige für dieses Vorhaben.

„Hast du jemals darüber nachgedacht, Kinder zu bekommen, Aspen?" Ich dachte, diese Frage könnte mir dabei helfen, sie besser zu verstehen.

„Nein." Sie nahm den ersten Bissen Suppe und stöhnte so verdammt sexy, dass mein Schwanz in meiner Jeans zuckte. „Oh Himmel, das ist so cremig und lecker." Sie nahm einen weiteren Löffel und gab ein außergewöhnliches Stöhnen von sich, das meinen Schwanz in Aufruhr versetzte. Er drückte sich gegen meine Jeans, was etwas unbehaglich war.

Ich konnte nichts anderes tun, als sie beim Essen zu beobachten. Ich hatte noch nicht einmal einen Bissen zu mir genommen. Mit einem Lächeln nahm sie meinen Löffel und tauchte ihn in meinen Teller. Sie hielt mir den Löffel hin und ich verstand, dass sie mich füttern wollte. Also öffnete ich meinen Mund und sie steckte sanft den Löffel hinein. Ich schloss meine Lippen. „Das ist gut", sagte ich.

Sie schüttelte den Kopf. „Es ist besser als gut. Es ist exquisit.

Die Krabbenstückchen sind so zart und das Aroma ist komplex, sanft und doch irgendwie markant."

„Ah, habe ich eine Feinschmeckerin gefunden?", scherzte ich.

„Ich weiß ehrlich gesagt nicht, was du gefunden hast." Sie lehnte sich nachdenklich auf ihrem Stuhl zurück. „Ransom, verstehe das nicht falsch!"

„Ich werde es versuchen", sagte ich zu ihr.

„Ich glaube nicht, dass es eine gute Idee ist, ein Baby zu haben. Ich glaube nicht, dass du die Art von Vater wärst, die ich für mein Kind wollen würde." Sie hob die Hand, um mich zum Schweigen zu bringen, als ich etwas zu meiner Verteidigung sagen wollte. „Nicht, dass ich bezweifle, dass Männer Kinder großziehen können. Mein Vater hat mich allein großgezogen, seit ich ein Baby war. Aber ich denke, du bist immer noch ein … ich habe kein besseres Wort dafür … ein Playboy."

Auch wenn ich es nicht hätte sein sollen, da sie recht hatte – ich war völlig erzürnt.

„Ach ja?" War alles, was ich sagen konnte.

Für wen hält sie sich?

KAPITEL ACHT

Aspen

Lubbock, Texas – 18. Mai
Ransom wurde distanziert, nachdem ich ihm gesagt hatte, dass er ein Playboy sei und kein Mann, bei dem ich ein Baby lassen würde. Aber sein kühles Auftreten brachte mich zum Nachdenken.

Margo und Cher waren damit beschäftigt, das Durcheinander aufzuräumen, das wir beim Frühstück gemacht hatten, während ich das Geschirr spülte. Ich hatte Cher ausführlich über alles informiert, also war sie auf dem neuesten Stand. „Also, es ist jetzt zwei Tage her. Ich habe Ransom in der Warteschleife gehalten und denke, es ist an der Zeit, eine Entscheidung zu treffen. Bald muss ich ihn wissen lassen, was ich tun möchte."

Cher schlug vor: „Du solltest eine Liste mit Vor- und Nachteilen erstellen. Das mache ich immer, wenn ich eine wichtige

Entscheidung treffen muss." Sie fegte den Boden und hob dann den Schmutz mit einer Kehrschaufel auf.

Eines musste ich ihr lassen – Cher war eine ausgezeichnete Haushälterin. „Tolle Arbeit beim Putzen, Cher. Du hast die ganze Wohnung zum Funkeln gebracht. Ich wusste gar nicht, dass es möglich ist, aber du hast es geschafft."

„Übrigens", sagte Cher. „Ich habe eine Freundin aus dem Kunstunterricht. Sie wohnt auch bei ihren Eltern. Ihr Name ist Anne. Sie arbeitet bei Long John Silver und fragt, ob sie mein Zimmer mit mir teilen könnte. Was denkt ihr?"

Margo stellte die Butter und das Gelee zurück in den Kühlschrank. Neben dem Putzen kaufte Cher eine Menge Lebensmittel für uns, da sie seit drei Jahren Geld angespart hatte. „Wenn sie so ist wie du, sag ihr, sie soll vorbeikommen, damit wir reden können."

Cher sah glücklich und aufgeregt aus. „Sie ist mir sehr ähnlich. Und wir haben darüber gesprochen, wie wir die Wohnung verschönern könnten. Wir malen beide und würden gerne einige unserer Kunstwerke an die Wände hängen. Anne näht und macht Vorhänge und Duschvorhänge. Sie dachte, sie könnte uns allen passende Bettüberwürfe, Vorhänge und so weiter machen."

„Okay", unterbrach Margo sie mit einem Grinsen. „Du solltest sie so schnell wie möglich hierher einladen. Sie hört sich wunderbar an."

Cher war auf Wolke Sieben, als sie die Küche verließ, um den Anruf zu tätigen. Es war schön, jemanden aufblühen zu sehen. Ich wünschte mir, dass ich mehr davon getan hätte, als ich plötzlich allein war.

Aber in die Welt hinausgezwungen zu werden ist ein wenig anders, als freiwillig hinauszugehen. Ich konnte stolz auf mich sein, obwohl ich nur langsam erwachsen geworden war.

Margo zog einen Stuhl heran und setzte sich mit einem

Block Papier und einem Bleistift an den Tisch. „Okay, nimm Platz, Aspen, und lass uns diese Liste erstellen. Vorteile auf der einen Seite, Nachteile auf der anderen Seite."

Ich setzte mich und dachte nach. „Der erste Vorteil wäre, dass ich genug Geld hätte, um das nächste Semester zu bezahlen. Und es würde mir helfen, mein Studium abzuschließen. Das ist ein ziemlich großer Vorteil."

„Einverstanden." Sie schrieb diese Dinge auf und sah mich an. „Jetzt im Ernst. Das Baby aufzugeben wird nicht einfach sein. Wie willst du das schaffen?"

Sie hatte recht. „Ich muss mit Ransom darüber reden. Er hat zugestimmt, mich am Leben des Kindes teilhaben zu lassen, aber ich weiß nicht, in welchem Umfang. Ich weiß nicht, ob ich das Baby mit nach Hause nehmen kann oder was ich sonst noch tun darf."

„Also werde ich das als Nachteil notieren", sagte sie, als sie es aufschrieb. „Nicht so viel Kontakt zu dem Kind wie gewünscht."

Bei dem Gedanken, ein Baby zu haben und es dann Ransom zu übergeben oder, schlimmer noch, einem Kindermädchen, wurde mir schlecht. „Mach einen Stern daneben. Ich glaube wirklich nicht, dass ich das Baby einfach zurücklassen kann."

Sie klopfte mit dem Radiergummi an ihr Kinn und fragte: „Was wäre, wenn er dir erlauben würde, bei ihm zu leben? Nun, nicht direkt mit ihm zusammen, sondern im Haus. Oder seiner Villa oder seinem Anwesen. Wo auch immer er lebt."

Mein Herz wurde schneller. „Ja! Was, wenn er das tun würde?" Ich dachte, das könnte für mich funktionieren. „Es wäre keine feste Bindung. Er könnte tun, was er wollte. Aber ich würde die ganze Zeit für unser Kind da sein. Ich denke, das wäre großartig."

Mein Optimismus schwand, als sie sagte: „Er wird aber wahrscheinlich nicht zustimmen."

Mein Herz sank wieder. „Du hast wohl recht."

Margo sah auf den Block, auf dem so wenig geschrieben stand. „Ich denke, du solltest noch einmal mit ihm darüber reden und die Details ausarbeiten."

Ich dachte darüber nach, wie der Rest des Abends verlaufen war, nachdem ich ihn verärgert hatte. Er hatte seinen Stuhl zurück auf die andere Seite des Tisches gestellt und war ein bisschen distanziert geworden. Und er hatte sichergestellt, mich noch einmal wissen zu lassen, dass ich nicht sein Typ war und er kein Problem dabei sah, dass ich sein Baby bekam. Er war davon überzeugt, dass er den Deal im Hinblick auf mich ohne feste Bindung durchziehen könnte.

Ich konnte nicht leugnen, dass mein Ego verletzt war. Außerdem teilte ich seine Meinung in dieser Angelegenheit nicht.

Er schien sich von mir angezogen zu fühlen und ich dachte, die Kälte sei nichts weiter als ein Abwehrmechanismus, nachdem ich ihm erzählt hatte, was ich von ihm hielt. Ich war mir ziemlich sicher, dass das noch nie jemand getan hatte.

Aber warum sollte jemand überhaupt so etwas sagen?

„Margo, es ist einfach so, dass ich nicht glaube, dass ich das durchziehen kann, ohne mich in den Mann zu verlieben", gab ich zu.

„Das könnte ich auch nicht, Aspen. Er ist so heiß." Sie fächelte sich Luft zu. „Und Tag für Tag bei ihm zu leben würde alles nur noch schwieriger machen."

„Aber er ist sich so sicher, dass er das Baby will und sonst nichts." Ich stützte meinen Ellbogen auf den Tisch und legte mein Kinn in meine Handfläche. „Und ich weiß, dass ich mehr von ihm will. Bei ihm habe ich Schmetterlinge im Bauch."

Sie lachte. „Oh, wirklich?"

Ich nickte, als ich darüber nachdachte, wie ich mich bei ihm fühlte. „Er und ich kamen so gut miteinander aus – bevor ich ihn einen Playboy nannte."

Mit einem Seufzer sagte sie: „Man kann nicht herumlaufen und Männer so nennen. Was, wenn er dich eine gewissenlose Verführerin genannt hätte? Wie würdest du dich dabei fühlen?"

„Nun, da ich keine bin, würde ich jedem Mann, der so etwas behauptet, sagen, dass er sich irrt." Ich strich mein Haar aus meinem Gesicht und fügte hinzu: „Ransom hat es nicht abgestritten. Er ging einfach nur auf Distanz."

Margo zuckte mit ihren Augenbrauen. „Nun, er ist ein schöner Mann, muskulös und fährt einen Porsche. Die Chancen stehen gut, dass er ein richtiger Bad Boy ist. Hör auf, Playboy zu sagen, Aspen. Niemand verwendet diesen Begriff mehr."

„Ich bin völlig überfordert." Mein Gesicht fiel in meine Hände, als ich darüber nachdachte, was für ein Freak ich wirklich war. „Er hat mich dazu gebracht, Austern zu essen und Wein zu trinken. Er hat mein Inneres zum Schmelzen gebracht." Ich erinnerte mich daran, was sonst noch passiert war, aber ich wollte ihr nicht sagen, dass er auch meinen Slip nass gemacht hatte.

„Ja, Bad Boys machen das mit Mädchen. Mit vielen Mädchen. Sehr vielen", fuhr sie fort.

„Und er hätte es auch mit mir gemacht, wenn ich nicht so zickig zu ihm gewesen wäre." Ich hatte versagt und wusste es.

Oder doch nicht?

Ich richtete mich auf und dachte über die Situation nach. Ich hätte mich diesem Mann hingegeben. Ich hätte Ransom Whitaker meine Jungfräulichkeit geschenkt, wenn er mich weiter verführt hätte.

Ich konnte dem Deal, den er wollte, nicht zustimmen. Ich konnte kein Kind mit ihm zeugen und nie mehr als das haben. Und ich wollte nicht einfach eine weitere Kerbe am Bettpfosten des Mannes werden.

Ich war besser als das. Ich hatte jahrelang auf den richtigen Zeitpunkt gewartet. Ich konnte jetzt nicht einfach mit dem ersten Bad Boy schlafen, der mir seine Aufmerksamkeit schenkte.

War ich immer leicht zu haben gewesen und hatte nur nie einen Jungen getroffen, der schlecht genug war, mich zu nehmen?

Ransom war auch schlecht. Wirklich schlecht.

Dieser Mann wollte ein Baby haben, nur um sein Erbe zu behalten. Das war kein Grund, ein Baby zu bekommen.

Und was noch schlimmer war, er wollte dieses Baby nicht mit einer Frau haben, mit der er möglicherweise eine Bindung eingehen würde. „Nichts Verbindliches" war vermutlich sein Motto bei allem, was er tat.

Aber dann fiel mir ein, dass er gesagt hatte, dass er ein Baby wollte, damit er mit jemandem auf dieser Welt verwandt sein würde, und wenn ich sein Baby hätte, wäre ich das auch.

Und das wollte ich. Ich hatte nie gewusst, dass ich es wollte, bis er es ansprach, aber ich tat es. Und ich wusste nicht, ob ich jemals einen Mann finden würde, den ich heiraten könnte, um eine Familie zu gründen.

Ich hatte bisher noch keinen gefunden. Aber ich war keine alte Jungfer, die keinen Ehemann und keine Familie mehr haben konnte. Ich war erst dreiundzwanzig. Es gab noch viel Zeit, Mr. Right zu finden.

Und wenn ich es tat, was dann?

Wenn ich ein Kind mit Ransom hätte und er und ich das Kind zusammen großziehen würden, was würde ich tun, wenn ich Mr. Right fand?

Ihn unserer Familie hinzufügen?

Schlimmer noch, was wäre, wenn Ransom eine Miss Right fand und sie in das Leben unseres Kindes brachte? Was wurde dann aus mir?

Es gab einfach zu viele Variablen. „Das kann ich nicht. Ich kann es einfach nicht."

Margo nickte und stand auf, um den Block und den Bleistift wegzulegen. „Nein, das kannst du nicht. Es ist einfach nicht das Richtige. Dir fehlt die innere Härte, die eine Frau braucht, um so etwas durchzuziehen. Oder vielleicht ist es überhaupt nicht Härte. Vielleicht ist es ein sanfter Wesenszug. Vielleicht muss man eine Menge Mitgefühl für einen Mann haben, um etwas so Selbstloses für ihn zu tun."

„Vielleicht." Ich stand auf und ging zur Wohnungstür, um an diesem Tag mit der Arbeitssuche zu beginnen. „Ich werde ihn in ein paar Tagen anrufen und ihm sagen, dass ich es nicht tun kann. Wenn ich ihn jetzt anrufe, wird er nette Dinge sagen und versuchen, mich umzustimmen. Inzwischen denke ich, dass ich zu anfällig für seinen Charme bin, wenn er ihn einsetzt. Möglicherweise tut er das aber gar nicht mehr. Ich habe wirklich einen Nerv getroffen, als ich ihn einen Playboy nannte."

Es war mir nie in den Sinn gekommen, dass ich einen Mann verletzen könnte, indem ich so etwas sagte.

Bin ich wirklich so nett, wie ich glaube?

KAPITEL NEUN

Ransom

Lubbock, Texas – *18. Mai*
Grandad konnte nach draußen gehen, um mit mir auf seiner Lieblingsterrasse zu sitzen und den Sonnenuntergang zu beobachten. „Das werde ich vermissen, Junge."

Ich hasste es, wenn er solche Dinge sagte – als wäre es eine Gewissheit, dass er sterben würde. „Grandad, du wirst noch mehr davon sehen. Ich möchte nicht, dass du dir darüber Sorgen machst. Oder darüber nachdenkst."

Seine runzlige Stirn runzelte sich noch mehr. „Es ist schwer, nicht darüber nachzudenken, Ransom. Du hast keine Ahnung."

Und ich will keine Ahnung davon bekommen.

„Die Pflegerin sagte mir heute, dass deine Werte besser werden. Das sind gute Neuigkeiten." Ich nahm mein Bier und trank davon. Er war so pessimistisch. Ich fragte mich, wie er diese gute Nachricht ins Gegenteil verkehren würde.

„Ja, nun, das ist schon einmal passiert." Seine Augen schlossen sich für einen Moment, dann öffnete er sie wieder. „Das Traurige daran ist, dass die Werte immer besser werden, kurz bevor sie wieder schlechter werden. Ich nehme an, das ist Gottes grausamer Humor."

Ich durfte ihn nicht so denken lassen. „Nun, vielleicht werden die Werte diesmal immer besser. Vielleicht wirst du derjenige sein, der am Ende lacht."

„Sicher. Vielleicht." Ich hatte Glück, zumindest das aus ihm herauszubekommen.

Sein Teint war besser, seine Augen lagen nicht mehr ganz so tief in ihren Höhlen und er konnte aus dem Bett aufstehen, was großartig war.

„Ich bin sicher, dass die Medikamente wirken und du es in kürzester Zeit hinter dir hast." Zumindest betete ich, dass ich recht hatte.

Selbst an seinen besten Tagen war er immer noch nicht der Mann, den ich vor etwas mehr als einem Monat verlassen hatte. Ich wusste nicht, wie ich die Veränderung an ihm nicht bemerken konnte, als ich ging. Es musste Anzeichen dafür gegeben haben, dass er krank war. Aber ich hatte sie nicht gesehen.

Um ehrlich zu sein, hatte ich dem Mann, der so viel für mich getan hatte, nicht genug Aufmerksamkeit geschenkt, um etwas Ungewöhnliches zu sehen. Zu meiner Verteidigung dachte ich ehrlich, der alte Fuchs würde selbst mich überleben.

Eine kühle Brise wehte und ließ ihn erzittern. Ich stand auf, griff nach der Decke, die er immer in der Nähe hatte, und legte sie um seine Schultern. Schultern, die einst so breit gewesen waren wie meine, jetzt aber schmal und knochig waren.

Ich versuchte, es zu ignorieren, als ich die Decke über sie streifte. „Vielleicht sollten wir reingehen. Die Abendbrise ist aufgekommen, Grandad."

„Nein, ich möchte zuerst die Sterne sehen. Auch wenn es nur wenige sind, möchte ich sie sehen. Und nicht nur durch ein Fenster. Ich möchte sie in all ihrer Pracht sehen." Er atmete so tief ein, wie er konnte, und musste wie verrückt husten.

Ich wusste nicht, was ich tun sollte. Er hasste es, wenn ich ihn berührte, während er einen solchen Anfall hatte. Also konnte ich nur darauf warten, dass er hoffentlich bald endete.

Seine Augen tränten, als der Anfall vorbei war. Er wischte sie mit dem Handrücken ab. „Meine Güte. Ich hasse das. Wirklich."

Ich klopfte ihm auf die Schulter in dem Wissen, dass es so war. „Nun, hoffentlich wird dies durch die Behandlung bald der Vergangenheit angehören."

Er sagte kein Wort, um mir zuzustimmen. „Also, wie läuft die Suche nach einer Leihmutter?"

„Schlecht." Ich setzte mich wieder und nahm mein Bier, um noch einen Schluck zu trinken.

„Hast du niemanden mit guten Genen gefunden, der das für dich tun kann? Bietest du genug Geld?", fragte er. Er schien wirklich überrascht zu sein, dass ich noch niemanden gefunden hatte.

„Ich bin über den genauen Betrag, den ich biete, sehr verschwiegen, weil er von der Frau abhängt und davon, wie sehr ich will, dass sie es macht." Ich musste einen weiteren Schluck nehmen, um Aspens Gesicht aus meinen Gedanken zu verdrängen.

Sie hatte mich einen Playboy genannt. Sie hatte gesagt, ich wäre kein Mann, bei dem sie ein Kind lassen würde. Für wen zum Teufel hielt sie sich, um so über mich zu denken?

„Und keine dieser Frauen hat dein Interesse geweckt?", fragte er.

„Nein", log ich und wie immer merkte er es sofort.

„Das war ein bisschen zu schnell", sagte er und sah mich mit zusammengekniffenen Augen an. „Es gibt bestimmt mindestens eine, die du magst."

„Ich mag sie nicht. Sie hat etwas Fieses zu mir gesagt." Ich nahm noch einen Schluck, um die Wut zu ertränken, die in mir hochkam. „Sie hat mich einen Playboy genannt und gesagt, dass ich nicht dazu geeignet bin, allein ein Kind großzuziehen."

„Ha!" Er lachte heftig, was einen weiteren Hustenanfall auslöste.

Ich fühlte mich schlecht, weil ich ihn so zum Lachen gebracht hatte. Das hatte ich nicht gewollt. Und ich hatte das, was sie gesagt hatte, übertrieben. Das waren nicht ihre genauen Worte gewesen, aber trotzdem ...

Aspen Dell glaubte nicht, dass ich Substanz hatte. Sie glaubte nicht, dass ich allein ein Kind haben sollte.

Wer zum Teufel ist sie überhaupt?

Sie kannte mich gar nicht. Sie wusste nichts über mich. Kannte nicht mein wahres Ich. Nicht den Mann, der ich war. Oder sein könnte.

Ich stand normalerweise nicht auf Frauen, die so schön waren wie sie. Frauen mit perfekten Körpern. Frauen mit einem Lächeln, bei dem einem das Herz anschwoll und man das Gefühl hatte, dass es platzen könnte, wenn man ihre hübschen rosa Lippen nicht küsste.

Ich stieß den Atem aus, als mein Großvater sagte: „Sie hat recht, weißt du."

Meine Kinnlade klappte herunter. „Wenn sie recht hat, warum verlangst du dann einen Erben von mir?"

„Das habe ich dir schon gesagt", knurrte er. „Deinetwegen. Ich möchte nicht, dass du allein zurückbleibst. Aber du musst dich erst ändern und erwachsen werden. Ich hoffe, ein Baby wird dir dabei helfen, dich weiterzuentwickeln. Eine gute Frau würde auch helfen. Wie heißt dieses Mädchen und was macht es?"

„Es heißt Aspen Dell und studiert Mineralöltechnik", ließ ich ihn wissen.

Ich war auf seine Begeisterung vorbereitet, als er rief: „Was?

Sie klingt perfekt für diese Familie, Ransom. Worauf wartest du? Erobere sie, Junge. Schenk ihr den Mond, wenn sie ihn will."

„Sie denkt, ich bin nicht gut genug, Grandad. Hast du nicht gehört, was ich gesagt habe?" Ich wollte noch mehr trinken, aber mein Bier war leer. „Verdammt. Ich bin gleich wieder da." Als ich zu dem Kühlschrank neben der Tür ging, murmelte ich: „Er glaubt, dass es so einfach ist. Er hat die Frau nicht getroffen. Sie ist gemein. Richtig gemein. Und sie glaubt, alles zu wissen. Sie weiß nichts. Sie glaubt, ich bin ein Playboy. Und wer sagt dieses Wort überhaupt noch? Playboy. Nicht ich. Keiner, den ich kenne. Sie ist eine eiskalte Schlampe, das ist sie. Nun, Schlampe ist ein bisschen hart und sie ist gar nicht so kalt. Aber sie ist etwas, das ich weder brauche noch will." Ich nahm das Bier aus dem Kühlschrank, schlug die Tür zu, öffnete den Deckel und nahm einen langen Schluck, bevor ich wieder nach draußen ging, wo mein Großvater mich anlächelte.

„Du magst sie!"

„Nein. Ich hasse sie irgendwie sogar." Ich ließ mich auf den Stuhl fallen und presste die Flasche wieder an meine Lippen.

„Sag mir, wie sie aussieht", drängte er mich.

„Lange, dunkle Locken, die bis zu ihrem perfekten Hintern reichen. Ihre Augen sind hellbraun und haben dunkelgrüne und goldene Flecken. Sie hat hohe Wangenknochen, die mich an das Gemälde einer Indianerin erinnern, das ich einmal besichtigt habe. Ihre Lippen sind voll und haben den schärfsten Amorbogen, den ich je gesehen habe. Ihre Zähne sind von Natur aus perfekt. Sie ist die schönste Frau, die ich je getroffen habe." Ich nahm noch einen Schluck.

„Sie ist die Richtige, Ransom. Sie ist die richtige Leihmutter für dich. Wenn sie auch sonst nichts ist, das ist sie." Er tippte sein Kinn an, als er über die Situation nachdachte. „Biete ihr mehr Geld, als eine vernünftige Frau ablehnen kann. Stelle sicher, dass sie weiß, dass sie hier bei uns wohnen kann. Stelle sicher, dass sie weiß, dass sie in jeder Hinsicht die Mutter des Babys sein wird. Dass sie es nicht an dich verlieren wird."

„Wird sie das nicht?", musste ich fragen. „Was, wenn ich jemanden finde, den ich liebe und heiraten möchte? Dann würde meine Partnerin die Mutter meines Kindes werden, oder?"

„Das wirst du nicht." Er lachte, stoppte sich jedoch, bevor er wieder husten musste. „Falls doch, kannst du dir etwas überlegen, wenn die Zeit kommt. Wenn sie eine gute Frau ist, und ich wette darauf, dass sie es ist, ist der Hauptgrund für ihr Zögern, dass sie das Baby nicht verlieren will."

„Ja, den Eindruck habe ich auch." Ich stellte das Bier weg, um nachzudenken. „Aber ich weiß nicht, Grandad. Sie wird vielleicht nie einwilligen."

„Bring sie dazu." Er sah mich streng an. „Ich meine es ernst. Du musst ihr zeigen, dass es eine großartige Idee ist und sie davon nur profitieren wird. Sie wird nichts verlieren. Schließe einen Vertrag ab, der ihr Sicherheit gibt. Sie ist klug, wenn sie diesen Abschluss anstrebt, das kann ich dir sagen. Und ehrlich gesagt brauchst du ein kluges Mädchen als Mutter des Babys. Deine Mutter, Gott sei ihrer Seele gnädig, war nicht die Hellste. Du hast ein bisschen von ihrer Dummheit abbekommen. Aber nicht alles davon. Dein Vater war ein kluger Mann. Glücklicherweise kommst du nach ihm. Aber du brauchst eine intelligente Frau, um ein intelligentes Kind zu bekommen, Ransom. Sie ist die Richtige. Lass sie nicht entwischen."

„Sie hat mich nicht angerufen. Sie ist vielleicht schon entwischt." Ich wollte sie nicht anrufen und bitten, die Mutter meines Babys zu sein. Auf gar keinen Fall.

Sie hatte mich beleidigt!

Sie war auf meinem Stolz und meiner Würde herumgetrampelt!

„Du hast bestimmt ihre Telefonnummer", erinnerte er mich.

Ich hatte sie noch. Sie war in der Kontaktliste meines Handys. Tatsächlich hatte ich ihren Namen mehrmals am Tag nachgeschlagen und mich gefragt, ob ich einen Anruf von ihr verpasst hätte.

Aber das hatte ich nicht. Und ich war mir nicht ganz sicher, ob ich ihren Anruf überhaupt angenommen hätte. Sie im Ungewissen zu lassen könnte Spaß machen.

Könnte? Nein, das würde es ganz sicher.

Sie war so perfekt. So anständig. So verantwortungsbewusst.

Ich war mir sicher, dass sie unerträglich sein würde. Aber mein Großvater saß da und starrte mich unverwandt an. „Ruf sie an, Ransom Whitaker. Mach ihr ein Angebot, das sie nicht ablehnen kann."

„Ich werde ihr noch einen Tag geben, um mich zuerst anzurufen. Ich habe meinen Stolz, weißt du. Und wenn sie nicht anruft, schicke ich ihr Blumen und Pralinen. Dann vielleicht eine schöne Flasche Wein, um sie ein wenig zu entspannen, bevor ich bei ihr auftauche und ihr den Atem raube." Ich hielt das für einen großartigen Plan.

„Das wirst du nicht tun. Sie ist schlau. Du musst das Ganze wie einen Businessdeal behandeln. Sie wird niemals auf deinen Mist hereinfallen. Nicht, wenn sie so klug ist, wie ich vermute." Grandads Lächeln wurde arrogant, weil er zu wissen glaubte, wie man mit diesem Mädchen umgehen musste. Ich hingegen wusste, dass er aus seinem Element war. „Mach die Dinge auf meine Weise und sieh zu, wie sie sich unserem Willen beugt, Junge."

Oh, ich würde gerne sehen, wie sie sich meinem Willen beugte. Grandads Willen? Eher weniger, aber meinem? Oh, verdammt, ja.

Bin ich wirklich so nett, wie ich denke?

KAPITEL ZEHN

Aspen
Lubbock, Texas – 19. Mai

Auf dem Weg zum Studierendensekretariat schloss ich einen Pakt mit dem Teufel. Ich würde finanzielle Unterstützung beantragen. Studentendarlehen sollten nie eine Option sein, aber ich war verzweifelt.

Sicher, zwanzigtausend Dollar würden zu dreißigtausend, dann vierzigtausend und sogar fünfzigtausend werden, bevor ich alles zurückzahlen konnte, aber ich musste mein Studium beenden.

„Miss Dell, da sind Sie ja", sagte die Frau am Schreibtisch, als ich die Tür zu ihrem Büro aufstieß.

Ich konnte mich nicht an ihren Namen erinnern und musste zu dem Schild auf ihrem Schreibtisch sehen. „Ja, Miss ..." Es dauerte eine Sekunde, den Namen zu lesen. Er konnte nicht richtig sein. Es gab zu viele Zs und sogar einige Ks.

Sind das drei Ys?

„Man nennt mich Miss Z", half sie mir aus. „Bitte setzen Sie sich. Ich habe viel mit Ihnen zu besprechen."

Ich war optimistisch, dass mich vielleicht eine gute Nachricht erwartete. Vielleicht hatte sie ein paar Stipendien gefunden, nachdem sie meine hervorragenden Noten gesehen hatte. Vielleicht sogar Zuschüsse? Ich war bereit, zur Abwechslung etwas Gutes zu hören. „Großartig. Ich bin ganz Ohr."

„Okay, es scheint, dass Sie nicht für Zuschüsse qualifiziert sind", sagte sie, als sie ihre dicke schwarze Brille abnahm. Sie hielt sie in einem lockeren Griff unter ihrem Kinn fest. „Oder für Stipendien. Und ich fürchte, dass Sie ohne Bürgen keine Studentendarlehen erhalten."

„Keine?" Ich konnte nicht glauben, was sie gesagt hatte.

„Keine." Sie setzte die Brille wieder auf und tippte auf die Tastatur ihres Computers. „Aber Sie haben bereits einen Bachelor-Abschluss in Mineralöltechnik. Mein Rat an Sie ist, mit diesem Abschluss einen Job zu suchen. Sobald Sie sechs Monate gearbeitet haben, haben Sie Anspruch auf ein Studentendarlehen."

Sie glaubt, sie weiß Bescheid.

Nun, das tat sie nicht. „Ich habe kein Auto. Und auch keine Wohnung in einer der Städte, in denen die Jobs sind. Im Moment habe ich noch nicht einmal einen Teilzeitjob, um für ein Auto sparen zu können. Ich brauche finanzielle Hilfe. Dringend."

Sie tippte wieder auf ihre Tastatur.

„Ich habe hier in Lubbock ein Praktikum in einer Raffinerie." Sie hielt inne und beugte sich zu ihrem Computerbildschirm. „Oh, dafür gibt es kein Geld." Sie sah mich an. „Sie müssen Geld verdienen, richtig?"

Ja, verdammt!

Das sagte ich aber nicht. Das wäre unhöflich. Ich war nie unhöflich. „Ich muss Geld verdienen. Wenn ich irgendwo einen Vollzeitjob finde ... "Kann ich dann die finanzielle Hilfe bekommen, die ich brauche, bevor das Herbstsemester beginnt?"

„Sie müssen dafür mindestens sechs Monate einen Job

haben", sagte sie. „Es ist nicht mehr viel Zeit bis September. Es tut mir leid. Ich weiß wirklich nicht, was ich sonst noch für Sie tun kann."

„Ich mache alles. Bitte. *Alles*", flehte ich sie an. „Geben Sie mir, was Sie können. Bitte. Ich würde über glühende Kohlen gehen, um meinen Master-Abschluss zu machen." Ich fühlte mich wie eine Idiotin.

Bettle ich wirklich darum, Schulden zu machen, die ich danach jahrzehntelang abbezahlen muss?

Ihre Augen schlossen sich und sie schien Mitleid mit mir zu haben. Zumindest hatte ich das. Miss Z bemitleidete mich. „Sie müssen jemanden finden, der als Bürge für das Darlehen fungieren kann. Kennen Sie überhaupt jemanden, der das könnte? Irgendein Familienmitglied, das seit mindestens sechs Monaten einen Job hat? Eine Freundin, die darauf vertraut, dass Sie das Geld zurückzahlen, damit sie es nicht muss?"

Ich hatte Cher. Sie arbeitete seit drei Jahren. „Ich kenne jemanden!"

„Großartig." Sie machte sich bereit, wieder auf ihre Tastatur zu tippen. „Was für einen Job hat ihr Bürge und wie lange schon? Oh ja, und es ist Vollzeit, richtig?"

„Nein." Mir wurde schlecht. „Es ist nur Teilzeit. Sie studiert hier Kunst."

„Das heißt, sie hat bereits eigene Studentendarlehen und könnte sowieso nicht für Ihre bürgen. Tut mir leid." Sie sah traurig aus, das musste ich ihr lassen. „Wenn Sie jemanden finden, kommen Sie einfach hierher zurück und ich helfe Ihnen. Vergessen Sie aber nicht, dass wir das alles vor dem ersten September in Ordnung bringen müssen."

„Ja, Ma'am." Ich stand auf, verließ ihr kleines Büro und ging direkt in die nächste Damentoilette, um mir die Augen auszuweinen.

Ich war erledigt. Es war vorbei.

Meine Träume waren zerstört.

Keine meiner Mitbewohnerinnen hatte ein Auto, das ich ausleihen konnte, um zu Bewerbungsgesprächen außerhalb der Stadt zu fahren.

Ich hatte kein Geld, um den Bus zu nehmen. Und selbst, wenn ich mir Geld lieh, was dann?

Ich würde den Bus zu einem Vorstellungsgespräch nehmen, den Job vielleicht bekommen und dann?

Die Unternehmen, die mich einstellen könnten, waren in Dallas, San Antonio und Houston. Wo sollte ich wohnen, wenn ich dort einen Job bekam?

Meine Zukunft war immer verheißungsvoll gewesen, jetzt war sie so düster wie eine mondlose Nacht. Es war, als würde ich von einer Klippe ins tiefste Gewässer der Erde stürzen. Ein krokodilverseuchtes Gewässer.

Ja, es war so schlimm.

Meine Füße wogen tausend Pfund, als ich zu meiner Wohnung zurückging. Mein Körper brannte in der Sonne. Es war mir egal. *Verbrenne mich ruhig bei lebendigem Leib, du dumme Sonne!*

Zumindest müsste ich mir dann keine Sorgen mehr machen.

Wenn ich eine Trinkerin gewesen wäre, hätte ich mich in den Alkohol geflüchtet. Das Leben schien jetzt so hoffnungslos zu sein.

Niemand hatte mich auch nur zu einem Vorstellungsgespräch eingeladen. Ich hatte sieben Bewerbungen eingereicht und überall angerufen. Immer wieder hatte man mir gesagt, dass ich für die verfügbare Position überqualifiziert sei.

Ich sagte ihnen, dass ich alles tun würde. Fegen. Wischen. Toiletten reinigen. Egal was, ich würde es tun. Aber jedes Mal war die Antwort ein respektvolles „Nein".

Was sollte ich nur tun?

Ich konnte nicht erwarten, dass meine neuen Mitbewohnerinnen mich mitfinanzierten. Ich konnte nicht erwarten, dass sie mich weiterhin bei sich wohnen lassen würden, wenn ich nichts zu den Rechnungen beitragen konnte.

Ich hatte nur noch genug Geld, um für eine weitere Woche Top Ramen zu kaufen.

Top Ramen!

Ich war am Boden und er war hart.

Als ich zu Hause ankam, fand ich dort nur Margo. Natürlich war sie die Einzige dort. Unsere anderen Mitbewohnerinnen hatten Jobs!

„Ich habe großartige Neuigkeiten", rief sie, als sie mich an der Tür traf.

Sie umarmte mich und begann auf und ab zu springen. Ich machte nicht mit. Meine Schultern sanken, mein Körper sackte zusammen und ich fragte: „Was ist?"

„Ich habe einen Job!", kreischte sie.

„Das ist großartig", sagte ich mechanisch. „Ich freue mich so für dich."

Sie ließ mich los und trat zurück, um mich anzusehen. „Wirklich? Weil du nicht wirkst, als ob du das tust."

Ich ließ mich auf die Couch fallen. „Doch, das tue ich. Wo hast du einen Job bekommen?"

„In der Reinigung die Straße runter." Sie setzte sich zu meinen Füßen auf das Ende der Couch.

Ich hatte mich auch für diesen Job beworben. Seltsam, dass ich ihn nicht bekommen hatte.

„Ich freue mich wirklich für dich, Margo." Es hörte sich nicht so an, als würde ich es ernst meinen. „Ich hatte mich auch dafür beworben. Offenbar aber erfolglos", sagte ich.

„Das tut mir leid. Etwas wird sich ergeben, Aspen. Ich bin mir sicher, dass es so sein wird." Sie zog mir einen meiner Flip-Flops aus und massierte meinen Fuß. Sie war eine großartige

Freundin. „Wenn in der Reinigung eine Stelle frei wird, sage ich es dir."

„Ja. Cher sagte das Gleiche über Chick-fil-A und Anna über Long John Silver." Ich hielt inne, um tief zu seufzen. „Ich habe einen Bachelor-Abschluss in Mineralöltechnik und meine besten Perspektiven bestehen aus Fast Food und Wäsche. Ich bin eine echte Gewinnerin."

„Was ist mit der finanziellen Hilfe, über die du heute Morgen gesprochen hast? Nach allem, was ich höre, kannst du mehr Geld bekommen, als du für deine Kurse brauchst, und davon leben, bis du einen Job findest." Margo strahlte und dachte anscheinend, sie hätte etwas gesagt, das mich glücklich machen würde.

„Ich kann keine finanzielle Unterstützung bekommen. Ich bin auch nicht für Stipendien oder Zuschüsse berechtigt. Die Frau im Studierendensekretariat sagte mir, ich soll den Abschluss, den ich schon habe, dazu verwenden, einen Job zu bekommen." Ich musste pausieren, so deprimiert war ich. „Aber solche Jobs gibt es in anderen Städten, die ich nicht erreichen kann. Und selbst wenn ich könnte, hätte ich dort keine Wohnung."

Margo stand auf, um wortlos in die Küche zu gehen. Als Nächstes hörte ich sie fast eine ganze Stunde telefonieren. Ich tat nichts anderes, als zu atmen und die Wände anzustarren.

Als sie wieder vor mir stand, klang sie aufgeregt. „Okay, ich habe jeden angerufen, den ich kenne. Ich habe die Lösung für dich, Aspen Dell."

Ich setzte mich langsam auf und fragte mich, ob sie einen Job für mich gefunden hatte. Er würde meine Kurse im Herbst nicht bezahlen, aber er könnte für ein Dach über meinem Kopf und Essen in meinem Bauch sorgen. „Ja?"

„Ja." Sie setzte sich neben mich, legte ihren Arm um meine Schultern und umarmte mich fest. „Weißt du, du hast eine

Option. Es ist nicht die beste oder populärste, aber du hast eine. Und sie könnte dir ermöglichen, dein Studium wie geplant abzuschließen."

„Das verstehe ich nicht." Ich tat es wirklich nicht. „Wovon redest du?"

„Ransom Whitaker." Sie lächelte, als ob das tatsächlich funktionieren würde.

„Bist du verrückt?", musste ich fragen. Manchmal geben verrückte Leute zu, dass sie es sind.

„Nein, aber du bist verzweifelt und ich denke, er ist deine einzige Hoffnung." Sie streckte die Hand aus und zog mein Handy aus meiner Tasche. „Ruf ihn an."

„Ich glaube nicht, dass er mich noch will." Ich war mir sicher, dass er es nicht tat. „Er hat nicht angerufen. Nichts. Nicht einmal eine SMS. Ich bin zu weit gegangen. Ich habe dafür gesorgt, dass er mich nicht mehr mag. Vielleicht hasst er mich sogar."

„Du bist schön und hast ausgezeichnete Gene. Er will dich immer noch. Glaub mir. Vielleicht will er dich nur ein bisschen zappeln lassen." Sie drückte das Telefon in meine Hand. „Mach den Anruf. Ich bleibe zur emotionalen Unterstützung hier."

„Und wenn er mir sagt, ich soll mich verpissen, was dann?", fragte ich sie, weil ich nicht wusste, was ich tun würde, wenn er das tat.

„Dann werde ich dich festhalten, während du weinst. Und danach werden wir uns einen anderen Plan ausdenken."

Meine Finger zitterten, als ich die Knöpfe an meinem Telefon drückte, um ihn anzurufen.

„Aspen?", fragte er, als er ranging.

„Ja, ich bin's." Ich musste meine Augen schließen, um die nächsten Worte zu sagen. „Willst du mich noch?"

„Ich weiß es nicht", war seine Antwort. „Ich habe ein paar

andere Mädchen, die fast an dich herankommen. Keine von ihnen hat mich beleidigt."

Ich wusste es. „Wird es meine Chancen verbessern, wenn ich sage, dass es mir leidtut?"

Bin ich so tief gesunken, dass ich jemanden anbettle, mich sein Baby austragen zu lassen und es ihm dann einfach zu überlassen?

11

KAPITEL ELF

Ransom

Lubbock, Texas – 19. Mai
„Es würde nicht schaden."
Aspen schwieg einen Moment. Ich hörte zuerst ein langes Seufzen und dann konnte ich deutlich Tränen in ihrer Stimme hören.

„Ransom, es tut mir leid. Du hast keine Ahnung, wie leid es mir tut. Wenn du mich das nicht für dich tun lässt, weiß ich nicht, was aus mir wird."

Sie ist verzweifelt!

„Was ist los, Aspen? Was ist passiert?" Es musste schlimm sein, wenn sie mich anbettelte.

„Ich kann die Kurse im nächsten Semester nicht bezahlen. Ich habe keine Arbeit. Und ich habe nur noch genug Geld für einen Wochenvorrat chinesische Nudeln." Aspen fing an, leise in das Telefon zu schluchzen.

Sie war am Boden. Ich hatte nicht das Herz, sie noch mehr betteln zu lassen. „Hör zu, alles wird gut." Zumindest hoffte ich das. „Wie wäre es, wenn ich komme und wir uns in dem Park in deiner Straße treffen? Wir können reden und sehen, was uns einfällt."

„Wirklich?" Sie klang überrascht. „Du verzeihst mir also?"

Jetzt musste ich lachen. „Ja, ich verzeihe dir. Ich hätte wahrscheinlich nicht einmal sauer werden sollen. Du hattest recht."

Was? Ich konnte fast nicht glauben, dass ich ihr gerade gesagt hatte, dass sie recht hatte. Wahrscheinlich hatte ihr Weinen mir zugesetzt. Ich wollte alles tun, damit es ihr wieder besser ging.

Warum? Das wusste ich nicht Es war einfach instinktiv.

„Nein, das hatte ich nicht." Sie schniefte. „Ich hatte kein Recht, dich so zu nennen. Ich kenne dich nicht einmal. Meine Meinung basierte darauf, wie du mit mir gesprochen hast. Ich habe einfach angenommen, dass du so bist, und das war anmaßend von mir. Es tut mir leid, Ransom."

„Entschuldigung angenommen. Lass uns das vergessen. Wirst du mich also im Park treffen?", fragte ich, aber ich kannte die Antwort schon.

Anstelle weinerlicher Worte hörte ich jetzt einen Hauch von Begeisterung. „Ja, natürlich. Wann soll ich dort sein?"

„Ist es in einer halben Stunde zu früh?" Ich ging zur Garage, weil ich wusste, dass sie sagen würde, dass es okay wäre.

„Oh. Schon so bald?" Sie klang etwas zögerlich. „Ähm, okay. Ich werde dort sein."

Sie musste sich nach ihrem kleinen Ausbruch wohl erst beruhigen. „Alles klar. Wir sehen uns in dreißig Minuten."

Ich entschied, dass ich zuerst in Grandads Schlafzimmer vorbeischauen würde, um zu sehen, wie es ihm ging. Er lag auf Kissen gestützt nahe am Rand seines großen Bettes. Seine Augen waren geschlossen und seine Brust hob und senkte sich langsam.

Obwohl es fast Mittag war, war er noch nicht aufgewacht. Oder vielleicht war er es, und ich hatte es einfach verpasst. Er machte in letzter Zeit so viele Nickerchen. Ich dachte, das müssten die Medikamente sein, die sie ihm gaben. Aber ein Teil von mir dachte, es könnte der Krebs sein, der ihm die Lebenskraft raubte.

Ich schüttelte den morbiden Gedanken ab, drehte mich um und ging weiter zur Garage. Tatsache war, dass ich mich glücklich fühlte.

Aspen hatte meinen Tag gerettet. Der Gedanke, sie wiederzusehen, erfüllte mich mit etwas – ich wusste nicht, was. Etwas in mir fühlte sich einfach gut an.

Ihre Entschuldigung war nett. Sie half mir, meine Wut darüber zu überwinden, dass sie mich einen Playboy genannt hatte. Und jetzt, wo ich darüber nachdachte, war es sowieso albern, deswegen so wütend zu werden.

Frauen waren nicht mehr auf meinem Radar, seit ich aus Spanien nach Hause gekommen war. Ich hatte weit wichtigere Dinge im Kopf. Wenn ich über Frauen nachdachte, ging es nur um die Frau, die ein gutes Baby mit mir zeugen würde, darum, wie sich unser Aussehen kombinieren würde und wie wir dabei auskommen könnten, das Baby großzuziehen.

Die Fahrt zum Park dauerte weniger als zwanzig Minuten. Ich dachte, ich müsste ein paar Minuten auf sie warten. Herrliche Frauen wie sie ließen Männer immer warten. Es war nur eines der Spielchen, die sie spielten. Aber als ich in den Park fuhr, sah ich, wie sie auf einem hölzernen Picknicktisch saß und ein Buch las.

Für einen Moment saß ich einfach da und sah sie an. Sie hatte ihr lockiges, dunkles Haar zu einem langen Zopf geflochten, der über ihre linke Schulter hing. Die Sonne glitzerte und ließ es glänzen. Sie trug blaue Shorts, die ihre langen, schlanken, gebräunten Beine zeigten. Mein Schwanz war definitiv interessiert. Er drückte sich gegen den Reißverschluss meiner Jeans und wollte spielen.

Ich schaute auf meine hartnäckige Erektion hinunter und

sagte: „Nein. Sie ist nicht für dich. Sie soll die Mutter meines Kindes sein, nicht dein Spielzeug. Ich will, dass sie für das Baby bleibt. Du wirst sie nur nehmen und dann werde ich sie verlassen wollen. Das ist immer so. Du weißt das. Außerdem ist sie einfach zu hübsch. Wenn ich ihr zu viel von mir gebe, weißt du, was passiert. Also entspann dich einfach. Du kannst ein anderes Mal mit einer anderen Frau Spaß haben. Versprochen."

Als mein Schwanz unter Kontrolle war, stieg ich aus dem Auto und ging zu ihr. Sie sah von ihrem Buch auf, als ich mich räusperte. „Oh, du bist schon hier." Lächelnd legte sie das Buch beiseite und streckte die Hand aus.

„Was zur Hölle machst du da?", musste ich fragen, als ich das sah.

„Nun, ich wollte dir die Hand schütteln." Sie ließ ihre Hand an ihre Seite fallen. „Aber ich kann sehen, dass du das dumm findest."

Ich setzte mich auf den Picknicktisch, wo sie gewartet hatte. Dann tätschelte ich den Platz neben mir und sagte: „Setz dich."

Sie kletterte wieder hoch und setzte sich etwa einen Meter von mir weg. Ihre Augen waren etwas geschwollen. Ich vermutete, dass sie ziemlich viel geweint hatte. Sie musste absolut verzweifelt sein, um mich anzurufen.

„Gibt es etwas, das du über mich wissen möchtest?", fragte sie.

„Nun, ein Arzt wird deine Gesundheitsdaten und deine Familienanamnese sammeln, sodass wir jetzt nicht darauf eingehen müssen." Ich wollte nicht, dass sie diese Entscheidung nur deshalb traf, weil sie in einer verzweifelten finanziellen Situation war. „Aspen, abgesehen von dem Geld, warum willst du das tun?"

„Das ist eine gute Frage." Sie sah mir direkt in die Augen und ich spürte, wie Donner in mir widerhallte. „Weißt du, ich brauche das Geld so sehr wie die Luft zum Atmen. Aber ich habe auch darüber nachgedacht, was du gesagt hast. Dass mein Fleisch und Blut auf dieser Welt wäre, wenn ich es tue. Die Idee geht mir immer wieder in Endlosschleife durch den Kopf. Ich weiß auch, dass dein Kind niemals Geldsorgen haben wird. Also, mit wem wäre es besser, ein Baby zu haben, als mit dir?"

„Ich habe über künstliche Befruchtung nachgeforscht. Es ist ein wenig einschüchternd, vor allem für die Frau. Es gibt viele Dinge, die du tun musst. Du musst das Baby wirklich wollen, um das alles durchzumachen." Ich zog mein Handy heraus, um ihr etwas von dem zu zeigen, was ich gefunden hatte.

Sie kam näher und sah auf den Bildschirm. Bei ihrem Duft wurde mein Mund wässrig. Erdbeeren und Sahne kamen mir in den Sinn. Und ich fragte mich, ob sie so schmecken würde, wenn ich ihre prallen rosa Lippen küsste.

Aspen deutete auf ein Foto einer Frau, die ihren Bauch entblößte, damit eine Nadel eingeführt werden konnte. „Spritzen? Ich würde Spritzen bekommen?"

„Ja." Ich hoffte, dass das kein Tabu war. „Hast du Angst vor Spritzen?"

Sie schüttelte den Kopf. „Keine Angst. Ich bin nur nicht begeistert von der Vorstellung." Sie schaute erneut auf den Bildschirm. „Wird es viele davon geben?"

„Ich denke schon." Ich begann, mir Sorgen zu machen, nicht nur um sie, sondern um jede Frau, die ich bat, dies für mich zu tun. Das war verdammt viel verlangt von einer Fremden.

„Zusätzlich zu den Spritzen gibt es bestimmt auch noch Nebenwirkungen", murmelte sie. „Ah, hier ist es. Stimmungsschwankungen. Das habe ich mir schon gedacht." Sie sah mich lächelnd an. „Nun, zumindest musst du nicht meine schlechte Laune ertragen."

„Und warum nicht?", musste ich fragen.

Ihre Lippen verzogen sich zu einem breiten Lächeln und ich

vergaß fast zu atmen. „Weil ich nicht in deiner Nähe sein werde."

Ich musste mich konzentrieren, um Sauerstoff aufzunehmen. „Warum nicht?"

Ihre Augenbrauen verzogen sich. „Weil ich zu Hause sein werde und du nicht da sein wirst, nehme ich an. Oder hast du vor, mit mir zum Arzt zu gehen? Ich weiß nicht, wie das funktionieren soll."

„Oh, jetzt verstehe ich." In ihrer Gegenwart hatte ich Schwierigkeiten, klar zu denken. „Ich habe vergessen, dir etwas zu sagen. Es ist ziemlich wichtig. Ich möchte, dass du auf unserem Anwesen wohnst. Und nicht nur solange es dauert, bis du schwanger wirst. Wir möchten, dass du dauerhaft bleibst."

Verwirrung breitete sich auf ihrem hübschen Gesicht aus. „Etwa für immer?"

„Nun, zumindest bis unser Kind auszieht, denke ich, oder bis es alt genug ist, uns nicht mehr die ganze Zeit zu brauchen. Was auch immer zuerst kommt." Ich wusste, dass das ein bisschen verrückt klang. „Weißt du, ich möchte, dass du unserem Kind eine echte Mutter bist. Nicht nur eine Leihmutter, die ein Baby bekommt und es mir überlässt."

„Das klingt verdammt ernst, Ransom." Sie schaute weg, als suchte sie nach einer Antwort. Aber die gab es nirgendwo da draußen. Sie trug sie in sich.

Ich war nicht sicher, wie ich es formulieren sollte, aber ich musste es versuchen. „Du wirst dennoch frei sein. Ich werde nicht versuchen, dich in unserem Haus gefangen zu halten oder so. Mein Großvater ist derjenige, der dachte, dieses Kind sollte beide Elternteile haben, und er sagt, dass er nicht mehr viel Zeit hat. Wenn er nicht wäre, würde ich das weder von dir noch sonst irgendjemandem verlangen."

„Und du wirst dein Erbe verlieren, wenn er ohne Enkel stirbt, oder?", fragte sie und tippte an ihr Kinn.

„Ja." Ich dachte, dass sie mehr Anreize brauchte. „Ich bin immer noch bereit, dich dafür angemessen zu entschädigen. Du wirst nicht nur dafür bezahlt, das Baby zu bekommen. Ich werde einen Vertrag mit dir abschließen, der alles legal macht. Für jedes Jahr, das du auf dem Anwesen lebst, werde ich dich bezahlen. Wir können den Betrag gemeinsam aushandeln. Ich möchte, dass du das Gefühl hast, dass er fair ist."

„Das sieht immer mehr nach einem Vollzeitjob für mich aus." Sie schüttelte den Kopf und runzelte die Stirn. Es machte ihr Gesicht kein bisschen weniger schön. Ich fand das fantastisch.

„Sag mal, Aspen, siehst du jemals nicht perfekt aus?" Ich fuhr mit den Fingerspitzen über die glatte Haut ihrer Wange. „Du bist so symmetrisch. Wie eine Statue. Eine perfekt proportionierte, perfekt geformte Statue."

„Ich bin alles andere als perfekt", sagte sie, als ihre Wangen erröteten. „Es ist komisch, dass du das denkst. Das hat mir noch niemand gesagt. Du bist der Erste."

Das konnte ich nicht glauben. Sie war wunderschön. „Das kann ich mir nicht vorstellen. Wenn du das noch nicht gehört hast, dann deshalb, weil du nicht richtig zugehört hast."

Ihre Augen bohrten sich in meine, als suchte sie nach Ehrlichkeit in meinen Worten. „Ich verstehe dich nicht, Ransom Whitaker. Wirklich nicht. Aber es könnte Spaß machen, es zu versuchen."

„Ich würde mir nicht die Mühe machen, wenn ich du wäre. Ich bin ein Rätsel und ein Mysterium. Selbst ich verstehe mich meistens nicht wirklich." Es war wahr. Als ich meinen Kumpels erzählt hatte, wozu mein Großvater mich zwang, sagten sie mir alle, dass ich ein Narr sei, dabei mitzumachen. Jeder von ihnen konnte mir einen guten Job in einem seiner Familienunternehmen verschaffen. Aber ich wollte diese Sache aus irgendeinem Grund tun.

„Ich weiß nicht, was geschehen wird, Ransom, aber ich bin dabei. Wenn du mich willst", sagte sie.

Ein Teil von mir wusste, dass sie einfach zu verzweifelt war und ich sie nicht bitten sollte, so etwas zu tun. Aber ein anderer Teil von mir wollte, dass sie diejenige war, mit der ich meine DNA teilte, um ein Baby zu zeugen. Einen perfekten kleinen Engel. Halb ich, halb sie.

Alles, was ich tun konnte, war, sie anzulächeln, als Freude mein Herz erfüllte. „Ich will dich."

Ich werde ein Baby bekommen!

KAPITEL ZWÖLF

Aspen

Lubbock, Texas – 20. Mai

Nach unserer Abmachung sagte Ransom, ich solle in sein Auto steigen. Und ich tat es, was mir gar nicht ähnlich sah. Aber wenn ich diesen Pakt mit ihm schließen wollte, musste ich mir erlauben, ihm zu vertrauen.

Und wie froh ich war, dass ich es tat. Er fuhr mich zu seiner Bank und half mir, ein eigenes Konto zu eröffnen, auf das er sofort fünfzigtausend Dollar einzahlte. Bald darauf wurde ich sprachlos, als er mir sagte, dass er nach der Geburt des Babys noch weitere fünfzigtausend hinzufügen würde. Und für jedes Jahr, das ich auf dem Anwesen lebte, gab es noch mehr.

Wenn mein Vater noch am Leben wäre, hätte er mir gesagt, das sei zu schön, um wahr zu sein, und mich davor gewarnt, es zu tun.

Aber ich wollte es. Dieses Geld bedeutete, dass ich mein restliches Studium vollständig finanzieren konnte. Ich war in Sicherheit. Und außerdem hätte ich eine kleine Version von mir auf dieser Welt.

Ich musste nichts aufgeben. Ich hatte niemals diesen Traum gehabt, aber er wurde trotzdem wahr.

Am nächsten Morgen ging ich direkt zum Studierendensekretariat und bezahlte die Kurse für das nächste Semester. Dann ging ich zurück in die Wohnung, um zu packen. Ransom sagte, er würde mich an diesem Abend gegen fünf abholen und zu meinem neuen Zuhause bringen.

Ich war in einem ziemlich schönen Haus aufgewachsen. Aber ein Anwesen? Das war nicht einmal auf meinem Radar. Ich war ein Nervenbündel, als ich darüber nachdachte.

Margo saß am Ende meines Bettes, als ich Kleidung aus den Schubladen zog, und vergewisserte sich, dass sie zusammengelegt war, bevor sie sie in meinen Koffer packte. „Hast du keine Angst, dass du dich in seinem Haus verirrst, Aspen? Ich hätte Angst."

„Irgendwie schon." Ich warf eine Handvoll Höschen auf das Bett. „Du kannst sie einfach dorthin stopfen, wo sie reinpassen. Ich bin hier fertig."

„Sicher." Sie begann, die Slips in die Lücken zu schieben. „Ich denke, ich werde nach einer weiteren Mitbewohnerin suchen müssen."

„Was das betrifft ..." Ich hatte eine Idee, über die ich mit ihr sprechen wollte, und hatte sie fast vergessen. „Ich werde meinen Teil der Rechnungen weiterhin bezahlen. Ich möchte meinen Platz freihalten, nur für den Fall, dass etwas passiert. Wenn ich nicht schwanger werde, weiß ich, dass er mich bitten muss, auszuziehen. Und ich möchte mich nicht nach einer neuen Wohnung suchen. Ist das okay für dich, Margo?"

„Machst du Witze?", fragte sie scheinbar geschockt. „Natürlich ist es okay für mich."

„Gut." Ich hatte Geld aus dem Automaten auf dem Campus gezogen und gab ihr dreihundert Dollar. „Das ist für Juni. Und sag Bescheid, wenn etwas teurer wird. Für die anderen Mitbewohnerinnen werden Strom und Wasser bestimmt teurer, da bin ich mir sicher. Lasst mich nicht außen vor. Es ist nur fair euch gegenüber."

„Das ist albern. Zahle einfach die dreihundert Dollar. Es gibt keinen Grund, dass du noch mehr bezahlst. Du wirst sowieso nicht hier sein, um Strom oder Wasser zu verbrauchen." Sie klappte meinen Koffer zu und schloss den Reißverschluss. „Fertig. Jetzt können wir uns entspannen, bis er kommt, um dich abzuholen."

Ich ging ihr voran ins Wohnzimmer, wo Anna und Cher mit Stricken beschäftigt waren. „Gefällt dir das Blau, Aspen?", fragte Cher.

„Es ist ein schöner Blauton. Was wird das?" Ich setzte mich auf den gegenüberliegenden Sessel, während ich beobachtete, wie mühelos sie die langen, spitzen Stricknadeln bewegte. „Wow, das könnte ich niemals."

Cher lächelte mich an. „Es ist nicht so schwer. Ich mache eine Decke für die Couch. Anna macht eine in einem kontrastierenden Farbton für den Sessel. Ich denke, dass Limonengrün und Blau gut zusammenpassen. Was meinst du?"

„Es wird leuchten sein", sagte ich, „und toll aussehen."

Dank der beiden künstlerischen jungen Frauen verwandelte sich die kleine Wohnung bereits in etwas, das Margo und ich nie hinbekommen hätten.

Margo zog einen Küchenstuhl ins Wohnzimmer und setzte sich. „Ich dachte, ich könnte heute Abend für uns kochen. Klingt ungarisches Gulasch gut für euch?"

Anna und Cher nickten und ich sagte: „Ich werde bei Ransom essen."

Margo schaute nach unten und ich konnte ihre Gefühle auf ihrem Gesicht sehen, aber sie sagte trotzdem: „Ich werde es vermissen, dich in der Nähe zu haben, Aspen."

Cher sagte: „Ich auch. Ich weiß, dass ich noch nicht lange hier bin, aber ich werde dich vermissen."

Sogar Anna nickte. „Ich auch."

„Ich komme vorbei und besuche euch." Ich dachte darüber nach, wie sehr ich dieses Leben vermissen würde. „Und ich werde euch, Cher und Anna, auf dem Campus treffen." Ich sah Margo an, die nicht aufs College ging. „Und ich werde ganz sicher mit dir in Kontakt bleiben, Margo."

„Es wird nie wieder so sein, wie es war", wimmerte Margo. Ich sah eine Träne ihre Wange hinunterfallen und sie wischte sie mit der Hand weg. „Du wirst ein Baby bekommen und erwachsen werden, Aspen."

Cher schniefte. „Du wirst reich sein. Du wirst dich weiterentwickeln und neue Freundinnen finden, die so reich sind wie du."

Ich lachte. „Das werde ich nicht. Ich werde euch nie vergessen." Ich dachte, sie wären verrückt und würden total überreagieren. „Und ich werde nicht reich sein. Das ist Ransoms Deal, nicht meiner. Aber ich hoffe, ich muss mich nicht mehr um Geld sorgen. Und wenn ihr finanzielle Hilfe braucht, fragt mich besser danach. Ich meine es ernst."

Margo stand auf und ging durchs Zimmer, um mich hochzuziehen und fest zu umarmen. „Oh, Aspen, du bist die beste Freundin aller Zeiten!"

Ich weinte mit ihr zusammen und bevor ich mich versah, waren wir in einer Gruppenumarmung, und schluchzten gemeinsam. Plötzlich klopfte es an der Tür.

Ich versuchte, mich aufzurichten, und löste mich von den anderen. „Das ist wahrscheinlich Ransom."

Margo packte mich am Arm. „Geh nicht, Aspen. Bleib einfach bei uns."

So dumm es auch sein mochte, ich wollte fast genau das tun.

Aber ich hatte schon zwanzigtausend Dollar von dem Geld des Mannes ausgegeben. Und ich musste zugeben, dass ich mich immer mehr auf unser Baby freute. „Ich kann nicht, Margo. Aber ich werde wiederkommen. So wie ich es versprochen habe."

Ich wischte mir die Augen ab und ging zur Tür. Dort stand Ransom mit dem Rücken zu mir. „Hi", flüsterte ich.

Ich hasste fast die Art und Weise, wie er mein Herz in Aufruhr versetzte und meinen Körper mit Hitze erfüllte. Ich hoffte, dass ich mich daran gewöhnen würde, ihn zu sehen und bei ihm zu sein, und dass mir so etwas nicht mehr passieren würde.

Er drehte sich um und sah mich an. Seine blauen Augen funkelten amüsiert. „Hast du schon wieder geweint?"

Ich nickte.

Er schien überhaupt nichts zu verstehen. „Warum?"

Margo platzte heraus: „Weil sie uns verlässt." Dann lief sie ins Schlafzimmer.

Cher und Anna folgten ihrem Beispiel und ich stand weiter an der Tür. „Ähm ... Sieht aus, als wären sie alle ziemlich traurig." Ich schaute über meine Schulter zu den drei Koffern, in denen sich all meine Sachen befanden. „Willst du mir helfen, meine Sachen zu holen?"

„Sicher." Er kam herein und wir gingen zu dem Gepäckstapel auf dem Boden.

Ich bückte mich, um einen Koffer aufzuheben, aber er schob mich zur Seite. „Ransom?"

„Ich mache das schon." Er ergriff sie alle, als ob sie nichts wiegen würden. „Ist das alles?"

Ich nickte, als ich meine Handtasche von der Theke nahm. „Ja. Das ist alles, was ich habe."

Er wies mit dem Kopf zu der offenen Tür und sagte: „Dann lass uns von hier verschwinden."

Ich warf einen letzten Blick in die kleine Wohnung, bevor

ich durch die Tür ging. Ich konnte zu Besuch kommen und würde meinen Platz behalten. Aber ich bezweifelte, dass ich diesen Ort jemals wieder mein Zuhause nennen würde.

Es tat meinem Herzen ein bisschen weh.

Aber dann erinnerte ich mich daran, wie sehr mein Herz verletzt worden war, als ich das Zuhause verlassen musste, in dem ich aufgewachsen war. Es war schwer gewesen, aber ich hatte es geschafft. Und ich würde auch diese Veränderung überstehen.

Als ich weitere Tränen wegwischte, schloss ich die Tür und drehte mich zu Ransom um, der vor einem sehr hübschen perlenfarbenen SUV stand. Er hatte das Gepäck abgestellt und lehnte sich gegen die Motorhaube. „Gefällt er dir?"

„Er ist schön. Ist das ein Lincoln?", fragte ich, als ich auf den Wagen zuging und ihn mir ansah.

„Ja. Ein brandneuer MKX. Er hat drei Sitzreihen mit Platz für sieben Personen. Und hinten gibt es jede Menge Stauraum. Die Windschutzscheibe reagiert auf Feuchtigkeit und die Scheibenwischer werden automatisch eingeschaltet." Er nahm das Gepäck und ging zur Rückseite des Wagens.

Ich folgte ihm. „Das cremefarbene Leder ist wunderschön."

„Das gefällt dir, hm?" Er lud das Gepäck ein und es war immer noch Platz für mehr Dinge. „Geräumig, nicht wahr?"

„Sehr geräumig. Und er sieht so bequem aus. Hast du ihn gerade erst gekauft?" Ich strich mit der Hand über die Rückseite des Sitzes vor dem Stauraum. Das Leder fühlte sich glatt an.

„Ja. Ich habe ihn gerade aus dem Showroom gefahren und bin direkt hierhergekommen." Er ging um das Auto herum, bevor er die Tür zum Rücksitz öffnete. „Es gibt auch hinten viel Platz. Siehst du?"

Er zog sich zurück und ich schaute hinein. „Er ist perfekt. Ich liebe ihn."

„Ich bin froh, das zu hören." Er schloss die hintere Tür und öffnete die Fahrertür. Dann hielt er mir mit einem breiten Grinsen den Schlüssel hin. „Weil er dir gehört."

Ich dachte, ich hätte mich verhört. „Er gehört dir."

„Nein", sagte er. „Ich schenke ihn dir."

Ich schaute in den ultra-luxuriösen Innenraum. „Warum?"

Sein Lachen erschütterte mich und sandte ein Beben durch meinen ganzen Körper. „Warum? Weil du ein sicheres Auto brauchst, um mein Baby zu transportieren. Und dieses Auto ist sicher. Es hat Sensoren und wird langsamer, wenn du einem anderen Auto zu nahe kommst. Es kann dir dabei helfen, die beste Fahrerin zu werden, die du sein kannst. Deshalb."

„Auf keinen Fall." Ich konnte es nicht glauben. „Das ist meins? Im Ernst? Wenn ich nicht schwanger werde, gehört es trotzdem mir?"

Seine Lippen bildeten eine gerade Linie und er sah ein wenig verärgert aus. „Okay, erste Regel. Lass uns das nie wieder sagen."

„Was?" Ich hatte keine Ahnung, was er meinte.

„Dass du nicht schwanger wirst." Er nahm meine Hand und legte dann den Schlüssel auf meine Handfläche. „Weil du es wirst. Wir werden alles tun, um das zu erreichen. Und ja, das Auto gehört dir für immer. Sobald wir nach Hause kommen, gibt es Dokumente, die du unterschreiben musst, damit es offiziell ist."

Ich spähte in das Auto und fand es einschüchternd. „Ich denke, du solltest es vorerst fahren. Ich habe keine KFZ-Versicherung."

„Darum habe ich mich schon gekümmert. Im Moment wirst du von meiner Versicherung abgedeckt und wenn wir nach Hause kommen, bekommst du deine eigene bei meinem Anbieter." Er hatte alles gut geplant.

Es war so lange her, dass jemand so viel für mich getan hatte.

Nur Dad hatte sich so gut um mich gekümmert, wie Ransom es jetzt tat.

Ich öffnete meine Arme und umarmte ihn schnell. Sein Körper wurde starr, sein Herz schlug unter meinem Ohr und ich liebte die Art, wie er sich anfühlte. „Danke, Ransom! Ich liebe es!"

Seine Arme legten sich langsam um mich, dann umarmte er mich ebenfalls. Ich spürte, wie die Anspannung langsam seinen muskulösen Körper verließ. „Gern geschehen, Aspen. Ich wusste, dass du es lieben würdest."

Dass unsere Körper sich auf diese Weise berührten, fühlte sich richtig an – als gehörten sie zusammen. So hatte ich noch nie empfunden. Und als er mich losließ, konnte ich immer noch spüren, wie sein Herzschlag in meinem Körper nachhallte.

Ich muss vorsichtiger sein oder ich werde mich mit Sicherheit in ihn verlieben.

KAPITEL DREIZEHN

Ransom

Lubbock, Texas – 20. Mai

Ich vermute, mein Großvater hat nie vorhergesehen, dass ich die Art Reaktion erhalten würde, die ich bei unserer Vorbesprechung von der Fertilitätsspezialistin erhielt. Sie saß auf der anderen Seite ihres Schreibtisches mit einem Gesichtsausdruck, der mir sagte, dass sie dachte, ich sei ein selbstsüchtiger Kerl. „Sie wollen ein Baby. Und Sie wollen, dass ich und diese junge Frau das für Sie erledigen, Mr. Whitaker?"

„Ja, Ma'am." Ich rutschte auf meinem Stuhl herum und fühlte mich verdammt unwohl unter ihrem Blick.

Doktor Larsons Aufmerksamkeit richtete sich auf Aspen. „Und Sie wollen das für ihn tun?" Sie sah Aspen an. „Wie viel bezahlt er Ihnen dafür, Miss Dell?"

Aspen und ich hatten auf der Fahrt darüber gesprochen. Ich dachte, es könnte als Bestechung aufgefasst werden, wenn wir das Geld, das ich ihr gegeben hatte und weiterhin geben würde, erwähnten. Das war es nicht. Ich zahlte nur für ihre harte

Arbeit, Zeit und Mühe. Es war keine Bestechung, sie dazu zu bringen, das zu tun, was ich wollte.

Aspen sah direkt in die harten braunen Augen der Ärztin. „Er bezahlt mich nicht dafür. Ich will es tun. Wissen Sie, ich habe meine eigenen Gründe, auch ein Kind zu wollen."

Die Ärztin gestikulierte zwischen uns und fragte: „Warum haben Sie nicht einfach Sex?"

Und da war es. Ich hatte das Gefühl gehabt, dass dies passieren könnte. Keiner von uns hatte ein Problem, das uns daran hindern sollte, auf die übliche Weise ein Baby zu zeugen.

„Ich möchte nicht, dass wir eine körperliche Beziehung haben", platzte ich heraus.

Wieder musterte die Ärztin mich. „Fühlen Sie sich nicht zu Frauen hingezogen?"

„Das ist nicht der Grund." Ich hatte nicht das Gefühl, ihr irgendetwas erklären zu müssen. Sie würde schließlich sehr gut für ihre Dienste bezahlt werden. „Können Sie aufhören, uns zu verhören, und anfangen, uns nach wichtigen Dingen zu fragen?"

Jetzt hatte ich ihren Zorn auf mich gezogen. Sie legte ihren Stift auf den Schreibtisch und konzentrierte sich auf mich. „Hören Sie mir gut zu. Ich bin ein verantwortungsbewusster Mensch. Ich erschaffe nicht einfach so Leben. Was ist Ihr Plan, wenn Sie nicht mit ihr intim werden wollen?"

Aspen mischte sich ein: „Wir werden das Baby zusammen großziehen. Ich bin in sein Haus gezogen. Ich werde dortbleiben, bis unser Kind erwachsen ist, und dann gehe ich meine eigenen Wege."

Bisher war es nur eine Nacht gewesen. Als ich sie am Morgen gesehen hatte, setzte mein Herz einen Schlag aus. Ich mochte, wie es sich anfühlte. Das alte Anwesen hatte sich für mich noch nie so sehr wie ein Zuhause angefühlt. Als ich hörte, dass sie eines Tages weggehen würde, gefiel mir das nicht.

„Oder sie könnte einfach weiterhin bleiben. Es gibt keinen

Grund, den Ort zu verlassen, der ihr Zuhause sein wird." Ich streckte die Hand aus und legte sie auf ihre. „Wir können später darüber reden."

Aspen sah etwas verblüfft aus. „Okay." Sie sah die Ärztin an. „Er und ich haben ähnliche Probleme. Er hat Angst, dass er seinen letzten Verwandten auf Erden verlieren wird. Und ich habe meine Familie schon verloren. Wir wollen einfach zusammen eine neue Familie gründen."

„Mein Rat ist, zuerst eine körperliche Beziehung auszuprobieren und nur zu mir zu kommen, wenn es nicht anders geht." Doktor Larson legte die Hände auf ihren Schreibtisch und sah aus, als wäre sie kurz davor, aufzustehen und uns aus ihrem Büro zu führen.

„Er steht nicht auf mich", sagte Aspen. Ich konnte die Verlegenheit auf ihrem Gesicht sehen. „Können Sie bitte einfach verstehen, dass wir unsere Gründe dafür haben, nicht intim sein zu wollen? Was wir von Ihnen verlangen, ist kein Verbrechen. Es ist nichts Unmoralisches. Wir wollen ein Baby. Wir wollen zusammen ein Kind haben. Und wir werden die volle Verantwortung dafür übernehmen."

Ich sah Aspen an und zollte ihr jede Menge Respekt für ihren Kampfgeist. „Danke."

Sie nickte und sah dann die Ärztin an, die uns verwundert anstarrte. „Ich verstehe Sie beide nicht. Wirklich nicht."

„Ich weiß. Wir sind nicht leicht zu verstehen." Ich glaube, ich hätte offener und ehrlicher über mich sein können. Ich hätte der Ärztin sagen können, dass ich in meiner Vergangenheit zu viele Frauen gehabt hatte. Ich wusste, was ich mit Aspen machen würde, wenn ich Sex mit ihr hätte. Sie würde eine Eroberung werden und ich ließ meine Eroberungen immer zurück.

Ich musste Aspen in der Nähe behalten. Ich musste ihr Freund sein, nicht ihr Liebhaber. Meine Liebesbeziehungen dauerten nie lange. Und ich wollte Aspen lange Zeit bei mir haben.

Nicht, dass ich sie schon gut kannte. Aber es gab etwas an ihr, das mich emotional und sexuell anzog. Ich dachte, mit der Zeit würde mein Verlangen nach ihr vergehen. Zumindest hoffte ich es.

Ich schob es immer wieder beiseite und versuchte mein Bestes, es nicht zu zeigen. Soweit Aspen wusste, fand ich sie nicht attraktiv. Sie war nicht mein Typ.

Aspen war perfekt. Ich hatte es nicht einmal verdient, dass sie die Mutter meines Kindes war, geschweige denn ihre Liebe – vor allem, weil ich ihr Herz genauso brechen würde, wie ich es bei vielen Frauen vor ihr getan hatte.

Ich kannte meine Unzulänglichkeiten. Wenigstens das. Ich wusste, was für ein Mann ich war, und ich wollte nicht zulassen, dass es diesem Baby in die Quere kam. Dieses Kind würde mein Schicksal finanziell und emotional besiegeln.

Die Ärztin war noch nicht fertig mit uns. „Lassen Sie mich Ihnen den Ablauf erklären. Ich muss Sie über alles informieren, bevor wir weitermachen können."

Aspen schien gespannt darauf zu sein, mehr zu erfahren. „Bitte, Doktor Larson. Wir möchten wissen, was alles erforderlich ist."

Für eine so junge Frau war Aspen ausgesprochen redegewandt. Sie machte mich stolz. Aber warum ich stolz auf ihre Erfolge sein sollte, war mir ein Rätsel.

„Es wird acht bis zehn Tage lang HCG-Injektionen geben. Diese Injektionen werden viermal täglich verabreicht. Nahezu jede Frau, die ich behandelt habe, hatte mit Nebenwirkungen zu kämpfen", sagte sie uns.

„Und über welche Nebenwirkungen sprechen wir?", fragte ich.

Ich schwöre, dass sie glücklich darüber aussah, uns über die negativen Aspekte des Prozesses zu informieren.

„Einige Nebenwirkungen können am Injektionsort auftreten. Rötungen, Schwellungen, vielleicht sogar Blutergüsse."

„Das ist nicht so schlimm", sagte ich zu Aspen, als ich ihre Hand tätschelte.

„Nein, das ist nicht so schlimm", stimmte sie zu.

Die Ärztin fuhr fort: „Nun zu den weiteren Nebenwirkungen. Sie könnten Übelkeit, Kopfschmerzen, Hitzewallungen und möglicherweise Sehstörungen haben."

„Sehstörungen?", fragte Aspen, die besorgt aussah.

„Meistens tritt das bei Kopfschmerzen auf. Sie können wie Migräne sein. Und wenn Sie anfällig für Migräne sind, ist es wahrscheinlicher, dass diese bestimmte Nebenwirkung auftritt", sagte die Ärztin mit einem Lächeln.

Ich nahm es auf mich, Aspen zu fragen: „Hattest du in der Vergangenheit Probleme mit Migräne?"

„Nein. Ich hatte in meinem Leben nicht oft Kopfschmerzen." Sie sah die Ärztin an. „Ist das alles?"

„Nein", fuhr sie fort. „Andere körperliche Nebenwirkungen können Spannungsgefühle in den Brüsten und Reizbarkeit sein." Sie sah mich an. „Wie geht es Ihnen mit schlecht gelaunten Frauen, Mr. Whitaker?"

„Meine Mutter war launisch. Ich bin gut mit ihr zurechtgekommen." Ich hatte das Gefühl, als würde die Ärztin mich direkt herausfordern. Und ich würde mich dieser Herausforderung stellen. Sie würde schon sehen.

„Ist das alles?", fragte Aspen.

„Nein", kam die Antwort der Ärztin. „Ich habe mit dem Besten bis zum Schluss gewartet. Sie sollten wissen, dass die Möglichkeit von Mehrlingsgeburten besteht. Wir implantieren im Allgemeinen drei Embryonen. Oft werden ein oder zwei davon nicht angenommen. Aber manchmal schaffen es alle drei.

Und dann wieder nur zwei. Sind Sie bereit, dass eine ganze Familie auf einmal geboren wird, Miss Dell?"

Nun begann die Farbe aus Aspens Gesicht zu weichen. „Oh, das wusste ich nicht."

Ich auch nicht, aber ich hielt es für nichts, das oft geschah. „Ich bezweifle, dass wir uns deswegen Sorgen machen müssen."

„Im Ernst?", fragte mich Aspen. „Wäre es in Ordnung, wenn es mehr als ein Baby geben würde?"

„Das wäre okay für mich." Ich nahm ihre Hand in meine, um ihr etwas mehr Selbstvertrauen zu verleihen. „Zwillinge sind süß."

„Ja, das sind sie." Sie sah die Ärztin an. „Okay, wir können damit umgehen. Gibt es noch etwas?"

Die Ärztin tippte mit den Fingern auf den Schreibtisch und sagte: „Nur noch eine Sache. Ovarielles Hyperstimulationssyndrom."

Aspen nahm das nicht gut auf und ihre Hand packte meine. „Ein Syndrom? Das hört sich überhaupt nicht gut an."

Mit einem Nicken stimmte die Ärztin zu. „Nein, das ist es auch nicht. Die Patientin kann starke Bauchschmerzen haben. Es kann eine rasche Gewichtszunahme geben – etwa zehn Pfund in drei bis fünf Tagen."

Aspen sah mich an. „Ich weiß nicht, Ransom."

„Außerdem", fuhr die hilfsbereite Ärztin fort, „könnten Sie unter Übelkeit leiden, die so schlimm ist, dass Sie nichts essen können. Sie könnten möglicherweise nur mühsam urinieren. Ihre Herzfrequenz könnte ansteigen und das Atmen könnte beschwerlich sein."

Ich konnte sie nicht weiterreden lassen. „Aber das ist der schlimmste Fall, oder?" Ich wusste, dass sie Aspen von unserer Idee abbringen wollte.

Sie nickte. „Ja, das ist der schlimmste Fall. Ich glaube, dass Miss Dell das Recht darauf hat, das Schlimmste zu erfahren, was möglicherweise passieren kann. Sie bekommt dieses Baby schließlich nicht aus Liebe. Es ist schon nicht einfach für Paare, die eine echte Bindung haben. Ich glaube nicht, dass es für Sie beide einfach sein wird. Miss Dell wird ein emotionales Wrack sein. Sie wird sich die meiste Zeit schrecklich fühlen. Dies ist keine normale Schwangerschaft und nichts für schwache Nerven."

„Viele Leute machen es aber", erinnerte ich sie. „Ich denke, wir kommen zurecht. Aspen ist bei guter Gesundheit. Ich bezweifle, dass sie eines der Probleme haben wird, über das Sie gesprochen haben."

Aspen war unheimlich leise, was mich vermuten ließ, dass die Worte der Ärztin ihr zugesetzt hatten. Sie hob den Kopf und fragte: „Gibt es noch andere Dinge, die ich wissen sollte?"

„Ein Eingriff ist erforderlich, um die Eizellen zu entfernen. Sie bekommen eine Narkose. Wurden Sie schon einmal betäubt, Miss Dell?"

„Nein, noch nie." Aspen sah mich an. „Ich wusste nicht, dass es einen Eingriff geben würde, Ransom."

„Muss sie dafür ins Krankenhaus?", fragte ich die Ärztin und war überhaupt nicht zufrieden damit, wie sie die Dinge präsentiert hatte.

„Nein. Das wird hier gemacht", kam ihre Antwort.

Ich sah Aspen zuversichtlich an. „Wenn es hier gemacht wird, bezweifle ich, dass es ein großes Risiko gibt." Meine Aufmerksamkeit richtete sich wieder auf die Ärztin. „Kann ich dabei sein?"

Sie nickte. „Ja, die Väter sind oft bei den Müttern im Raum."

Ich lächelte Aspen an und sagte: „Dann werde ich auch da sein, um sicherzustellen, dass es dir gut geht. Wenn nicht, rufe ich die Sanitäter, um dich sicher in ein Krankenhaus zu bringen, wo du versorgt wirst. Ich werde niemals deine Seite verlassen."

Ich hatte keine Ahnung, was sie tun wollte. Und mir war

vollkommen bewusst, wie viel sie für mich riskierte. Aber sie tat das auch für sich. Ich würde ihr das Baby nicht wegnehmen. Ich teilte es mit ihr.

In ihren Augen konnte ich sehen, dass sie die gleichen Gedankengänge hatte wie ich. Als sie nickte, sprang ich fast vor Freude vom Stuhl. „Lass uns das tun, Ransom. Lass uns ein Baby machen." Sie blickte die Ärztin selbstbewusst an. „Ich bin bereit, es zu tun, Doktor Larson. Setzen Sie uns auf die Liste."

KAPITEL VIERZEHN

Aspen

Lubbock, Texas – 25. Mai

Nachdem ich alle Papiere unterschrieben hatte und Ransom die Klinik im Voraus bezahlt hatte, bekam ich eine Spritze. Ich musste jeden Tag eine bekommen, bis meine Periode begann. Sie sollte meine Eierstöcke ruhen lassen. Ich hatte keine Ahnung, was das bedeutete, und es interessierte mich auch nicht.

Ich hatte mich entschieden, die Ärztin ihre Arbeit machen zu lassen, und wollte nicht viele Erklärungen. Sie war nicht gerade die taktvollste Person, die ich je getroffen hatte, aber sie war uns empfohlen worden, also blieben wir in dieser Klinik.

Nicht lange nach unserem ersten Termin begann meine Periode. Ich wurde aufgefordert, einen Termin für den zweiten Tag zu vereinbaren. Ransom und ich waren auf dem Weg in die Klinik, als ich las, was sie heute tun würden.

Ransom hatte mir ein neues Smartphone gegeben, um mein altes Handy zu ersetzen. Der Bildschirm war schön groß, sodass ich die E-Mails der Klinik problemlos lesen konnte.

„Oh, nein!", keuchte ich.

Besorgt fragte er: „Was ist?"

„Sie werden heute einen Ultraschall machen." Ich reichte ihm mein Handy, damit er die Nachricht lesen konnte.

„Das ist keine große Sache, oder?" Dann las er weiter und stieß ein Pfeifen aus. „Oh, ich verstehe. Das klingt irgendwie ..."

Ich beendete seinen Satz. „Widerlich." Mein Magen drehte sich um, als ich daran dachte, dass sie einen Vaginal-Ultraschall machen würden, während ich stark blutete. „Es wird so schmutzig sein."

Ransom sah nicht so aus, als ob es ihn einschüchterte, als er mir die Tür der Klinik aufhielt. „Ich möchte nicht, dass du dir Sorgen machst."

„Ich kann nicht aufhören, mir Sorgen zu machen. Das wird so unangenehm sein. Ich habe das noch nie gemacht und habe auch noch meine Periode. Das ist widerlich." Wir gingen zur Rezeptionistin. „Aspen Dell für einen Ultraschall."

Sie nickte und zeigte auf die Tür links. „Kommen Sie mit."

Ransom nahm meine Hand und führte mich dorthin. „Es wird gut gehen. Ich sitze direkt neben dir, halte deine Hand und erzähle dir eine lustige Geschichte, während sie es tun. Ich habe mir extra eine für dich ausgedacht."

Bei jeder Berührung fühlte ich einen Funken. Ich hatte keine Ahnung, warum Ransom es nicht fühlte, aber es fing an, mich ein bisschen verrückt zu machen. Eine Sache, die ich wusste, war, dass ich Ransom nicht im Zimmer haben wollte, wenn die Untersuchung stattfand. „Kannst du draußen warten, bis es vorbei ist, Ransom? Es wird sehr, äh, persönlich."

Eine Krankenschwester kam, um uns dorthin zu bringen, wo wir hinmussten, und er zog mich mit. „Es wird gut gehen. Du wirst sehen."

Ich wollte wirklich nicht, dass er mit mir hineinging. Wenn ich mich nicht zu ihm hingezogen gefühlt hätte, wäre es vielleicht okay gewesen. Aber ich fühlte mich wahnsinnig zu ihm hingezogen und wollte nicht, dass er sah, wie Blut aus mir herausfloss und etwas in eine Körperöffnung eingeführt wurde, in der noch nie etwas Größeres als ein Tampon gewesen war.

Ransom hatte keine Ahnung, dass ich noch Jungfrau war. Die Ärztin auch nicht. Aber ich hatte das schreckliche Gefühl, dass alle es herausfinden würden. Und ich hatte keine Ahnung, was sie dann tun würden.

Meine Proteste waren zu schwach. Ich wusste, ich sollte lauter werden, wenn ich Ransom wirklich nicht im Raum bei mir haben wollte. Ich wollte ihm gerade klar sagen, dass er nicht mitkommen konnte, als Doktor Larson um die Ecke kam.

„Gut. Ich bin froh, dass Sie auch gekommen sind, Mr. Whitaker. Das ist kein angenehmer Prozess und ich möchte, dass Sie sich bewusst sind, dass dies nicht das Schlimmste ist, was Miss Dell durchmachen wird, wenn Sie sich entscheiden, an Ihrem Plan festzuhalten." Sie drückte die Tür auf, und wir gingen hinein.

Ich fühlte mich gedrängt, Ransom dabei sein zu lassen, und schloss den Mund. Eine Krankenschwester im Untersuchungsraum begrüßte uns und zeigte auf eine Tür. „Bitte, gehen Sie in die Garderobe, Miss Dell. Dort finden Sie einen Bademantel. Ziehen Sie ihn an und kommen Sie dann wieder hierher."

Ich trat nahe genug an die Krankenschwester heran, um zu flüstern: „Und was mache ich mit meinem Slip? Ich blute ziemlich stark. Und ich trage einen Tampon."

„Oh, der muss weg." Sie ging zu einer Schublade und zog eine riesige Binde heraus. „Benutzen Sie das stattdessen. Sie können Ihren Slip und BH anlassen. In der Garderobe gibt es auch eine Toilette. Dort können Sie urinieren und den Tampon loszuwerden."

Die Krankenschwester teilte mein Bedürfnis nach Diskretion eindeutig nicht. Ich war dankbar, dass Ransom offenbar nicht zuhörte, während er sich die Geräte im Raum ansah und die Ärztin danach fragte.

Ich nahm die Binde und zog mich im Nebenzimmer aus. Mein Herz klopfte dabei. Mir war so schwindelig, dass ich dachte, ich könnte ohnmächtig werden, als ich den Bademantel überstreifte.

Was mache ich hier nur?

Würde es funktionieren? Würde die Ärztin das Ultraschallgerät in mich stoßen, herausfinden, dass ich Jungfrau war, und den Vorgang abbrechen?

Ich hatte keine Ahnung, ob sie das Ganze durchziehen würde, wenn sie herausfand, dass ich noch nie Sex hatte. Ich wusste nicht, ob sie es rechtlich oder medizinisch konnte.

Nachdem ich die Toilette benutzt, den Tampon entfernt und mich so gut ich konnte gesäubert hatte, steckte ich die Riesenbinde in mein Höschen. Ich wusch mir die Hände und sah mich im Spiegel an. „Okay, atme einfach. Sie werden es wahrscheinlich nie erfahren. Wenn der Tampon mein Jungfernhäutchen nicht beschädigt hat, wird es der Vaginal-Ultraschall auch nicht tun." Daran musste ich glauben.

Als ich zurück in den Raum ging, stellte sich heraus, dass die Lichter gedimmt waren und der Bildschirm des Ultraschallgeräts beleuchtet war. Ransom stand am Kopf des Untersuchungstisches. Sein Lächeln war warm. „Los geht's, Aspen."

Ja, los geht's.

Ich musste innehalten, um tief Luft zu holen. „Ist es normal, zu diesem Zeitpunkt so viel Angst zu haben?", fragte ich die Ärztin.

Es war die Krankenschwester, die mir antwortete: „Die meisten Frauen sind bei dem Vorgang nervös. Das ist in Ordnung. Kommen Sie jetzt. Lassen Sie uns das einfach machen und es hinter uns bringen. Dann bekommen Sie Ihre Medikamente und sind einen Schritt weiter dabei, das Baby zu bekommen, das Sie so verzweifelt haben wollen."

Ransom fügte hinzu: „Ja, wir werden einen großen Schritt weiter sein. Komm schon. Es wird gut gehen. Das verspreche ich dir."

Keiner von ihnen wusste, was ich verheimlichte. Niemand wusste, dass dies für mich das Ende sein könnte.

Ich hatte keine Ahnung, warum ich nie nachgesehen hatte, ob Jungfrauen diese Untersuchung haben durften. Ich hatte wohl vor dem möglichen Hindernis dabei, Mutter zu werden, die Augen verschlossen.

Jungfrauen haben keine Babys, richtig?

Meine Beine zitterten, als ich am Ende des Untersuchungstisches Platz nahm. Dann sprach die Ärztin. „Ihr Hinterteil muss ganz am Rand des Tisches sein und Sie müssen flach auf dem Rücken liegen. Ich werde Ihre Beine in die Steigbügel stecken."

Ich schluckte, schob meinen Hintern bis zum Rand und lehnte mich zurück. Ransom war direkt neben meinem Gesicht. „Hi."

„Hey, du." Meine Stimme war schwach und zittrig.

„Sei nicht nervös." Er beugte sich über mich und küsste meine Stirn.

Die Berührung seiner Lippen machte mich innerlich heiß. Meine Brustwarzen wurden hart wie Stein und ich spürte, wie Blut auf die Binde floss.

Wie eklig!

Möglicherweise mussten wir Regeln für körperliche Berührungen aufstellen, wenn es so weiterging. Das würde natürlich bedeuten, dass ich dem Mann gestehen musste, wie sehr er mich sexuell erregte. Aber es musste etwas unternommen werden.

Die Krankenschwester warf ein Laken über mich, nachdem ich meine Beine hochgezogen und die Füße in die Steigbügel gesteckt hatte, sodass es mir unmöglich war, zu sehen, was unten vor sich ging. Ich hoffte inständig, dass Ransom von seinem Standpunkt aus genauso wenig sehen konnte.

„Ich hoffe, dass dort unten alles in Ordnung ist", flüsterte ich.

Ransoms Lächeln war so breit wie eh und je. Seine Augen funkelten in dem schwachen Licht wie blaue Diamanten. Und ich hatte ihn nie schöner gefunden. „Ich bin sicher, dass alles gut wird, Aspen. Also, wie gesagt, ich habe eine Geschichte für dich, um dich abzulenken. Willst du sie jetzt hören?"

„Bitte." Ich biss mir auf die Unterlippe, als ich spürte, wie mein Slip heruntergezogen wurde.

Jetzt ist es nur noch eine Frage der Zeit.

Seine Hand bewegte sich über meinen Arm, dann nahm er meine Hand und hielt sie fest. „Also, ein Kerl hat einen wirklich schlechten Tag, okay?"

„Okay", sagte ich, als ich spürte, wie kaltes Gel auf meinen Unterleib gerieben wurde.

Er fuhr fort: „Er sitzt in einer Bar und hat ein volles Glas Bier vor sich. Ein harter Biker-Typ kommt in die Bar und geht direkt auf ihn zu. Er gibt dem armen Kerl einen Schubs, nimmt sein Bier und trinkt es aus."

„Wie unhöflich", sagte ich, als ich hörte, wie der Ultraschallstab aus seiner Halterung genommen wurde.

„Ja", stimmte Ransom zu. „Also sagt der arme Kerl, der einen wirklich schlechten Tag hat, dem Biker, dass er heute Morgen zur Arbeit kam und feststellte, dass er einen platten Reifen hatte. Aber das war nicht das Schlimmste. Sein Chef hat ihn wegen des Fehlers eines anderen Mitarbeiters entlassen. Und es wird noch schlimmer. Als er nach Hause kam, hat ihn sein eigener Hund gebissen. Und dann hat er auch noch seine Frau mit seinem besten Freund im Bett erwischt."

„Das ist keine lustige Geschichte, Ransom", musste ich ihn

wissen lassen. „Unser Humor ist sehr unterschiedlich, denke ich." Ich spürte, wie der kalte Stahl sich gegen meine Vagina drückte.

Ransom lachte. „Lass mich fertigmachen. Dann sagt der arme Kerl, der den schlimmsten Tag seines Lebens hat, dem Biker, dass er nur genug Geld hatte, um ein Bier zu kaufen, und er genug Gift hineingeschüttet hat, um sich innerhalb von fünf Minuten zu töten. Nun, der Biker zuckt nur mit den Schultern und sagt, dass ihm das egal ist. Der arme Mann schüttelt den Kopf, seine Schultern sacken herunter und er sagt zu dem Biker, dass es ihm nicht egal sein sollte, weil *er* gerade das vergiftete Bier getrunken hat, das für ihn bestimmt war."

Ich wollte gerade lachen, als Doktor Larson herausplatzte: „Miss Dell, Sie sind noch Jungfrau!"

Und es ging los.

KAPITEL FÜNFZEHN

Ransom

Lubbock, Texas – 25. Mai

Ich stand fassungslos da und hielt Aspens Hand, als die Ärztin mich ansah. „Wussten Sie das, Mr. Whitaker? Ist das etwas, über das Sie beide gesprochen haben?"

Ich wusste nicht, was ich sagen sollte. Ich wollte Aspen nicht in den Rücken fallen. Ich wollte mich nicht zurücklehnen und mit dem Finger auf sie zeigen und sagen, dass sie mir nie etwas davon erzählt hatte, noch Jungfrau zu sein. Also war ich ein Gentleman. Ich holte tief Luft und gewann meine Fassung wieder. „Natürlich, Doktor Larson. Sie und ich haben keine Geheimnisse voreinander. Das ist kein Problem, oder?" Ich drückte Aspens Hand, um sie wissen zu lassen, dass ich nicht erfreut darüber war, dass sie mir diese Sache verschwiegen hatte.

Aspen schloss die Augen und winzige Tränen liefen aus ihnen heraus. „Es tut mir leid, Doktor. Ich hätte es sagen sollen." Ich wusste, dass das auch für mich bestimmt war.

Ich war nicht böse. Nur überrascht. Völlig überrascht.

Ich fragte noch einmal: „Das ist kein Problem, oder?"

Die Krankenschwester antwortete, während die Ärztin mich zu ignorieren schien: „Nein, das ist kein Problem. Wir haben bislang nur zwei künstliche Befruchtungen bei Jungfrauen durchgeführt, aber das wird immer häufiger gemacht." Ihre Augen wanderten zwischen mir und Aspen hin und her. „Ich weiß, es geht mich nichts an, aber warum machen Sie beide es nicht auf die altmodische Weise?"

Aspen antwortete: „Wir würden das lieber nicht diskutieren."

„Sicher", sagte die Krankenschwester und senkte ihren Kopf.

Die Ärztin betrachtete den Bildschirm. „Sie haben ein gesundes Fortpflanzungssystem, Miss Dell. Ich muss Sie beide dringend dazu auffordern, sich Zeit zu nehmen, um über alles nachzudenken. Diese Entscheidung sollte nicht übereilt werden. Besonders jetzt, da ich weiß, dass das Baby von einer jungfräulichen Mutter zur Welt gebracht werden wird. Für eine Jungfrau ist eine Geburt besonders schwer."

Aspen schluckte. „Ich bin mir sicher, dass es ziemlich schwer sein wird. Aber ich bereite mich darauf vor."

Ich wusste nicht, was ich sagen sollte. Ich war sprachlos.

Aspen ist Jungfrau? Sie wurde noch nie berührt?

Ich hatte hundert Fragen an das Mädchen. Aber dies war nicht der Ort oder die Zeit, um jemanden die Dinge zu fragen, die mir in den Sinn kamen.

Bald darauf bekam ich eine eigene Aufgabe, als die Krankenschwester mit einem Becher mit Deckel zu mir kam. „Bitte, Mr. Whitaker. Sie sind dran, uns eine Probe davon zu geben, womit wir arbeiten werden."

„Brauchen Sie Sperma?", fragte ich. Ich war nicht darauf vorbereitet.

„Ja." Sie zog mich von Aspen weg und führte mich zur Tür. „Gehen Sie einfach zur nächsten Tür auf der linken Seite. Es gibt stimulierende Dinge in dem Badezimmer, die Ihnen dabei helfen, das zu produzieren, was wir brauchen. Wenn Sie mit dem Befüllen fertig sind, setzen Sie den Deckel darauf und stellen Sie den Becher in die silberne Box an der Wand. Danach wartet Miss Dell im Warteraum auf Sie und Sie beide können gehen. Wir geben ihr die erste HCG-Spritze und zeigen ihr, wie sie es selbst machen kann. Sie bekommt genug davon für zehn Tage mit nach Hause."

Als ich auf Aspen zurückblickte, rief ich: „Keine Sorge. Ich werde dir die Spritzen geben, so wie ich es mit den anderen auch gemacht habe." Sie hasste die Spritzen. Ich bezweifelte, dass sie es allein schaffen könnte.

„Okay", sagte Aspen. Ihre Augen hielten meine für einen Moment. „Viel Glück, Ransom." Ich konnte das stille „Tut mir leid" in ihren Augen sehen, die im schwachen Licht glitzerten.

Uns beiden stand ein langes Gespräch bevor. Aber zuerst musste ich kommen.

Als ich ins Badezimmer ging, konnte ich mich nicht erinnern, wann ich das letzte Mal onaniert hatte. Und nach allem, was gerade passiert war, war mein Schwanz nicht gerade bereit und willig.

Ich sagte laut: „Aspen ist noch Jungfrau." Dann umfasste ich meinen Schwanz mit einer Hand und wiederholte: „Aspen ist noch Jungfrau."

Er zuckte ein bisschen, also fing ich an, meine Hand über den Schaft zu bewegen. Ich schloss die Augen und ließ eine Fantasie in meinem Kopf ablaufen, während ich mich berührte.

Aspen lag auf meinem Bett. Ihr Haar fiel über mein Kopfkissen. Ihre langen, schlanken Beine spreizten sich für mich. Sie sah mich an, als ich ins Zimmer kam. „Bitte", war alles, was sie sagen konnte.

Ich zog mich aus, während ich an die Seite des Bettes kam,

wo sie nackt für mich dalag. „Soll ich dir deine Unschuld nehmen?"

Sie nickte und leckte sich die Lippen. „Bitte, Ransom."

Bei jedem Atemzug, den sie machte, hoben und senkten sich ihre großen Brüste. Ich nahm beide in meine Hände. Ihre Brustwarzen wurden zwischen meinen Fingern hart, als ich sie massierte.

Die Art, wie sich ihre Augen träumerisch schlossen, machte mich hart für sie. Mein Schwanz wollte in ihr jungfräuliches Zentrum eintauchen. Aber zuerst würde ich sie an meinem Schwanz saugen lassen, bis ich fast platzte.

Ihre prallen, saftigen Lippen hatten noch nie einen anderen Schwanz berührt. Meiner wäre der erste und der letzte, wenn es nach mir ging.

Ich bewegte mich auf dem Bett nach oben, kniete mich rittlings über sie und drückte meine Erektion an ihre Lippen. Sie öffnete bereitwillig den Mund und zog mich in seine warmen Tiefen. Ich sah zu, wie sie an mir saugte und mich leckte und meine Hoden dabei streichelte.

Ich wollte nicht, dass mein Sperma vergeudet wurde, also zog ich meinen Schwanz aus ihrem Mund und bewegte meinen Körper hinab auf ihren. Sie sah mir in die Augen und umschloss mein Gesicht mit ihren Händen. „Nimm mich, Ransom. Mach mich zu deiner Frau. Ruiniere mich für alle anderen Männer."

„Oh, das werde ich tun, Baby." Ich drückte ihre Beine auseinander und spreizte sie für mich.

Sie reckte ihren Körper, um meinen zu treffen. Sie wollte es so sehr. Sie war heiß und bereit.

Ihre Brüste pressten sich gegen meinen Oberkörper, als ich mich auf und ab bewegte und meinen Schwanz an ihr rieb. „Bitte", stöhnte sie und wollte mich mehr in sich spüren, als sie jemals etwas in ihrem ganzen Leben gewollt hatte.

Es war mein Recht, ihr die Unschuld zu nehmen. Niemand

sonst würde jemals das bekommen, was ich von ihr hatte. Sie würde in jeder Hinsicht mir gehören, sobald ich nahm, was sie mir allein angeboten hatte.

Ich würde ihr erster Mann sein. Ich würde ihr alles geben, was sie sich vorstellen konnte. Sogar ihr erstgeborenes Kind.

Ich stieß meinen Schwanz in sie und ließ sie aufschreien, als sich ihre Nägel in meinen Rücken bohrten. Ihr Zentrum umschloss meinen Schwanz wunderbar fest. Ich drückte meinen Mund auf ihren, presste meine Zunge durch ihre Lippen und küsste sie tief und hart, bevor ich anfing, mich zu bewegen.

Als ihr Inneres von unseren kombinierten Säften immer nasser wurde, wurden ihre Schreie zu lustvollem Stöhnen. Ich ließ ihre Lippen los, schaute auf ihr wunderschönes Gesicht und wusste, dass ich sie nie wieder mit denselben Augen betrachten würde. „Du gehörst mir, Aspen Dell. Du gehörst mir und nur mir."

Ein Lächeln bewegte sich über ihre von Küssen geschwollenen Lippen. „Willst du mich, Ransom?"

„Ich will alles von dir. Alles." Ich küsste sie erneut, als ich mich schneller bewegte und sie härter fickte.

Ich hatte noch nie jemanden so sehr besitzen wollen wie sie. Ich wollte alles haben, ihr Herz, ihren Verstand und ihre Seele. Sie gehörte mir. Niemand würde sie mir jemals wegnehmen können.

In meinem Schlafzimmer kam langsam ein vergoldeter Käfig von der Decke. Der Käfig, in dem ich sie halten würde. Der Käfig, der sie nur für mich halten würde.

Ihre Augen wurden groß, als sie zu dem riesigen Käfig aufschaute. „Ransom, was ist das?"

„Dort bleibst du jetzt. Du gehörst mir." Ich stieß härter in sie hinein.

Ihre Schenkel drückten sich um meinen Körper, als sie rief:

„Ransom!" Dann erbebte ihr Körper, als sie zum ersten Mal um meinen harten Schwanz herum kam.

Sie liebte die Idee, mir zu gehören und von mir eingesperrt zu werden. Ihr Körper verkrampfte sich und brachte mich zu einem Ort, an dem ich noch nie zuvor gewesen war.

Ich schrie fast, als ich kam. Ich musste meine Augen öffnen, um zu versuchen, aus der Fantasie herauszukommen, in die ich so tief versunken war. Es fühlte sich so echt an. Ich ergoss mein Sperma in den Becher.

Meine Hände zitterten. Meine Knie fühlten sich schwach an. Ich musste meine Stirn an die Wand lehnen. „Was zur Hölle war das?"

Ich schraubte den Deckel auf den Becher und brachte ihn zur Spüle, um das Sperma abzuwaschen, das an den Seiten heruntergetropft war. Dann stellte ich ihn auf den Rand des Waschbeckens, wusch mir die Hände und sah mich im Spiegel an.

Meine Augen leuchteten. Mein Gesicht war gerötet von dem Adrenalin. „Du musst auf dich aufpassen, Ransom Whitaker. Sie ist kein typisches Mädchen."

Aspen hatte sich in meinen Gedanken verändert. Ich hatte sie für eine intellektuelle Frau gehalten. Eine Frau, die vielleicht nicht promiskuitiv gewesen war, aber sicher keine Jungfrau.

Warum sollte sich eine Jungfrau damit einverstanden erklären, so etwas mit mir zu tun?

Warum wollte eine dreiundzwanzigjährige Jungfrau ein Baby mit einem Fremden haben?

Warum sollte eine so wunderschöne Frau noch Jungfrau sein?

Stimmte etwas nicht mit ihr, das ich nicht bemerkt hatte?

Ich musste zugeben, dass ich das Mädchen kaum kannte. Das musste ich ändern. Wir würden ein Kind zusammen haben. Ich musste alles über sie wissen.

Dann traf es mich. Es traf mich so hart, dass ich gegen die Wand fiel.

Ich bin ein unreifer, selbstsüchtiger Kerl!

Ich hatte nur an mich gedacht. Die ganze Zeit war es nur um mich gegangen.

Mein Großvater lag im Sterben und ich dachte nur daran, dass ich bald allein sein würde.

Aspen war eine Jungfrau, die zugestimmt hatte, mein Baby zu bekommen, und ich dachte nur an mich.

Was musste ihr durch den Kopf gehen, um einem Mann, den sie überhaupt nicht kannte, so viel von sich zu geben? Was für ein Leben musste sie dazu bringen, so etwas zu tun?

Ich musste es herausfinden. Ich musste das Richtige tun. Ich musste aufhören, mich an erste Stelle zu setzen und stattdessen andere Menschen zu meiner Priorität machen – Menschen wie meinen Großvater und die selbstlose jungfräuliche Frau, die bereit war, alles für mich aufzugeben.

Ich verdiente sie nicht. Ich hatte das schon vorher gewusst, aber jetzt war es unbestreitbar.

Aspen Dell war eine Art Heilige. Und ich war ein unmoralischer Sünder, der sie oder meinen Großvater nicht verdient hatte.

Verdammt nochmal, ich hatte es nicht verdient, ein Baby zu haben.

Aber ich wollte es deshalb nicht weniger. Ich wollte meinen Großvater stolz machen. Ich wollte, dass er sah, dass ich ohne ihn zurechtkam. Ich wollte, dass er beim Verlassen dieser Welt wusste, dass ich Wurzeln schlug.

Und nicht auf eine egoistische Weise.

Ich hatte alles falsch gemacht. Ich hatte das getan, was ich normalerweise immer machte: Irgendwie improvisiert.

War es das, was ich meinem Kind beibringen wollte? Dass es in Ordnung war, immer nur das Nötigste zu tun?

Das war alles, was ich je gemacht hatte. Und hier zeigte ich für das, was hoffentlich eines Tages mein Kind sein würde, nur den allernötigsten Einsatz.

Ich versetzte mir einen harten Schlag, als ich wieder in den Spiegel sah. „Es wird Zeit, erwachsen zu werden, Ransom Whitaker. Es wird Zeit, das Richtige zu tun."

Aber als ich in den Spiegel schaute und ein erwachsener Mann zurückblickte, wusste ich immer noch nicht genau, was das Richtige war.

Und ich wusste auch nicht, was Aspen Dell tun wollte.

KAPITEL SECHZEHN

Aspen

Lubbock, Texas – 31. Mai

Als ich mit Margo in einem Café saß, fühlte ich mich zum ersten Mal, seit ich in das Whitaker-Anwesen gezogen war, wieder ein bisschen wie ich selbst.

„Schön, dich zu sehen, Margo. Ich habe das wirklich gebraucht."

Sie nahm ihre Tasse mit dampfend heißem Kaffee und blies auf die Oberfläche. „Also, erzähl mir alles."

Ich war mir nicht ganz sicher, ob ich ihr von meiner geheimnisvollen Jungfräulichkeit erzählen sollte, aber Ransom und ich hatten eine so lange Diskussion darüber gehabt, dass ich das Gefühl hatte, ich müsste mit jemandem darüber reden.

Ich kaute nervös an meiner Unterlippe und sagte: „Ich bin Jungfrau."

Sie lachte. „Das hatte ich vermutet." Sie nahm einen Schluck Kaffee. „Igitt. Der braucht mehr Zucker."

Ich gab ihr den Zuckerstreuer und fuhr dann fort: „Nun, Ransom hat es nicht vermutet. Und die Ärztin auch nicht. Alles kam während der peinlichsten Untersuchung aller Zeiten heraus. Ich werde dir diese Horrorgeschichte ein andermal erzählen."

„Lass mich raten, wie er es aufgenommen hat." Margo zog ihre Augenbrauen hoch. „Er war wie ein läufiger Hund, richtig?"

Ich schüttelte den Kopf. „Falsch. Ich dachte irgendwie, dass das passieren könnte, aber das war überhaupt nicht der Fall. Er hat mir stattdessen gesagt, dass es ihm sehr leidtut, dass er mir keine weiteren Fragen gestellt hat, bevor wir uns so intensiv mit dieser Sache befasst haben. Er sagte, dass er an sich arbeiten muss. Er ist selbstsüchtig und weiß, dass er sich ändern muss. Er verbringt seitdem tatsächlich viel Zeit mit seinem Großvater."

„Hast du den Mann getroffen?", fragte sie.

Ich ergriff mein Glas Wasser, da ich auf Anweisung der Ärztin kein Koffein konsumieren durfte. „Ja. Er ist sehr stoisch. Ich bin sicher, dass er ein harter Mann war, als er jünger war. Ransom hat mir Bilder von seinem Großvater gezeigt, als er gesund war. Er sah gut aus. Er verlor seine Frau, als sie erst fünfunddreißig Jahre alt war an das Dengue-Fieber. Sie bekam es, als er sie im Urlaub nach Hawaii brachte. Er hat nie wieder geheiratet."

„Und sein Großvater ist mit allem einverstanden?", fragte sie. „Sogar damit, dass ... du Jungfrau bist?"

Mein Gesicht wurde heiß, als ich errötete. „Er weiß nichts davon. Weder Ransom noch ich denken, dass er das wissen muss."

„Wie fühlt es sich an, ein Baby zu haben, während du noch Jungfrau bist?" Sie stellte die Tasse Kaffee auf den Tisch, um mir ihre volle Aufmerksamkeit zu schenken.

Es war ein bisschen seltsam, mit ihr darüber zu reden, aber ich hatte das Gefühl, ich müsste offener werden. „Ich weiß es nicht. Ehrlich gesagt, habe ich mich in letzter Zeit irgendwie verloren gefühlt. Ich weiß nicht, ob es die Hormonspritzen sind oder sonst etwas. Aber ich habe nicht so empfunden wie sonst."

„Ich bin sicher, dass es die Spritzen sind. Wie können sie es nicht sein?" Sie sah zur Decke. „Ich weiß nicht, wie du das machst. Ehrlich nicht. Ich habe viel darüber nachgedacht und glaube nicht, dass du es nur für das Geld tun solltest, Aspen. Ich denke, da sollte mehr sein. Liebe und so. Das ist zu oberflächlich. Das gefällt mir nicht für dich."

Irgendwo tief in mir wusste ich, dass sie recht hatte. Und ich wusste nicht, wie ich ihr die Dinge erklären sollte. „Ich denke, hier wirken Kräfte, die ich noch nicht ganz verstehe. Aber ich glaube, ich sollte es tun. Wirklich."

„Und ich glaube, du brauchst so dringend Geld, dass du dir das einredest." Sie ergriff die Kaffeetasse und nahm einen Schluck. „Sei ehrlich zu mir. Wie behandelt Ransom dich?"

Ich musste darüber nachdenken, wie ich diese Frage auf eine Art und Weise beantworten sollte, die nicht negativ wirkte. Nicht, dass ich das Gefühl hatte, dass er mich schlecht behandelte. Ich wollte nur mehr von ihm, als er mir geben wollte. „Okay, es ist so. Ich will diesen Mann mehr, als ich jemals in meinem Leben etwas wollte. Ich träume von ihm. Ich denke die ganze Zeit an ihn. Ich will sein Baby bekommen. Ich will eine Miniaturversion von uns in unserem Zuhause sehen."

„*Unser* Zuhause?", fragte sie.

„Ja". Das war etwas, worauf Ransom bestand. „Er hat mir gesagt, ich soll sein Anwesen mein Zuhause nennen. Ich soll es in jeder Hinsicht zu meinem Zuhause machen. Er ist wirklich sehr nett, was das angeht."

Sie sah mich besorgt an. „Ist er bei anderen Dingen nicht nett?"

„Doch. Er ist bei allem sehr nett. Ich verstehe nur nicht, warum er sich nicht zu mir hingezogen fühlt." Ich presste frustriert die Hände zusammen. „Er muss mir jeden Tag vier Spritzen geben. Mitten in der Nacht muss er in mein Schlafzimmer kommen und mir noch eine verabreichen. Er versucht, mich nicht aufzuwecken, wenn er es tut. Aber ich wache auf, sobald er hereinkommt." Ich beugte mich vor, um den Rest zu flüstern: „Ich will ihn, Margo. Ich will, dass er mich endlich nimmt. Ich bin verrückt nach ihm."

„Hast du ihm das gesagt?", fragte sie mich, als könnte ich das.

„Nein. Gott, nein." Ich trank einen Schluck Wasser, als ich mich plötzlich ausgetrocknet fühlte. „Das könnte ich niemals. Ich behalte das alles für mich."

Sie trug einen verwirrten Ausdruck auf ihrem Gesicht. „Warum?"

Das Mädchen war so ahnungslos. „Margo, er steht nicht auf mich. Überhaupt nicht. Wie kann ich ihm sagen, dass ich mich nach ihm sehne, wenn er mich nicht anziehend findet?"

„Ich kann nicht glauben, dass er sich nicht zu dir hingezogen fühlt." Sie fuhr mit den Händen über meine Wangen. „Du bist wunderschön. Du bist lustig. Nett. Süß. Und du bist eine Heilige, weil du sein Baby bekommst. Was ist daran nicht liebenswert?"

„Ich habe ein paar Bilder von ihm und seinen Freunden gesehen. Sie nennen sich Fearsome Foursome. Ich weiß, das hört sich total bescheuert an, aber sie sind überhaupt nicht so." Ich dachte an die Gruppe, mit der Ransom gern unterwegs war. „Jeder von ihnen ist umwerfend. Aber ich denke, Ransom schlägt sie alle mit seinem guten Aussehen und seinem heißen Körper."

Margo lachte und lächelte dann verträumt. „Lade mich zu dir ein, wenn einer von ihnen kommt, Aspen. Ich meine das ernst."

Ich wusste, dass sie es tat. „Okay, ich werde es versuchen. Wie auch immer, alle Fotos, die ich gesehen habe, zeigen die anderen Typen mit heißen Mädchen. Die Mädchen, die ich an Ransoms Arm gesehen habe, sind immer ..." Es fiel mir schwer, das richtige Wort zu finden, da ich nicht gemein sein wollte. „Irgendwie nicht so hübsch."

Verwirrt fragte sie: „Sagst du mir etwa, dass er unansehnliche, hässliche Mädchen mag?"

„Nein, ich sage nicht, dass er sie mag." Es kam mir nicht so vor, als würde er sie mögen. „Er bleibt nie länger als eine Nacht. Ich glaube also nicht, dass er sie mag. Um ehrlich zu sein, denke ich, dass er weiß, dass er sich in keine von ihnen verlieben wird. Sie sind leichte Beute, mehr nicht."

„Leicht?", fragte Margo, als sie eine Augenbraue hob. „Er mag leichte Mädchen", sagte sie nachdenklich.

Ich musste das klarstellen: „Ich glaube nicht, dass er leichte Mädchen mag. Ich denke, er macht das nur, damit er einer echten Bindung aus dem Weg gehen kann." Ich dachte darüber nach, wie oft er mich ansah und mir schöne Dinge erzählte, die später keinen Sinn ergaben. „Er denkt, ich bin wunderschön. Er kommentiert mein Aussehen. Und jedes Mal endet er mit etwas in der Art von ‚Du bist nicht mein Typ'. Es ist so frustrierend."

„Ich weiß, dass du keine Spielchen spielst, Aspen. Du weißt wahrscheinlich nicht einmal, wie man das macht. Aber dieser Typ spielt sie mit dir. Er fühlt sich zu dir hingezogen. Er müsste sonst halb blind und halb schwul sein. Er hält dich auf Abstand, damit er sich nicht Hals über Kopf in dich verliebt."

Ich musste zugeben, dass ich sexuell so frustriert war, dass ich bereit war, ein oder zwei Spielchen zu spielen. „Hast du irgendeine Idee, was ich tun sollte, um ihn dazu zu bringen, mir zu geben, was ich will? Ich brauche ihn, Margo. Wirklich." Ich fächelte mir Luft zu, als Hitze mich durchdrang. „Ich habe das Gefühl, ich würde sterben, wenn ich ihn nicht dazu bringen kann, sich das zu nehmen, was ihm gehören soll."

„Ich kann dir ein paar Tricks beibringen, Aspen. Aber du musst eines verstehen: Ihn in dein Bett zu bekommen bedeutet nicht, dass er dortbleibt und dir treu ist. Kannst du damit umgehen?"

Kann ich das?

Könnte ich es ertragen, wenn Ransom und ich regelmäßig Sex hätten und er ausging und es auch mit anderen Mädchen tat?

„Ich kann nicht damit umgehen. Du musst mir beibringen, wie ich ihn erobern und halten kann." Ich wusste, dass Margo es in sich hatte. Sie hatte schon viele Freunde gehabt. Sie wollte sie nie behalten, nicht umgekehrt.

Ich war in guten Händen. Und als sie mir zunickte, war ich hocherfreut.

„Das braucht Zeit, Aspen. Es geht nicht so schnell, wie einen Mann dazu zu bringen, zu zeigen, dass er an einem interessiert ist. Das ist einfach. Ihn dazu zu bringen, zu erkennen, dass er nicht nur an einem interessiert ist, sondern niemanden sonst will, braucht Zeit und Geduld. Hast du das Gefühl, dass du im Moment diese Geduld hast?"

Ich hatte keine Geduld. Nicht ein bisschen. Was ich jedoch hatte, war die Fähigkeit, mir ein Ziel zu setzen und alles zu tun, was nötig war, um es zu erreichen. „Du hast keine Ahnung, wie sehr ich mich mit jedem Tag mehr in den Kerl verliebe. Wir haben vor, mindestens achtzehn bis zwanzig Jahre unter einem Dach zu leben und unser Kind oder unsere Kinder, wenn wir mehr als eines haben, zusammen großzuziehen. Ich kann mir nicht vorstellen, das mit jemand anderem zu machen."

„Nun, das ist wirklich seltsam, Aspen." Margo schüttelte den Kopf. „Ich meine es ernst, Mädchen. Das ist nicht normal. Du kennst ihn kaum."

„Glaubst du an Liebe auf den ersten Blick, Margo?"

„Nein", antwortete sie schnell. „Nein, das tue ich nicht."

„Nun, ich bin hier, um dir zu sagen, dass es das wirklich gibt. Von dem Moment an, als ich ihn zum ersten Mal sah, wusste ich, dass ich mich in ihn verlieben würde. Und ich habe mich in ihn verliebt." Ich versuchte, keine weiteren Hitzewallungen zu haben, als ich an ihn dachte, aber es funktionierte nicht und ich begann zu schwitzen.

„Oh, Süße", sagte Margo, als sie mir zufächelte. „Du schwitzt. Das müssen die Spritzen sein. Sie machen dich verrückt."

Verrückt nach ihm.

Aber ich musste mein Gehirn benutzen. Könnte sie recht haben? Könnten das alles die Hormone sein? Und was würde passieren, wenn ich sie nicht mehr bekam?

Zur Hölle damit.

Es war mir egal. „Sag mir, wie ich ihn dazu bringen kann, mich zu lieben, Margo. Ich will es wissen. Ich werde dich nicht gehen lassen, bis du mir sagst, wie es geht. Ich will ihn. Ich will alles von ihm. Jedes letzte Stück dieses Mannes soll mir gehören."

Sie seufzte und ließ ihre Knöchel krachen. „Das wird nicht leicht werden, Aspen. Aber die Hormone können dir dabei tatsächlich helfen."

Ich war sicher, dass sie mir sagen würde, dass ich Ransom verführen musste – etwas, von dem ich keine Ahnung hatte. Ich war nicht erfahren, cool oder sexy. Ich hatte noch nie einen Mann geküsst. Es wäre ein Wunder, wenn ich ausgerechnet diesen Mann verführen könnte.

Ransom war der Verführer. Vielleicht brachte sie mir bei, wie ich ihn dazu bringen konnte, mich zu verführen. Das wäre so viel einfacher als umgekehrt.

Aber als sie sprach, kamen Worte aus ihrem Mund, die ich nicht verstand: „Ich werde dir beibringen, wie man eine Schlampe ist, Aspen."

Hä?

KAPITEL SIEBZEHN

Ransom

Lubbock, Texas – 31. Mai

Obwohl es sieben Uhr abends war, stand die Sonne am strahlend blauen Himmel noch relativ hoch und die Temperatur betrug über dreißig Grad. Ich hatte mir nach dem Abendessen die Badehose angezogen, um mich im Pool zu erfrischen.

Aspen war für einen Tag in die Stadt gegangen, um ihre Freundin Margo zu besuchen. Es gelang ihr, kurz vor dem Abendessen rechtzeitig für die nächste Spritze nach Hause zu kommen. Irgendwie war sie anders zu mir: Sie war kühl, etwas distanziert und machte kaum Augenkontakt.

Als ich sie zum Schwimmen einlud, lehnte sie ohne Begründung ab. Ein einfaches „Nein danke" war alles, was ich bekam, und ich fühlte mich etwas komisch.

Als ich sie fragte, was sie vorhatte, sagte sie, ich solle mir darüber keine Sorgen machen. Sie klang irgendwie zickig, als sie das sagte.

Als ich ein paar Runden im Pool schwamm, schob ich es auf die Hormonspritzen. Zu den Nebenwirkungen gehörte schließlich auch Müdigkeit. Die Ärztin hatte erklärt, wie wichtig es sei, Aspen nicht zu bedrängen, wenn sie schlecht gelaunt war. Sie hatte auch vorgeschlagen, dass ich etwas mit ihr unternahm, um sie aus dieser Stimmung herauszureißen.

Ich dachte daran, nach oben zu gehen, um sie zu finden und ihr eine Fuß- oder sogar eine Rückenmassage zu geben, wenn sie das wollte. Aber dann erwachte mein Schwanz zum Leben und ich verwarf diese Idee.

Tatsache war, dass ich Aspen wollte. Die Jungfräulichkeit hatte nur dazu beigetragen, mein Interesse an ihr zu vergrößern. Es war mein egoistischer Wesenszug, der mich stoppte, so rückständig das auch erscheinen mag.

Mich selbst als das zu sehen, was ich wirklich war, hatte mir die Augen geöffnet. Ich hatte darauf geachtet, so viel Zeit wie möglich mit Grandad zu verbringen. Und ich behandelte Aspen immer mit Respekt. Ich wollte, dass sie wusste, dass ich nicht hinter ihrer Jungfräulichkeit her war. Und das war schwer. Aber sie gab diesem Baby so viel von sich, dass ich versuchen musste, sie aus meinen Gedanken zu verbannen.

Ich drehte mich um, um in Rückenlage meine nächste Runde zu schwimmen, und sah, wie sich die Vorhänge auf der obersten Etage über mir bewegten. Hatte Aspen mich beobachtet?

Ich war mir nicht sicher. Es könnte einer der Angestellten gewesen sein. Aber ich fragte mich, ob Aspen mich manchmal beobachtete. Ich fragte mich, ob sie mich so wollte, wie ich sie.

Das sah mir gar nicht ähnlich. Ich war der Angreifer. Ich übernahm die Führung und die Frauen taten, was ich wollte. Aber ich konnte mit Aspen nicht so umgehen.

Nicht nur, weil ich so viel von ihr brauchte. Nicht nur, weil ich wollte, dass sie sehr lange bei mir blieb. Sondern weil sie mich ein bisschen einschüchterte.

Aspen war stark. Clever. Und verführerischer als sie selbst wusste.

Ehrlich gesagt, war sie mehr, als ich gewohnt war. Sie war vernünftig. Ihr Verstand war scharf. Und ihre Anwesenheit war inspirierend. Sie war alles.

Mein Kind hatte Glück, sie zur Mutter zu haben. Sie hatte diese Aura, die tief aus ihrem Inneren hervorschien und einen einfach wissen ließ, dass sie eine wundervolle Person war, auch wenn sie nicht viel redete.

Ich würde sie nicht schüchtern nennen, aber etwas zurückgezogen. Und sie war verschwiegen über Dinge, die sie betrafen. Ihre Vergangenheit, ihre Gegenwart und ihre Zukunft waren Dinge, von denen ich wenig bis gar nichts wusste.

Vielleicht war das mein Fehler? Ich nahm an, ich hätte Gespräche beginnen können, die mir mehr Informationen über sie geben würden. Aber immer, wenn ich in ihrer Nähe war, musste ich darum kämpfen, das Richtige zu tun: Ich musste meine Hände bei mir behalten. Und ich musste darauf achten, was ich sagte und wie ich es sagte, und versuchen, nicht zu flirten, was schwierig für mich war.

Kurz gesagt, ich musste der respektable Mann sein, den sie an ihrer Seite brauchte.

Um dieser Typ zu sein, musste ich mich meistens von ihr fernhalten und dafür sorgen, dass zwischen uns viel Platz war. Wenn wir uns nahe waren, spürte ich diese Energie um uns herum, als ob wir uns in einem Strudel oder so befänden, und wenn ich nicht aufpasste, würden wir untergehen.

Ich konnte es mir nicht leisten, unterzugehen. Ich konnte es mir nicht leisten, die Mutter meines Kindes zu verlieren. Und ich wusste, dass ich das tun würde, wenn wir jemals Sex hätten.

Wenn ich jemals meinem Verlangen nachgab und sie nahm, würde ich sie mit anderen Augen sehen. Sie wäre in meinen Augen keine starke Frau sein. Sie würde eine Kerbe an meinem Bettpfosten werden – eine Frau mit genauso wenig Willenskraft wie die anderen.

Ich hatte nie einer Seele erzählt, was meine Mutter in meiner Jugend getan hatte. Ich hatte es für mich behalten und manchmal sogar vor mir selbst verborgen.

Ich hatte Mom geliebt. Dad hatte Mom geliebt. Niemand würde wollen, dass das ein Ende fand. Und wenn ich jemandem von den Dingen erzählt hätte, die ich gesehen hatte, wäre alles vorbei gewesen.

Mein Leben wäre anders verlaufen. Ich wusste, dass ich recht damit hatte, es für mich zu behalten. Aber es tat weh, wo die Geheimnisse verborgen waren. An einem wunden Ort in meinem Herzen. Sie machten es unmöglich, einer Frau vollkommen zu vertrauen. Zumindest für mich.

Die Tür zur Terrasse öffnete sich und Dumphy kam heraus. Alejandro folgte ihm. Sie überraschten mich völlig. „Was zum Teufel macht ihr hier?"

Dumphy lächelte nur. „Wir haben dich überrascht, hm?"

Ich zog mich an der Seite des Beckens hoch und stieg heraus. „Was führt euch in die Stadt?"

„Geschäfte mit deiner Ölfirma – und natürlich du." Alejandro ergriff meine Hand und zog mich für eine Umarmung an seine Seite. „Außerdem ist heute Samstag. Wir dachten, du könntest uns die besten Nachtclubs von Lubbock zeigen."

„Oh, Leute, nein." Ich gab Dumphy auch eine Umarmung. „Ich muss Aspen alle sechs Stunden Hormone spritzen. Sie bekommt eine Spritze um ein Uhr morgens. Wenn ich mit euch ausgehe, komme ich nicht rechtzeitig zurück."

Alejandro setzte sich auf einen der Liegestühle und streckte seine langen Beine aus. „Kannst du das nicht von einem Dienstmädchen erledigen lassen? Es ist schon eine Weile her, dass wir zusammen Zeit verbracht haben."

Kann ich?

Ich schüttelte den Kopf, als Dumphy mich stirnrunzelnd anstarrte. „Ich kann nicht. Aber ich kann euch ein paar Clubs empfehlen, wenn ihr wollt."

Dumphy nahm ebenfalls Platz. „Setz dich, Ransom. Wir müssen mit dir reden. Es geht um diese Situation."

Mit einem tiefen Seufzer setzte ich mich und bereitete mich auf einen Streit vor. „Sagt einfach, was ihr zu sagen habt, und dann rede ich."

„Cool", sagte Alejandro. „Hör zu, deine Prioritäten sind völlig verdreht. Sag mir, hat diese Frau irgendeine rechtliche Vereinbarung unterschrieben, damit dein Erbe vor ihr sicher ist?"

In seiner Familie gab es viele Anwälte. Ich hätte das von ihm erwarten sollen. „Nein, das habe ich nicht. Wir heiraten nicht oder so. Sie wird sogar dafür bezahlt, dass sie hier lebt. Warum sollte sie jemals mehr wollen als das, was ich ihr gebe?"

Dumphy lachte. „Frag meinen Vater. Jede seiner sechs Ehefrauen hat mehr Geld als Gott, weil sie ihn ausgenommen haben, als sie ihn verließen."

Dumphy vergaß einen gemeinsamen Faktor bei den Scheidungen seines Vaters. „Nun, dein Vater hat jede von ihnen betrogen. Ich glaube, er wusste, dass er teuer dafür bezahlen würde."

Alejandro nickte. „Das wusste er, Alter. Die Kanzlei meiner Familie vertrat zwei seiner Ex-Ehefrauen." Er richtete seine Aufmerksamkeit wieder auf mich. „Aber du musst uns noch um unsere Dienste bitten, Ransom. Warum ist das so?"

„Sie ist noch nicht einmal schwanger. Ich sehe momentan keine Notwendigkeit einer rechtlichen Vereinbarung. Und wir sind uns immer noch fremd." Ich sah auf, als sich der Vorhang im Obergeschoss wieder bewegte.

Das musste sie sein.

Sie musste sich fragen, mit wem ich hier unten sprach. Ich fragte mich, ob sie kommen würde, um sich meinen Freunden vorzustellen. Ich wusste, dass eine andere Frau die Chance nicht verpassen würde, zwei wohlhabende Junggesellen zu treffen, die nicht unansehnlich waren.

In meinem Inneren brannte etwas, das ich für Eifersucht hielt. Da ich vorher noch nie daran gelitten hatte, war es schwer zu sagen.

Wahrscheinlich nur Verdauungsstörungen nach den Enchiladas beim Abendessen.

Dumphy musste sich auch noch einmischen: „Meiner Meinung nach solltest du das nicht tun."

„Ich weiß." Meine Augen verdrehten sich von allein. „Das hast du mir schon am Telefon gesagt."

„Ja, nun, ich dachte, es müsste persönlich gesagt werden, da du mir vorher nicht zugehört hast", fügte Dumphy hinzu. „Können wir deine listige Freundin treffen? Ich möchte sehen, wie sie ist."

„Zuerst einmal ist sie nicht listig. Sie ist weit entfernt von jedem Mädchen, das uns je begegnet ist. Sie ist ungewöhnlich. Das kann ich dir sagen." Ich fühlte, wie Stolz in meiner Brust anschwoll, wusste aber nicht, warum das so war.

Alejandro setzte sich mit einem Grinsen auf. „Dann lass sie uns treffen. Lass uns selbst ein Urteil fällen."

Dumphy stimmte zu: „Ja, lass uns die Richter sein. Respektierst du unsere Meinungen etwa nicht?"

„Ich brauche euer Urteil nicht. Ich will auch nicht, dass ihr sie bewertet." Ich hatte plötzlich einen gewaltigen Adrenalinschub und stand auf. „Tatsächlich erlaube ich keinem von euch, über sie zu urteilen. Sie ist perfekt. In jeder Hinsicht. Sie ist wunderschön, mitfühlend und meistens sogar süß. Die Hormonspritzen haben ihre Persönlichkeit vorübergehend verändert, aber das war zu erwarten. Und ich werde niemanden ein schlechtes Wort über Aspen sagen lassen. Ich meine es ernst."

Alejandro sah verblüfft aus. „Hast du gesagt, dass sie wunderschön ist?"

„Von allem, was ich gerade gesagt habe, hast du dir das gemerkt?" Ich ließ mich wieder auf den Stuhl fallen. „Guter Gott!"

„Nun, du kannst es ihm nicht vorwerfen", sagte Dumphy. „Du magst keine wunderschönen Frauen."

„Ich weiß." Ich biss mir auf die Unterlippe, als ich darüber nachdachte, warum ich Aspen so verdammt gern hatte. „Sie ist anders. Sie versucht nicht, ihre Schönheit zu nutzen, um das zu bekommen, was sie will. Sie weiß gar nicht, wie schön sie eigentlich ist. Sie ist ein seltenes Juwel. Ich erwarte nicht, dass ihr das versteht."

„Du klingst, als hättest du dich verliebt, Ransom", sagte Alejandro flüsternd.

„Nein", sagte ich schnell. „Ich habe mich nicht verliebt. Ich glaube nicht, dass mir so etwas möglich ist. Und sie verdient Liebe. Ich weiß, dass sie es tut. Aber ich möchte immer noch, dass sie die Mutter meines Babys ist. Ich möchte immer noch, dass sie hier bei uns lebt. Ich will das alles immer noch, aber ich weiß, dass ich sie nie lieben kann."

Dumphy sah verwirrt aus. „Was machst du dann hier, Mann?"

„Die Wünsche meines Großvaters respektieren." So sah ich es zumindest.

Dumphy sah die Dinge anders. „Ich würde das nicht als ‚Wünsche' bezeichnen, sondern als Forderungen. Ich würde das, was er macht, als Erpressung bezeichnen. Tu, was ich sage, oder du bist arm wie eine Kirchenmaus. Vielleicht solltest du diese Sache realistisch betrachten. Nicht nur um deinetwillen, sondern auch für diese Frau, von der du eine Menge zu halten scheinst."

Vielleicht hat er recht. Vielleicht sollte ich Aspen die Chance geben, von allem hier wegzugehen.

KAPITEL ACHTZEHN

Aspen

Lubbock, Texas – 1. Juni
Meine Schlafzimmertür öffnete sich morgens um eins. Ich wusste, dass Ransom gekommen war, um mir die Spritze zu geben. Ich lag vollkommen still auf der Seite und tat so, als würde ich schlafen. Die Wahrheit war, dass ich noch nicht einmal eingeschlafen war.

Ich konnte es nicht. Ich war so besorgt, dass er mit seinen Freunden, die plötzlich aufgetaucht waren, weggehen würde. Ich behielt das Fenster meines Schlafzimmers, das die Einfahrt überblickte, im Blick. Das Auto, in dem seine Freunde gekommen waren, war an diesem Abend gegen neun Uhr verschwunden. Ich hatte keine Ahnung, ob Ransom darin war oder nicht.

Und ich wollte auch nicht nachsehen, ob er gegangen war. Ich spielte die Coole, so wie Margo es mir geraten hatte. Ich wollte so tun, als ob es mir egal wäre. Aber es war mir nicht egal.

Ransom zog die Decke von meiner Schulter, schob sie nach unten und hob den Saum meines T-Shirts an, um meine Seite und meinen Bauch freizulegen. Dann stieß er die Nadel in meine Haut und spritzte mir die Hormone.

Mein Körper zuckte. Nicht vor Schmerz, sondern vor etwas anderem. Ich war nicht sicher, wie ich es nennen sollte. Seine Berührung schickte etwas durch mich, das einem elektrischen Schlag ähnelte.

„Es tut mir leid. Habe ich dich geweckt?", fragte er leise.

„Ja", log ich. Ich drehte mich um und sah ihn an. Er trug seinen Pyjama, also war er doch nicht mit seinen Freunden ausgegangen. Aber ich musste trotzdem fragen: „Du bist also nicht mit den Jungs ausgegangen, die hier waren?"

„Nein. Wie könnte ich? Ich muss dir deine Spritze geben." Er lächelte mich an und der Anblick ließ mein Herz schneller schlagen.

Aber ich musste daran denken, zickig zu sein. „Du musst nicht hierbleiben. Ich wäre auch allein zurechtgekommen."

„Ich wollte nicht gehen. Ich bin nicht in der Stimmung für so etwas." Er ging zu dem kleinen roten Behälter und warf die Nadel und die Spritze weg. „Wenn es dir nichts ausmacht, würde ich gern kurz mit dir reden."

Ich setzte mich auf, nickte und schob meine Kissen hinter meinen Rücken, bevor ich die Decke hochzog, um meine Brustwarzen zu bedecken – sie schienen in seiner Gegenwart immer hart zu werden. „Worüber würdest du gern sprechen?"

Er setzte sich auf das Ende des Bettes. „Die Baby-Sache."

„Was ist damit?", fragte ich. Sein Gewicht auf meinem Bett machte mich nass. Wenn er nur ein bisschen näher kam, könnte ich ihn packen und küssen. Mein Körper wurde heiß und ich hoffte, dass er nicht den Schweiß auf meiner Stirn sehen konnte.

„Ich bin darauf aufmerksam gemacht geworden, dass ich das alles vielleicht nicht aus den richtigen Gründen mache. Meine Freunde glauben, mein Großvater erpresst mich zu etwas, das ich nicht tun sollte." Er sah mir direkt in die Augen. Das schwache Nachtlicht ließ sie glitzern.

„Obwohl ich nicht lange mit deinem Großvater gesprochen habe, glaube ich nicht, dass er dich erpressen will. Ich glaube, er liebt dich wirklich und möchte nicht, dass du für den Rest deines Lebens allein bleibst." Ich war nicht so gemein, wie Margo es mir empfohlen hatte, aber Ransom brauchte einen weisen Rat. Spielchen hatten in diesem kritischen Moment keinen Platz.

„Und ich denke, du hast recht", stimmte er mir zu. „Es ist nur so, dass ich nicht möchte, dass du etwas tust, das du nicht willst."

Ich will, dass du mich nimmst.

Natürlich sagte ich das nicht. „Ich mache, was ich will. Ich habe auch meine Gründe, dieses Baby zu wollen, vergiss das nicht."

„Und was ist mit mir?", fragte er.

Ich wusste nicht, was er meinte. „Du musst präziser sein, Ransom."

„Was ist damit, dass du hier bei mir lebst? Willst du das? Auch weiterhin?"

„Ich denke, es ist wichtig, dass dieses Baby beide Eltern hat." Ich hielt den Rest zurück. Ich wollte ihn fragen, warum er mich nicht begehrte. Ich wollte ihn fragen, ob ich irgendetwas tun könnte, um das zu ändern.

„Auch wenn wir nicht wie normale Eltern sein können?", fragte er und spielte ein wenig mit der Decke. „Du weißt schon, verheiratet und verliebt."

Ich könnte dich heiraten und lieben, Ransom.

Wieder sagte ich es nicht. „Glaubst du nicht, dass sich mehr zwischen uns entwickeln könnte?"

„Wenn ich du wäre, Aspen, würde ich mir diesbezüglich

keine Hoffnungen machen." Er schaute nach unten, nicht in meine Augen.

Jetzt war ich sauer. Ich hatte keine Ahnung, warum er dachte, er könnte mich nie lieben. Ich hatte keine Ahnung, warum er dachte, ich sollte mir keine Hoffnungen machen. Also wurde ich zickig. „Wer hat etwas davon gesagt, dass ich mir Hoffnungen mache? Es ist nicht so, dass es mich kümmert. Ich habe nur eine Frage gestellt, mehr nicht."

Als er zu mir aufschaute, sah ich in seinen Augen etwas, das Schmerz ähnelte. „Ja, ich schätze, ich lege dir Worte in den Mund. Es tut mir leid."

Jetzt fühlte ich mich schrecklich. „Kein Grund, dich bei mir zu entschuldigen." Aber meine Zickigkeit hatte ihn dazu gebracht, anders zu handeln. „Hör zu, wir bekommen beide, was wir wollen. Ein Baby. Lassen wir es dabei."

„Du willst das Baby also wirklich?", fragte er. „Mein Baby?"

„Ich will das Baby", antwortete ich. Ich ließ den Teil, dass es sein Kind war, absichtlich weg, um ihn denken zu lassen, ich würde es als mein Baby betrachten.

„Du magst aber die Sicherheit, oder?", fragte er, als er diesmal in meine Augen sah.

„Wer würde das nicht mögen?" Ich beäugte ihn ebenfalls. „Es ist ein großartiges Arrangement. Ich bekomme ein Baby. Es hat finanzielle Sicherheit und eine Familie, die immer hinter ihm stehen wird. Ich nehme an, dass Liebe, abgesehen von der Liebe zum Baby, keine Rolle spielt."

Er nickte. „Ich glaube einfach nicht, dass ich dich lieben kann."

Okay, es reicht!

„Niemand hat dich gebeten, das zu tun." Ich zeigte auf die Tür. „Ich bin müde. Du kannst gehen. Ich verstehe, was du sagst. Wir haben ein Baby, mehr nicht. Kein Sex. Keine Gefühle. Keine Liebe. Es ist kristallklar. Gute Nacht."

Er stieg vom Bett und drehte sich um, um zu gehen. „Es tut mir leid, dass die Dinge so sind."

„Sicher." Ich drehte mich auf die Seite und versuchte mein Bestes, nicht zu weinen. Zumindest nicht, bis er den Raum verlassen hatte.

„Ich bin um sieben Uhr zurück, um dir eine weitere Spritze zu geben", flüsterte er.

„Gut." Ich wünschte, ich hätte mir die Spritzen selbst geben können. Dann würde ich ihn für nichts brauchen.

So wütend wie ich war, hatte ich das Gefühl, ich könnte mich vielleicht dazu überwinden, es künftig selbst zu machen. Ich fühlte mich so schrecklich – als wäre ich überhaupt nicht liebenswert.

Meine Mutter hatte mich verlassen, als ich ein süßes, kleines Baby war. Dad hatte mir immer wieder gesagt, dass ich kein schlechtes Baby war und dass es nicht meine Schuld war, dass sie gegangen ist.

Es musste irgendwie seine Schuld gewesen sein. Wenn sie ihm jemals die Chance gegeben hätte, alles in Ordnung zu bringen, hätte er es getan. Sie kam nie zurück, rief nie an und tat nie etwas, um ihm die Gelegenheit zu geben, herauszufinden, was er falsch gemacht hat.

Aber was, wenn er diese Dinge sagte, um meine Gefühle zu schonen? Was, wenn ich der Grund war, warum sie gegangen ist? Was, wenn ich nicht liebenswert war?

Ich war nett zu Ransom gewesen. Ich war freundlich gewesen. Ich war bei ihm ich selbst gewesen. Aber das war ihm nicht gut genug.

Er wollte mich nicht. Er fand mich nicht attraktiv. Er glaubte nicht, dass er mich jemals lieben könnte.

Was zum Teufel mache ich hier?

In diesem Moment wurde mir klar, dass ich hyperventilierte.

Ich konnte nicht atmen. Ich setzte mich auf, rutschte zur Bettkante und legte den Kopf zwischen die Knie.

Als ich endlich wieder zu Atem kam, spürte ich Tränen, während ich lautlos weinte. *Das ist es. Das ist jetzt mein Leben.*

Ich war am Boden. Mit dreiundzwanzig Jahren hatte ich die Hoffnung aufgegeben, jemals einen Mann zu finden, den ich lieben könnte und der mich ebenfalls lieben würde. Ich hatte meine Seele verkauft, nur um das letzte Semester zu bezahlen.

Ich hoffte wirklich, dass es den Preis wert war, den ich dafür bezahlt hatte. Ich hoffte wirklich, ich würde keine verbitterte Frau werden, die Männer hasste.

Ich hatte das andere Geschlecht nie gehasst. Ich wusste überhaupt nicht, wie ich mit Männern interagieren sollte, aber ich hasste sie nicht. Ich hoffte, mein Umgang mit Ransom würde mich nicht zu einer Männerhasserin machen – so wie ich ihn am Ende bestimmt hassen würde.

Ich stand auf und ging ins Bad, um mein Gesicht zu waschen. Als ich in den Spiegel sah, erblickte ich eine launische Schlampe. Ein finsterer Blick. Eine Erscheinung aus der Hölle. Ich war nicht ich selbst.

„Du bist das, wozu er dich gemacht hat." Ich lachte, als ich mit meiner Hand durch mein wildes Haar fuhr. „Oder was er aus dir machen wird – aber nur, wenn du ihn lässt."

Der finstere Blick verschwand, als ich mein Gesicht wusch. Das kühle Wasser beruhigte mich.

„Vielleicht sind es die Hormone", sagte ich mir. „Vielleicht habe ich das, was er gesagt hat, falsch verstanden."

Morgen würde ein neuer Tag sein. Vielleicht sahen die Dinge bei Tageslicht nicht so schlimm aus. Vielleicht würde es dann nicht mehr so aussehen, als hätte ich eine Zukunft ohne Liebe vor mir. Vielleicht meinte Ransom es nicht so, wie er es gesagt hatte.

Wie konnten zwei Menschen ein Baby bekommen, es

zusammen großziehen, unter einem Dach leben und niemals Liebe finden? Wie konnte das jemals passieren?

Ich hatte leichte Bauchschmerzen und ging zur Toilette. Es passierte ab und zu, seit ich die Spritzen bekam. Rötungen und Schwellungen in den Injektionsbereichen und leichte Schmerzen im Unterleib.

Ich ging zurück ins Bett, legte mich auf die Seite und presste meine Handfläche auf den Bereich meines Körpers, der schmerzte. Es war nicht so schlimm. Wahrscheinlich war das nur die Aufregung.

Ich schloss die Augen und versuchte einzuschlafen. Ich musste schlafen. Die Ärztin hatte mir gesagt, ich solle so viel wie möglich schlafen. Es würde helfen, alles reibungsloser zu gestalten, wenn ich entspannt blieb.

Sie hatte das auch zu Ransom gesagt. Aber anscheinend hatte er beschlossen, dass er mir morgens um eins sagen musste, dass ich nicht darauf hoffen sollte, dass er mich jemals lieben würde.

Was für ein Mistkerl!

Ich hätte wissen sollen, dass er so war. Dass er mit dreißig Jahren Single war, musste bedeuten, dass er schwer zu ertragen war. Warum dachte ich also, ich könnte mit ihm klarkommen?

Ich wusste gar nicht, wie ich einen Mann glücklich machen konnte. Ich hatte noch nie die Chance dazu gehabt. Und hier versuchte ich, einen Mann glücklich zu machen, der das gar nicht sein konnte. Einen Mann, der nicht lieben konnte. Und ich hatte mich entschieden, ein Baby mit ihm zu haben.

Was ist nur mit mir los?

Ist finanzielle Sicherheit wirklich ein Leben ohne Liebe wert?

Vielleicht könnte ich mir selbst so etwas antun, aber ein Baby hatte das nicht verdient.

Plötzlich stand ich auf und stolperte aus meinem Zimmer zu seinem. Ich öffnete die Tür und stellte dem verblüfften Mann, der mich mit großen Augen ansah, eine Frage. „Du kannst mich nie lieben. Aber kannst du unser Baby lieben?"

Er starrte mich lange an, bevor er schließlich antwortete: „Ja, ich bin sicher, dass ich unser Baby lieben kann."

Ich schlug die Tür zu und ging zurück ins Bett, um den Rest der Nacht zu weinen.

KAPITEL NEUNZEHN

Ransom

Lubbock, Texas – 5. Juni

Die Tage zwischen Aspen und mir verliefen meistens still, aber sie brauchte mich. Ihre Eizellen sollten extrahiert werden und sie war offensichtlich besorgt.

„Also muss ich betäubt werden?", fragte sie und drehte sich zu mir zurück. „Und ich kann dir vertrauen?"

„Wenn es so aussieht, als würde es schiefgehen, sorge ich dafür, dass man sich um dich kümmert. Das verspreche ich dir, Aspen." Ich hatte sie nicht angerührt, seit sie und ich diese kleine Unterhaltung gehabt hatten, die sich eher wie ein Streit angefühlt hatte. Aber jetzt nahm ich ihre Hand in meine. „Ich werde deine Hand halten und dir die ganze Zeit zur Seite stehen."

Sie hatte keine Wahl. Es gab niemanden sonst, der sie trösten konnte. Sie drückte meine Hand. „Ich vertraue dir, Ransom. Das ist alles für uns. Für dich und mich. Das ist das Baby, das wir wollen."

„Ja, ich weiß. Ich bin bei dir, Aspen. Ich bin bei dir, auch wenn du eingeschlafen bist." Ich beugte mich vor und küsste ihre Wange. Die Funken, die ich fühlte, machten mich benommen. Ich wollte ihre Lippen kosten. Ich wollte ihr den besten Grund der Welt geben, mir zu vertrauen.

Aber das tat ich nicht. Stattdessen zog ich meine Lippen von ihrem hübschen Gesicht und nickte der Ärztin zu. „Sie ist jetzt bereit."

Der Eingriff dauerte nur dreißig Minuten, aber es fühlte sich an wie fünf Stunden. Meine Beine schmerzten, während ich dort stand und Aspens schlaffe Hand hielt. Mein Herz tat auch weh. Ich wollte ihr unbedingt sagen, dass es mir leidtat, was ich zuvor gesagt hatte.

Wer wusste schon, ob ich recht hatte oder nicht? Wer wusste, ob ich meine Probleme überwinden konnte?

Ich hatte kein Recht gehabt, in jener Nacht in ihr Zimmer zu gehen und ihr zu sagen, dass ich sie niemals lieben könnte. Ich hatte sie verletzt. Sie hatte es nicht gesagt, aber ihre Handlungen deuteten darauf hin.

Sie wollte kaum mit mir sprechen. Sie war immer nett gewesen. Jetzt tolerierte sie nur mit Mühe meine Gegenwart.

Ich konnte niemandem außer mir selbst die Schuld daran geben. Wer hätte nicht genauso gehandelt?

Die Ärztin sagte etwas zu der Krankenschwester, das mich aus meinen Grübeleien riss: „Hier, bringen Sie das ins Labor." Doktor Larson sah mich an. „Und jetzt müssen Sie uns Ihr Sperma geben, Mr. Whitaker."

Ich musste Aspens Hand loslassen, um das zu tun. Aber bevor ich es tat, küsste ich sie und legte sie neben sie. „Ich werde es wiedergutmachen. Du wirst sehen."

Als ich meinen Anteil an diesem Prozess leistete, fühlte ich mich schrecklich. Es dauerte ewig, bis mein Schwanz zur Zusammenarbeit bereit war. Hauptsächlich deshalb, weil ich mich schämte. Ich hatte sie verletzt.

Ich hatte sie grundlos verletzt.

Als ich zum ersten Mal gesehen hatte, wie meine Mutter einen anderen Mann als meinen Vater geküsst hatte, hatte ich mich übergeben. Als ich sie und den Poolboy beim Sex gesehen hatte, übergab ich mich wieder. Und danach hatte ich jahrelang Albträume.

Mom hatte keine Ahnung, dass ich etwas davon beobachtet hatte. Ich bin sicher, dass sie es gehasst hätte. Ich bin sicher, sie hätte sich schuldig gefühlt und mir immer wieder erzählt, wie leid es ihr tat.

Mom war keine gemeine Person. Sie war nicht die Art von Person, an die man denkt, wenn man sich eine Ehebrecherin vorstellt.

Meine Mutter war wunderschön und wurde als sittsame und hingebungsvolle Ehefrau betrachtet. Nur ich und die Männer, mit denen sie meinen Vater betrog, wussten mehr.

Ich kam mit dem Sammeln meiner Spermien nicht weiter. Ich musste meine Mutter aus meinem Kopf verdrängen. Ich musste über jemanden fantasieren, um diesen Job zu erledigen.

Ich erinnerte mich an eine heiße Nacht mit einer Frau in Kanada. Sie war rund und drall gewesen und ihre kurzen Haare waren zu Stacheln hochgezogen. Sie war mehr als willig gewesen und hatte das genauso zu mir gesagt.

Mein Schwanz reagierte nicht.

Ich dachte an ein anderes Mal. Mit einer Frau, die wirklich groß und dürr war. Ihr langes Haar war dünn und sie trug es hochgesteckt. Sie zog sich aus und präsentierte mir Silikonbrüste, auf die sie sehr stolz war. Ich saugte an ihnen.

Nein. Mein Schwanz streikte immer noch.

Schließlich gab ich ihm das Einzige, was er wollte.

Aspen.

Ihr straffer Körper warf einen dunklen Schatten in meinem Badezimmer. Ich drückte die Glastüren auf, um mich in die große, dampfende, gefliese Dusche zu begeben, in die fünf Personen bequem hineinpassten.

Ihre Hände streiften über meinen Körper. Ihre süßen Lippen berührten meinen Hals. „Du willst also ein Baby machen, Ransom?"

„Oh ja. Ich will eines mit dir machen." Ich nahm ihr Gesicht in eine Hand und küsste ihren Mund leidenschaftlich.

Mein Schwanz drückte gegen ihre empfindlichste Stelle und sie löste ihren Mund von meinem. „Du musst mir erst sagen, was ich hören will."

Mein Herz schwoll mit meinem Schwanz an. „Ich liebe dich, Aspen Dell. Ich glaube, ich habe es immer getan."

Ihr Lächeln machte mich glücklich. Aber ihre Worte machten mich noch glücklicher: „Ich liebe dich auch, Ransom Whitaker."

Mit einem Stoß rammte ich meinen harten Schwanz in ihre heißen Tiefen und füllte sie, während sie vor Vergnügen stöhnte. Ihre Nägel schnitten in meinen Rücken, als sie ihre Beine nach oben zog und sie um meine Taille wickelte.

Ich hielt ihren Hintern in meinen Händen und liebte die Art, wie sie sich in meinen Armen anfühlte. Ich machte langsame, gleichmäßige Stöße und gab ihr, was sie und ich beide wollten.

Ich bewegte meinen Mund über ihren Hals und leckte und küsste ihn, bevor ich in ihr Ohr flüsterte: „Ich will sehen, wie sich dein Bauch mit meinem Kind rundet. Ich will hören, wie du meinen Namen schreist, wenn du kommst. Sag mir, dass du mein Baby in dir haben willst, Aspen. Sag mir, dass du mich und nur mich für immer lieben wirst."

Als sie sich an mich klammerte, spürte ich, wie ihr Körper dem Orgasmus immer näher kam. „Ransom! Ich werde dich und nur dich für immer lieben. Ich will dein Baby in mir haben. Ich will dir geben, was sonst niemand dir geben kann. Ich will für dich da sein, Ransom. Für immer!"

Ihr enges Zentrum umklammerte meinen harten Schwanz und ich war ihr hilflos ausgeliefert. Ich musste ihr alles geben. Ich knurrte wie ein Löwe und füllte sie mit meinem heißen Sperma. „Unser Baby, Aspen. Unser Baby!"

Der Samen verließ meinen Körper und überflutete den Becher, als mein Körper zitterte. Und ich konnte nur die weiße, dicke Flüssigkeit betrachten. „An die Arbeit, Jungs."

Ich setzte den Deckel darauf, wusch mir die Hände und stellte den Becher in die kleine silberne Box an der Wand. Jetzt war die Ärztin an der Reihe.

Ich fühlte mich schwach und setzte mich auf den Stuhl, der praktischerweise in dem Badezimmer stand.

Warum habe ich es nicht einfach auf die übliche Art und Weise gemacht? Warum habe ich Aspen so viel durchmachen lassen?

Ich wusste, dass ich Probleme hatte, aber warum erlaubte ich ihnen, das arme Mädchen zu quälen?

Ich hatte so viel wiedergutzumachen. Für den Anfang musste ich bei ihr sein und ihre Hand halten, wenn sie aufwachte. Also sammelte ich mich und ging zu ihr zurück.

Im Zimmer saß eine Krankenschwester neben ihr. „Es wird noch ein paar Minuten dauern, bis sie aufwacht."

Mit einem Nicken ging ich wieder zu ihrer Hand. „Und wenn sie ihre Augen öffnet, sieht sie mich."

Die Krankenschwester lächelte. „Ich denke, Sie beide werden großartige Eltern sein. Die Ärztin ist sich nicht so sicher, aber ich kann es sehen. Sie ist Ihnen sehr wichtig."

Ich nickte. „Glauben Sie, dass ich ihr auch wichtig bin?"

Sie lachte. „Natürlich. Niemand macht das alles durch, wenn ihm der Andere nicht wichtig ist. Das kann ich Ihnen versprechen. Sie macht hier etwas sehr Selbstloses."

Ich stimmte ihr zu. „Ich weiß."

„Ich kenne keine Frau, die das alles für einen Mann getan

hätte, den sie nie zuvor gekannt hat und zu dem sie keine Bindung hat", fügte sie hinzu.

Wieder nickte ich. „Ich weiß."

Aspen hatte keinen Grund außer Geld, um das für mich zu tun. Und bevor die Embryonen implantiert wurden, wollte ich, dass sie wusste, dass sie das nicht durchmachen musste, wenn sie es nicht wollte. Sie konnte das Geld behalten und ich würde das Ganze vergessen.

Ich würde nicht einmal versuchen, eine andere Frau für mich zu finden. Ich würde das Ganze stoppen, mein Schicksal akzeptieren und auf das Geld meines Großvaters verzichten.

Aspen hatte Liebe verdient. Sie hatte Glück verdient. Sie hatte mehr verdient, als ich ihr geben konnte.

Ihre Augenlider flatterten auf und sie sah mich an. „Ist es vorbei?"

„Ja." Ich küsste ihre Stirn. „Das hast du gut gemacht. Sie haben tolle Eizellen bekommen. Und ich habe meinen Job gemacht. Ich möchte jetzt nur, dass du dich ausruhst."

Die Krankenschwester stand auf und beugte sich über sie. „Sie bleiben noch ein paar Stunden hier, um die Anästhesie abklingen zu lassen. Danach können Sie gehen. Beim nächsten Termin implantieren wir die Embryonen. Das wird aufregend." Sie setzte sich wieder und ich dachte darüber nach, was sie gesagt hatte.

Es könnte aufregend werden oder nicht. Das lag alles an Aspen. Ich war fertig damit, alles zu arrangieren und sie zu drängen.

Nach und nach wurde Aspens Griff um meine Hand stärker. Schließlich holte sie tief Luft. „Ich fühle mich wieder normal."

„Tut dir etwas weh?", fragte ich sie.

Die Krankenschwester stand auf und überprüfte Aspens Blutdruck. „Vielleicht tut es im Moment nicht weh, aber wenn die Schmerzmittel nachlassen, wird es das tun. Sie wird in den nächsten Tagen Schmerzmittel einnehmen müssen. Ich gebe Ihnen eine Packung mit nach Hause." Nachdem sie ihren Blutdruck gemessen hatte, verkündete sie: „Alles großartig. Ich werde Ihnen helfen, sich anzuziehen. Dann können Sie beide gehen."

Ich half Aspen, sich aufzusetzen, und sie seufzte. „Noch ein Schritt."

Auf keinen Fall würde ich in diesem Moment meine Pläne ansprechen. Ich wollte, dass sie einen klaren Kopf hatte, wenn ich ihr sagte, dass sie nun entscheiden konnte. Alles würde in ihren Händen liegen.

Nachdem sie sich angezogen hatte, stellte ich fest, dass sie immer noch ein bisschen benommen war. Ich legte meinen Arm um sie und sah, wie die Krankenschwester mit einem Rollstuhl kam. „Fahren Sie das Auto zum Haupteingang. Ich werde sie runterbringen."

Als ich losging, um das Auto zu holen, dachte ich daran, das Gleiche zu tun, wenn sie unser Baby bekam. Ich wäre derjenige, der losrannte, um das Auto zu holen und sie und das Baby nach Hause zu bringen.

Es tat mir im Herzen weh, daran zu denken, dass dieser Tag vielleicht niemals kommen würde. Ich wollte es so sehr. Und ich wusste, dass das egoistisch von mir war, aber das war mir egal.

Was ich tun würde, war, Aspen die Entscheidung zu überlassen. Und ich würde bereit sein, es zu akzeptieren, wenn sie nicht weitermachen wollte. Aber es würde etwas in mir töten, wenn es so war.

Ein Teil von mir wusste, dass sie ein Baby haben wollte. Ein Teil von mir wusste, dass sie eines mit mir haben wollte.

Aber würde sie immer nur mein Baby wollen? Und würde sie es noch wollen, wenn sie mich nicht auch haben konnte?

KAPITEL ZWANZIG

Aspen

Lubbock, Texas – 25. August

Es lief nicht gut zwischen Ransom und mir. Ich musste auf Distanz bleiben, um mich nicht in ihn zu verlieben. Oder ihn zu erwürgen. Ich schwankte meistens zwischen diesen beiden Extremen.

Er hatte mit mir gesprochen, kurz nachdem die Embryonen im Labor erstellt wurden. Er sagte mir, dass es meine Entscheidung war. Ich könnte das Geld behalten, auch wenn ich mich entschied, es zu beenden und die Embryonen vernichten zu lassen.

Ich war beeindruckt, als er sagte, dass er keine andere Leihmutter suchen würde. Wenn ich es nicht machen wollte, war er damit fertig. Er gab zu, dass er nicht mit den reinsten Absichten an diese Sache herangegangen war.

Das wusste ich. Ich musste zugeben, dass ich es auch nicht getan hatte. Aber jetzt, da wir so weit gekommen waren und unsere kleinen Embryonen entstanden, spürte ich bereits eine Bindung zu ihnen. Eines davon – oder möglicherweise mehrere

– wäre eines Tages unser Baby. Ich konnte sie nicht vernichten lassen. Ich wollte sie alle haben.

Also ließen wir sie kurze Zeit später implantieren und es wurde uns gesagt, wir sollten ein oder zwei Monate abwarten, um sicherzustellen, dass mindestens eines davon sich festsetzte. Während dieser Zeit sollte es viele Ultraschalluntersuchungen und noch andere Dinge geben, die ich nicht wollte.

Ich hatte es satt, mit Nadeln gestochen zu werden, und sagte der Ärztin, dass wir in zwei Monaten wiederkommen würden, um zu sehen, welche Fortschritte es gab. Die Ärztin hatte mich vor Eileiterschwangerschaften und anderen Horrorgeschichten gewarnt. Es war mir egal. Ich wollte für eine Weile aus dieser Klinik rauskommen.

Ich hatte alles Mögliche getan, um schwanger zu werden. Ich würde nicht mehr als das tun. Ich dachte mir, dass die Zweimonatsmarke uns viel Zeit für alles geben würde, was getan werden müsste, wenn die Schwangerschaft schiefging.

Es war nicht leicht, nichts zu wissen. Ich wusste nur, dass ich seit über zwei Monaten meine Periode nicht mehr gehabt hatte. Jetzt wollten Ransom und ich unbedingt erfahren, wie viele Babys wir bekamen.

Die Autofahrt zur Klinik war unerträglich. „Ich bin so besorgt", gestand ich.

„Worüber?" Er wirkte verwirrt, als er vorsichtig die Linkskurve nahm, um zum Parkhaus zu gelangen. Er fuhr jetzt viel achtsamer. Es war irgendwie lustig. „Du weißt schon, dass du schwanger bist."

„Ja, aber ich will sie alle." Ich wusste, dass das fast unmöglich war. Aber es fiel mir schwer, daran zu denken, dass einer der kleinen Embryonen es nicht geschafft haben könnte.

Er griff nach meiner Hand. „Ich will sie auch alle. Aber ich bin glücklich mit dem, was wir bekommen."

Ich bezweifelte, dass er genauso dachte wie ich. Ich betrachtete sie bereits als lebende Babys. Am ehesten betrachtete er sie wahrscheinlich gerade als Zellen. Ich wusste nicht, was er dachte, da wir so wenig miteinander geredet hatten.

Das Baby oder die Babys standen für mich im Mittelpunkt. Was auch immer zwischen ihrem Vater und mir geschah, würde sich von allein klären. Ich konnte an diesem Punkt nicht einfach aufhören, weil der Mann mich nicht lieben konnte.

Er hatte mich von Anfang an nicht geliebt. Warum sollte das jetzt ein Problem sein?

Außerdem dachte ich, meine Hormone hätten viel damit zu tun, wie ich empfand. Vielleicht würde ich ihn irgendwann nicht mehr lieben.

Wenn ich mich weiterhin von ihm fernhielt, wäre das eine echte Möglichkeit. Ich könnte einfach mein Leben führen und er seines. Das Anwesen war so groß, dass wir uns nur vor dem Schlafengehen und nach dem Aufstehen im Flur begegneten. Außerdem aßen wir zusammen. Das lag hauptsächlich daran, dass eine Köchin die Mahlzeiten zubereitete und es aufwändiger für sie gewesen wäre, wenn wir sie separat eingenommen hätten.

Nachdem wir geparkt hatten, stiegen wir aus dem Auto. Plötzlich spürte ich eine Welle der Übelkeit, die mich überwältigte. „Oh Gott!" Ich umfasste meinen Bauch und rannte zu einem Abfalleimer, der einen halben Fußballplatz entfernt war.

„Was ist los?", rief Ransom, als er mir folgte.

Ich konnte nicht sprechen, da ich wusste, dass ich mich sonst an Ort und Stelle übergeben würde. Stattdessen lief ich so schnell ich konnte und tat etwas, von dem ich nie gedacht hätte, dass ich es tun würde: Ich steckte meinen Kopf in den Mülleimer und ließ alles raus.

„Oh, das." Seine Hände bewegten sich über meinen Rücken, als er versuchte, mich zu trösten. „Es wird alles wieder gut."

Ich hatte mich bislang nicht übergeben. Es machte mich nervös. „Denkst du, dass etwas nicht stimmt, Ransom?"

Er reichte mir ein Taschentuch, damit ich mir den Mund abwischen konnte. „Ich hoffe nicht. Wir werden es bald erfahren, nicht wahr?"

Ich hatte Ransom nicht erzählt, was ich vorhatte, falls diese Schwangerschaft nicht klappte. Ich dachte, es sei an der Zeit, es zu tun, bevor wir mit der Ärztin und der Krankenschwester in einem Raum waren. „Ich muss dir etwas sagen, bevor wir reingehen. Ich hätte früher etwas sagen sollen, aber du weißt, wie wir in letzter Zeit kommunizieren."

Die Nervosität in seinen Augen sagte mir, dass er eine Ahnung hatte, was ich sagen wollte. „Sprich weiter, Aspen."

„Wenn diese Schwangerschaft nicht klappt, möchte ich es nicht mehr versuchen. Ich ziehe aus und es ist vorbei." Ich schaute weg, weil sein trauriger Gesichtsausdruck mir wehtat.

„Ich verstehe." Er nahm meine Hand und führte mich in die Klinik.

Nicht lange danach befanden wir uns in einem Raum mit einem Ultraschallgerät. Die Schwester freute sich, uns zu sehen. „Hallo. Ich habe von Ihrem Fall gehört und wollte Ihnen alles Gute wünschen. Jetzt sind die Embryonen noch klein. Ich muss Sie warnen, dass Sie Ihr Baby oder Ihre Babys noch nicht erkennen können. Aber die gute Nachricht ist, dass ich es kann."

Als ich die Maschine anschaute, bemerkte ich, dass die Untersuchung wieder vaginal war. Ich war darüber nicht erfreut, hatte aber keine andere Wahl. „Also, lassen Sie uns anfangen." Nach dem Umziehen legte ich mich in einem Bademantel zurück und ließ meine Beine von der Schwester in die Fußstützen legen, während Ransom seinen Platz neben meinem Kopf einnahm. Ich hatte meine Hände auf dem Bauch gefaltet und er streckte die Hand aus und ergriff eine. „Ich denke, es wird gutgehen, Aspen. Ich möchte nicht, dass du dir Sorgen machst."

Das Verrückte war, dass ich mir überhaupt keine Sorgen mehr machte. Ich hatte ihm gesagt, was ich tun würde, wenn es mit der Schwangerschaft nicht klappte und die Last, dafür zu sorgen, dass ein Baby geboren wurde, nicht mehr bei mir lag. „Ich mache mir keine Sorgen."

„Dann mache ich mir auch keine." Er beugte sich vor, um meine Wange zu küssen. „Viel Glück."

Ich brauchte kein Glück. Ich wollte nur, dass das Schicksal entschied. Entweder erwartete ich Ransoms Baby oder nicht. So oder so würde das Leben weitergehen.

Das kalte Gel wurde über meine Vagina verteilt, bevor der Ultraschallstab eingeführt wurde. Die Schwester schaute auf den Bildschirm, als sie ihn in mir bewegte.

Ransom und ich sahen auch den Bildschirm an. Aber sie hatte recht gehabt. Ich erkannte nichts. Und Ransoms Schweigen nach zu urteilen, erkannte er auch nichts.

„Nun, die Eileiter sind frei", sagte sie. „Das sind gute Neuigkeiten. Keine Eileiterschwangerschaft."

„Das sind großartige Neuigkeiten", stimmte Ransom ihr zu.

Ich war auch erfreut, das zu hören. Das war eine der größten Sorgen von Doktor Larson gewesen. „Ich bin froh, dass sich unsere kleinen Embryonen dort nicht angesiedelt haben."

Sie bewegte den Stab und lächelte. Sie musste noch mehr gute Neuigkeiten haben. „Hier sind sie. Und alle drei haben schlagende Herzen."

Ransom stieß den Atem aus. „Alle drei?"

Ich schloss die Augen. Ich konnte mich nicht daran erinnern, jemals zuvor so erleichtert gewesen zu sein. „Alle haben es geschafft."

Die Schwester sagte schnell: „Nun, das heißt nicht, dass es so bleibt. Ich möchte nicht, dass Sie jetzt schon drei Wiegen ins

Kinderzimmer stellen. Im sechsten Monat sind wir uns der Gesundheit aller drei Föten sicherer und können sehen, wie es weitergeht. Aber im Moment sind Sie mit drei Babys schwanger."

Ransom konnte nicht aufhören zu lächeln. „Drei!"

Tränen fielen mir aus den Augen, als sich mein Traum erfüllte. Ich hatte bisher noch keinen der Embryonen verloren. Und jetzt, da ich wusste, dass ich sie in mir hatte, wollte ich sie sicher und gesund halten.

Ransoms Lippen auf meiner Wange ließen mich meine Augen öffnen. „Es ist okay, Aspen. Ich werde mich um dich und alle Drei kümmern. Ich schwöre dir, dass ich mich immer um euch kümmern werde. Was auch passiert."

Ich konnte nichts dagegen tun – ich schlang meine Arme um seinen Hals und vergrub mein Gesicht an seiner Brust. „Das will ich hoffen."

Er lachte. „Ich mache es wirklich."

Nachdem wir die Klinik verlassen hatten, fuhren wir nach Hause, um seinem Großvater die Neuigkeiten mitzuteilen. Ransom und ich gingen zusammen ins Haus und dann wollte ich zu der Treppe, die zu dem Flügel führte, in dem wir wohnten. „Lass mich wissen, wie es gelaufen ist, Ransom."

Er ergriff meine Hand. „Nein. Du kommst mit. Du trägst jetzt sein Blut in dir. Du bist ein Teil dieser Familie."

Ich hatte noch nie so darüber gedacht. „Nein. So solltest du nicht denken."

„Das muss ich aber." Er zog mich mit sich. „Es ist wahr. Du trägst unsere DNA in dir, Aspen. Du bist jetzt unser Fleisch und Blut."

Der Stromstoß, der durch mich schoss, machte mich fast ohnmächtig. War ich wirklich Teil der Whitaker-Dynastie?

War ich Teil einer Familie?

Es war so lange her, dass ich zu einer gehört hatte. Und ich rechnete nicht mit all den Emotionen, die mich überfluteten. Meine Knie gaben nach und Ransom hielt inne, als er merkte, dass etwas nicht stimmte.

Als er mich wieder weinen sah, zog er mich in seine Arme und hielt mich fest. „Habe ich dich mit all dem überwältigt?"

„Nein, du hast mir das Gefühl gegeben, wieder Teil einer Familie zu sein. Das ist so lange her. Du hast keine Ahnung, wie sich das anfühlt, nachdem man alles verloren hat." Seine Arme hielten mich fest, als er mich sanft hin und her wiegte.

Und ich fragte mich, warum es nicht immer so sein konnte. Ich fühlte mich gewollt. Sogar geliebt.

Es war nicht so schwer. Nein, es war einfach.

Seine Lippen drückten sich an die Seite meines Kopfes. „Weine nicht. Alles ist wunderbar. Und Grandad wird überglücklich sein. Ich hoffe, es gibt ihm neue Motivation, den verdammten Krebs zu besiegen."

Er hatte recht. Wir mussten den Mann wissen lassen, dass es eine Zukunft gab, für die es sich zu leben lohnte. Ich bückte mich, wischte mir die Augen ab und putzte mir die Nase mit einem Taschentuch, das Ransom mir reichte. „Lass uns gehen. Ich möchte sein Gesicht sehen, wenn du ihm die Neuigkeiten mitteilst."

„Ich würde es lieben, wenn du es ihm erzählst, Aspen." Er hielt meine Hände und sah mich an. „Er hat eine hohe Meinung von dir. Ich habe dir das noch nie erzählt, aber es ist so. Und ich habe auch eine hohe Meinung von dir. Du bist der mutigste, klügste, stärkste Mensch, den ich je gekannt habe. Ich denke, das solltest du wissen."

Es fühlte sich seltsam an, als er mir diese Dinge sagte. Hauptsächlich deshalb, weil ich keine Ahnung hatte, dass er so empfand.

„Ich werde es ihm sagen, wenn es das ist, was du willst." Ich hatte das Gefühl, ich sollte auch etwas zu ihm sagen. Ich musste tief in mir graben, weil ich hohe Mauern um mein Herz errichtet hatte. „Ransom, ich denke, du bist sehr süß. Du warst bei der künstlichen Befruchtung immer an meiner Seite. Ich dachte, ich müsste alles alleine machen. Es war schön, dich bei mir zu haben, und du warst eine großartige Unterstützung."

„Danke." Er küsste meine Wange. „Ich denke, jetzt geht es wirklich los, Aspen. Ich habe mich noch nie so gefühlt."

Also machten wir uns auf den Weg, um seinem Großvater die fantastischen Neuigkeiten zu überbringen. Die Pflegerin wartete vor seinem Zimmer, als wir kamen. „Nicht jetzt. Der Arzt ist hier. Wir müssen ihn möglicherweise ins MD Anderson Krebszentrum in Houston einliefern lassen."

Mein Herz fühlte sich schwer an, als Ransom meine Hand drückte.

Ist es etwa zu spät?

KAPITEL EINUNDZWANZIG

Ransom

Lubbock, Texas – 10. September

Als ich um sechs Uhr morgens an Aspens Tür klopfte, war ich mir sicher, dass ich sie aufwecken würde. Ich hatte gezögert, das zu tun, seit sie ihre Kurse für ihr letztes College-Semester begonnen hatte.

Der Zustand meines Großvaters hatte in der Nacht eine unglückliche Wendung genommen. Seine Pflegerin kam und weckte mich, um mir mitzuteilen, dass ein Krankenwagen auf dem Weg war, um ihn abzuholen und zum MD Anderson zu bringen, einem Krankenhaus in Houston, das sich auf Krebs spezialisiert hatte.

Wir hatten erwartet, dass dieser Tag erst in ein paar Wochen kommen würde. Sonderbar, dass das Wissen, dass es unvermeidlich passieren würde, es nicht einfacher machte. Mein Bauch tat weh, mein Körper fühlte sich zittrig und schwach an und ich konnte nicht klar denken.

Aspen zog die Schlafzimmertür auf und stand in einem

entzückenden kleinen Pyjama vor mir. „Du bist früh auf, Ransom. Ist alles in Ordnung?"

„Grandad wird in einem Rettungswagen nach Houston gebracht. Ich werde ihm in meinem Auto folgen. Ich wollte nur, dass du es weißt." Ich drehte mich um und wollte zurück in mein Zimmer gehen, um mich fertigzumachen. Ich hatte mir Jeans und ein T-Shirt übergestreift, aber noch keine Schuhe angezogen.

Die Berührung ihrer Hand auf meinem Arm schickte eine Welle der Elektrizität durch mich. „Warte. Ich möchte mitkommen. Wir können mein Auto nehmen. Es ist geräumiger und die Fahrt wird ziemlich lang. Wir können uns alle paar Stunden beim Autofahren abwechseln, sodass keiner von uns zu müde wird. Gib mir fünfzehn Minuten und ich bin bereit aufzubrechen."

Ich sah ihr in die Augen und wollte, dass sie wusste, dass ich nicht erwartet hatte, dass sie mit mir kommen würde. „Aspen, du hast erst vor einer Woche mit deinen Kursen angefangen. Ich kann dich nicht bitten, so bald in deinem letzten Semester etwas davon zu verpassen."

Sie schüttelte den Kopf, als sie sich umdrehte, um in ihr Zimmer zurückzukehren. „Ich werde eine Lösung finden. Es ist jetzt das Wichtigste, für dich und deinen Großvater da zu sein. Wir treffen uns in fünfzehn Minuten in der Garage. Ich werde dich das nicht alleine durchmachen lassen, Ransom."

Mein Herz schwoll an und mir war schwindelig. Ich konnte sie nur tun lassen, was sie wollte. Für mich da sein. „Danke, Aspen. Es wäre schön, nicht allein zu sein. Vielleicht solltest du eine Tasche packen. Wir werden wahrscheinlich ein paar Tage dortbleiben müssen."

„Das mache ich. Ich werde genug für eine Woche packen." Sie schloss die Tür und ich ging in mein Zimmer.

Das Wissen, dass sie bei mir sein würde, machte alles

irgendwie leichter. Aspen war anders. Anders als jede andere Frau, die ich je gekannt hatte. Und sie kümmerte sich um mich. Und sogar um meinen Großvater.

Obwohl ich wusste, dass ich sie nicht verdient hatte, war ich dankbar für sie. Ohne sie wäre das Leben so viel schwieriger gewesen. Dabei hatte ich mein Leben für ein Kinderspiel gehalten, bis mein Großvater von mir verlangt hatte, ein Baby zu zeugen.

Es war einfach gewesen, das stimmte, aber auch leer. Seit ich Aspen gefunden hatte, war mein Leben reicher geworden als je zuvor. Und mein Herz hatte sich noch nie so voll angefühlt.

Durch die Schwangerschaft glühte Aspen auf eine Weise, die ich noch nie bei einer Frau gesehen hatte. Sie war schon immer bezaubernd gewesen, aber jetzt strahlte sie pure Schönheit aus. Ich musste mich beherrschen, um sie nicht wie ein Höhlenmensch über meine Schulter zu werfen und zu meinem Bett zu tragen.

Aber ich wusste, was mit mir passieren würde, wenn ich das tat.

Frauen konnte man nicht vertrauen. Aspen würde mein Herz stehlen, wenn ich es zuließ. Sie war das erste Mädchen mit dieser Fähigkeit, das ich je getroffen hatte.

Zu Hause war es leicht gewesen, mich die meiste Zeit von ihr fernzuhalten. In einem Krankenhaus wäre das nicht so einfach. Und dann waren da noch die Hotelzimmer. Ich musste dafür sorgen, dass sie ihr eigenes Zimmer bekam.

Nachdem ich meine Sachen gepackt und mir Schuhe angezogen hatte, ging ich in die Garage. Sie hatte bereits ihr Gepäck in den Kofferraum des Wagens geladen und wartete auf der Beifahrerseite.

Gerade als ich meine Taschen in den Kofferraum stellte, hörte ich, wie ein Fahrzeug vor dem Haus anhielt. Ich drückte auf den Knopf, um das Garagentor zu öffnen, und sah, dass es der Rettungswagen war, der Grandad abholte.

Aspen stieg aus dem Auto. „Sie sind hier. Wir sollten deinem Großvater sagen, dass wir direkt hinter ihm sein werden, Ransom." Sie ging zu mir und nahm mich bei der Hand.

Wir warteten am Krankenwagen, bis die Sanitäter mit Grandad auf einer Trage kamen. „Ich hasse es, ihn so zu sehen", sagte ich.

„Ich weiß." Aspen lehnte ihren Kopf an meine Schulter. „Zumindest kommt er an einen Ort, wo ihm besser geholfen werden kann."

Ich nickte und stimmte ihr zu: „Zumindest das."

Grandads Augen waren geschlossen. Es sah aus, als würde er schlafen. Aspen ließ meine Hand los, um seine Wange zu berühren, als die Sanitäter stoppten, bevor sie ihn in den Krankenwagen luden.

„Lucius, wir sind direkt hinter dir", sagte sie sanft.

Seine hellblauen Augen öffneten sich und sahen Aspen an. „Kommst du auch mit?"

Sie nickte. „Natürlich. Ich möchte nicht, dass du dir Sorgen machst. Ich werde deinen Enkel keine Sekunde allein lassen."

Er streckte seine Hand unter der Decke hervor und ergriff ihre Hand. „Du bist ein gutes Mädchen, Aspen. Danke."

Ich bekam glasige Augen und musste mich räuspern, um die Emotionen zu stoppen, die sich in mir aufbauten. „Okay, Grandad, wie sie schon sagte, wir werden direkt hinter dir sein. Wir sehen uns im Krankenhaus. Entspanne dich einfach und die Reise wird viel schneller vergehen. Das hast du früher immer zu mir gesagt, wenn wir lange Reisen unternommen haben."

„Keine Sorge. Ich werde schlafen. Sie werden mir ein wenig Morphium geben, um sicherzugehen, dass ich keine Schmerzen habe." Er zwinkerte mir zu. „Wir sehen uns am anderen Ende dieser Reise."

Aspen stieß mich in die Rippen. Ihre Lippen waren so nahe an meinem Ohr, dass ich die Wärme ihres Atems spüren konnte, als sie flüsterte: „Sag ihm, dass du ihn liebst."

Ich nahm ihre Hand in meine und drückte sie. „Komm schon. Lass uns ins Auto steigen."

Sie kam mit, aber ich konnte ihre Enttäuschung spüren. Sie würde lernen müssen, dass mein Großvater und ich nicht so miteinander sprachen. Wir waren Männer, verdammt nochmal.

Ich ließ ihre Hand los, als wir in die Garage kamen, und sie ging zur Beifahrerseite des Wagens. Als ich sie davongehen sah, fühlte ich mich irgendwie schlecht, weil ich kein Gentleman war. „Warte."

Sie blieb stehen und drehte sich zu mir um. „Warum?"

Ich eilte an ihr vorbei, um die Tür für sie zu öffnen. „Bitte."

Ein leichtes Lachen füllte meine Ohren. „Oh. Vielen Dank."

„Gern geschehen." Es war das Mindeste, was ich tun konnte, wenn sie so viel für mich tat.

Ich wusste, dass sie nicht geplant hatte, ihre Kurse zu verpassen. Ihren Abschluss zu machen war ihre oberste Priorität. Oder zumindest war es das gewesen, bevor all das passierte.

Ich hatte sie von ihrem Weg abgebracht. Ich hatte es nicht absichtlich getan, aber es war passiert.

Nicht nur wegen dem, was mit meinem Großvater vor sich ging, sondern auch wegen der Babys. Sie hatte nicht einmal daran gedacht, Mutter zu werden, bis sie mich traf. Ihr Plan war es, ihren Abschluss zu machen und ihre Karriere zu beginnen. Ich hatte ihn im Keim erstickt.

Aber sie beschwerte sich nie darüber.

Ich war mir nicht sicher, ob eine andere Frau so angenehm gewesen wäre wie Aspen. Ich hatte Glück gehabt, dass sie dem Deal zugestimmt hatte.

Ich setzte mich hinter das Lenkrad und lächelte. „Ich weiß,

du meinst es gut, aber mein Großvater und ich sagen nicht ‚Ich liebe dich'."

„Nun, vielleicht ist es an der Zeit, dass du damit anfängst." Sie sah mich an. „Willst du deinen Kindern nicht sagen, dass du sie liebst, Ransom?"

Darüber hatte ich nicht nachgedacht. „Ich bin nicht sicher, was ich ihnen sagen werde." Ich startete das Auto und fuhr aus der Garage, um dem Krankenwagen zu folgen.

Sie setzte ihre Sonnenbrille auf und schnalzte missbilligend mit der Zunge. „Du bist nicht sicher, hm?"

„Nein, das bin ich nicht." Ich hoffte wirklich, dass diese Fahrt nicht so verlief, dass sie mir sagte, was ich wie tun musste. Also dachte ich, ich sollte ihr einen Einblick darin geben, wie ich empfand. „Es ist Jahre her, dass ich diese Worte irgendjemandem gesagt habe. Ich glaube, ich habe meiner Mutter und meinem Vater gesagt, dass ich sie liebe, als ich etwa acht Jahre alt war. Dann wurde ich zu alt, um mit Liebesbekundungen um mich zu werfen."

„Niemand wird zu alt, um ‚Ich liebe dich' zu sagen, Ransom." Sie schüttelte den Kopf und ihre Miene sagte mir, dass sie das, was ich erzählte, nicht mochte. „Ich will, dass du unseren Kindern sagst, dass du sie liebst."

„Wir werden sehen." Ich hielt hinter dem Krankenwagen und wartete darauf, dass er abfuhr.

„Das will ich nicht hören." Sie tippte mit einem Finger auf mein Bein. „Ich will hören, dass du unsere Kinder immer wissen lassen wirst, dass du sie liebst."

„Um fair zu sein, sind sie noch nicht geboren. Du wirst dich gedulden müssen, Aspen." Ich wusste, dass ich die Babys, die sie unter dem Herzen trug, liebte, also sagte ich: „Ich mag die Babys jetzt schon, wenn dich das glücklich macht."

„Etwas." Sie schaute aus dem Fenster, als der Krankenwagen sich von uns entfernte. „Das wird eine lange Reise. Ich habe nachgesehen und es dauert ungefähr acht Stunden, um von Lubbock nach Houston zu fahren."

„Ja, das habe ich auch gesehen." Es wäre klüger gewesen, den Privatjet zu nehmen, aber ich wollte die Reise so machen, wie mein Großvater es tun musste. Ich fühlte mich dann eher als Teil dessen, was er durchmachte.

„Vielleicht sollten wir ein Fahrspiel spielen, damit die Zeit schneller vergeht", schlug sie vor. „Vielleicht so etwas wie ‚Wer sieht die meisten blauen Autos?' oder so."

Ich brauchte kein Spiel, damit die Zeit schneller verging. „Ich denke, wir sollten einfach Radio hören und uns davon ablenken lassen." Ich schaltete es ein und Country-Musik erklang. Ich lachte, als sie die Nase rümpfte.

„Oh, bitte nein." Sie wechselte zu einem Kanal, den sie mochte. Irgendwelcher Pop-Mist. „So ist es besser."

„Ich fürchte, wir sind unterschiedlicher Meinung." Ich stellte das Radio wieder auf den Sender um, den ich mochte. „Während ich fahre, hören wir, was mir gefällt. Und während du fährst, hören wir, was dir gefällt."

„Okay." Sie griff nach ihrem Handy. „Du hast meine Freundschaftsanfrage noch nicht angenommen."

„Was?", fragte ich, als ich hinter dem Krankenwagen auf den Highway fuhr.

„Facebook. Ich habe dir gestern Abend eine Freundschaftsanfrage gesendet." Sie tippte auf den Bildschirm ihres Telefons. „Und du hast sie noch nicht angenommen."

„Ich hatte noch keine Zeit." Ich nahm mein Handy und reichte es ihr. „Hier. Du kannst sie für mich annehmen. Das Passwort ist 1616."

Sie nahm mein Handy und sah es lange an. „Weißt du, das fühlt sich irgendwie komisch an. So intim."

„Ich wüsste nicht, wie." Ich grinste.

„Das ist etwas, das Paare tun." Sie sah mich an. „Was sind wir, Ransom?"

Ich wusste nicht, wie ich diese Frage beantworten sollte. Wenn wir sagten, dass wir Co-Eltern waren, klang das ungenügend. Zu sagen, dass wir ein Paar waren, stimmte überhaupt nicht. Aber dann dachte ich darüber nach, was sie gerade für mich getan hatte, und wusste es. „Du und ich sind wie beste Freunde, Aspen." Ich nahm ihre Hand und drückte sie. „Du hast mehr für mich getan als jeder Freund, den ich je hatte. Ich hoffe, ich kann mich bei dir revanchieren."

Mir war klar, dass ich sie dafür bezahlt hatte, meine Babys zu bekommen. Ich hatte sie aber nicht dafür bezahlt, in der schweren Zeit, die die Krankheit meines Großvaters mit sich brachte, mit mir zusammen zu sein. Aspen war meine erste echte Freundin. Und sie und ich waren uns näher, als ich jemals einer Frau gewesen war.

Das Lächeln, das über ihre rosa Lippen zog, machte mein Herz glücklich. „Das gefällt mir. Beste Freunde. Das klingt nett."

Und es war alles, was wir jemals sein könnten.

22

KAPITEL ZWEIUNDZWANZIG

Aspen

Houston, Texas – 1. Oktober
Den gesamten Monat September hatten wir bei Ransoms Großvater in Houston verbracht. Die Behandlung, die Lucius erhielt, war intensiv. Wenn wir ins Krankenhaus kamen, wussten wir nicht, ob er in der Nacht verstorben war oder nicht. Ich konnte Ransom nicht alleine lassen. Ich hatte es nicht in mir, ihn zu verlassen.

Das Semester war erledigt. Ich konnte die Kurse, für die ich mich angemeldet hatte, zum Glück noch früh genug stornieren, um eine vollständige Rückerstattung zu erhalten.

Ich hatte eine Entscheidung getroffen. Ransom und ich saßen im Warteraum, als ein Ärzteteam im Zimmer seines Großvaters beschäftigt war. „Ich warte damit, zurück aufs College zu gehen, bis die Babys mindestens ein Jahr alt sind."

Der Ausdruck auf seinem Gesicht tat meinem Herzen weh, so glücklich sah er aus. Ich wusste, dass ich ihn überrascht hatte. „Bist du sicher?"

Ich nickte und fuhr fort: „Sie werden mich brauchen. Ich

möchte nicht, dass ein Kindermädchen sie aufzieht." Ich hatte mit Ransom nicht über die Gedanken gesprochen, die ich hatte. Aber jetzt schien ein guter Zeitpunkt dafür zu sein, da wir nichts anderes zu tun hatten. „Ich werde mein Studium beenden, aber ich werde mir Zeit dabei lassen. Ich kann ein paar Kurse nehmen, sagen wir an drei Tagen in der Woche, um meinen Abschluss zu machen. Ich möchte mich auf unsere Kinder konzentrieren. Nichts war mir jemals so wichtig." Dann fragte ich mich, ob es für Ransom in Ordnung wäre, wenn ich kein Geld verdiente. „Natürlich nur, wenn das okay für dich ist."

Seine Augen verengten sich. „Warum sollte es das nicht sein?"

Achselzuckend sagte ich: „Weil ich keinen Job habe."

„Als ob mir das wichtig ist." Er lachte, als er den Kopf schüttelte. „Aspen, du erinnerst dich daran, dass ich dich dafür bezahle, dass du bei uns lebst, oder?"

„Ich möchte nicht, dass du das tust." Ich hatte das Gefühl, das wäre zu viel. „Sie sind auch meine Kinder. Warum soll ich dafür bezahlt werden, dass ich bei ihnen lebe?"

„Ich werde dich trotzdem weiterhin bezahlen. Egal, was du sagst." Er lächelte und ich fand es ziemlich sexy. „Weißt du, es macht mich verdammt glücklich, dass du für die Kinder da sein willst."

„Ich bin froh, das zu hören." Ich rutschte auf meinem Platz herum, als sein süßes Lächeln Dinge mit mir machte, die ich nicht fühlen sollte.

Die Anziehungskraft, die Ransom auf mich ausübte, ging nie weg. Sie wuchs und wuchs. Ich war mir sicher, dass ich eines Tages oder eines Nachts den Kampf mit meinem Willen verlieren und mich dem Mann an den Hals werfen würde.

Unsere Hotelzimmer lagen nebeneinander. Wir trafen uns jeden Morgen davor, bevor wir zum Krankenhaus gingen, wo wir bis in die Nacht blieben. Er und ich waren somit viel öfter zusammen als je zuvor. Gefühle entwickelten sich. Echte Gefühle.

Als sich die Tür zum Krankenzimmer seines Großvaters öffnete und die Ärzte herauskamen, nahm Ransom meine Hand. „Lass uns nachsehen, was sie jetzt mit ihm machen."

Der verantwortliche Arzt kam zu uns. Sein stoischer Gesichtsausdruck verriet nichts. „Mr. Whitaker, Miss Dell." Der Arzt nickte. „Wir haben Neuigkeiten, von denen ich denke, dass sie Ihnen gefallen werden."

Ransom ließ meine Hand los und legte seinen Arm um mich. Ich fühlte sein Herz in seiner Brust schlagen. „Ach ja?"

Der Arzt nickte. „Wir haben heute Morgen die Testergebnisse zurückbekommen. Es scheint, als hätten die Behandlungen funktioniert. Es gibt kein Anzeichen von Krebs mehr. Der Tumor in seiner Lunge ist verschwunden. Natürlich ist er von den Behandlungen sehr geschwächt, aber es wird von jetzt an immer besser werden. Wir werden ihn noch zwei Wochen für eine Physiotherapie hierbehalten, aber er ist auf dem Weg der Genesung. Die Behandlungen können enden."

Ransoms Griff war so fest, dass ich fast aufhörte zu atmen. „Er ist krebsfrei?", fragte er, als könnte er es nicht glauben.

„Ja", antwortete der Arzt.

Ransom sah mich an und ich konnte nicht anders. Ich brach in Tränen aus, als er mich in seine Umarmung zog. „Er wird wieder gesund!"

„Ich werde ihn nicht verlieren", flüsterte Ransom. „Ich habe für diese Nachricht so viel gebetet."

„Ich auch." Ich konnte nicht aufhören zu weinen. „Es ist ein Wunder."

Dann fühlte ich etwas Seltsames. Sein Körper zitterte und ein Schluchzen folgte. Dieser Mann, der emotional so stark war, weinte auf meiner Schulter. „Er wird nach Hause kommen, Aspen. Ich war so besorgt, dass wir allein nach Hause gehen würden." Er hielt mich fester. „Ich kann das nicht glauben."

Er hatte mir nie erzählt, dass er sich Sorgen machte, dass sein Großvater nicht nach Hause kam. Wahrscheinlich, weil ich nicht offen genug war, damit er mit mir über Dinge sprach, die er fürchtete. „Ich bin für dich da, Ransom. Worüber du auch reden willst, ich höre dir zu."

„Danke, Aspen. Du bedeutest mir die Welt. Du bist alles für mich." Seine Worte rührten mein Herz und meine Seele.

„Und du für mich, Ransom. Ich meine es ernst." Ich küsste seine Wange und zog meinen Kopf zurück, um ihn anzusehen.

Als ich sah, dass Tränen aus seinen wunderschönen blauen Augen fielen, wollte ich sie wegküssen. Aber ich wusste, dass dies nicht der richtige Zeitpunkt war. „Komm schon. Lass uns unsere Tränen trocknen und zu ihm gehen." Er ließ mich los und griff nach einer Schachtel Taschentücher in der Nähe.

Ich nahm ein Taschentuch, das er mir anbot, und trocknete meine Tränen, bevor er meine Hand nahm. Er führte mich in das Krankenzimmer, in dem Lucius nur noch eine Weile bleiben musste.

Wenn man den Mann sah, der jetzt sein Leben zurückhatte, konnte man nicht erkennen, dass er auf dem Weg der Genesung war. Die Behandlungen hatten ihn erschöpft. Er lag still und mit geschlossenen Augen auf dem Bett und seine Brust hob und senkte sich langsam.

Ransom legte seine Hand auf Lucius' Schulter. „Du hast es geschafft, Grandad."

„Ich weiß." Seine Augen öffneten sich und er sah zuerst seinen Enkel und dann mich an. „Ihr werdet mich noch eine Weile in der Nähe haben."

„Ich bin so glücklich, dass du deine Urenkel kennenlernen wirst, Lucius." Ich strich mit meiner Hand über seinen Arm.

„Und sie dich."

„Ich auch." Er lächelte. „Ich kann es kaum erwarten."

Ransom hatte eine Idee: „Hey, ich werde einen der Ärzte fragen, ob er etwas arrangieren kann, damit du die Herzschläge der Babys hören kannst. Das sollte dich dazu inspirieren, dich bei der Physiotherapie anzustrengen. Ich kann es kaum erwarten, dich wieder nach Hause zu bringen."

„Und ich kann es kaum erwarten, wieder zu Hause zu sein." Lucius sah mich an. „Wäre das okay für dich, wenn ich die Herzschläge hören würde, kleine Mama?"

Ich musste darüber lachen, dass er mich so nannte. „Kleine Mama, hm?" Ich nickte. „Ja, das ist mehr als okay für mich. Wir möchten, dass du nach Hause kommst, wo du hingehörst."

„Du bist ein Engel, Aspen. Hat dir mein Enkel das je gesagt?", fragte er mich.

Ransom lächelte seinen Großvater an. „Ich habe ihr gesagt, wie sehr ich sie schätze und wie besonders sie für mich ist. Keine Sorge."

„Er gibt mir das Gefühl, etwas Besonderes zu sein, Lucius. Keine Angst." Ich spürte den leichten Hunger in meinem Bauch. „Ich werde das Frühstück holen. Die Babys bekommen Hunger."

Bevor ich weggehen konnte, umfasste Ransom meinen Arm. „Ich komme mit. Er muss sich ausruhen." Er legte seinen Arm um meine Schultern und drehte uns beide zu seinem Großvater um. „Wir lassen dich schlafen und kommen nach dem Mittagessen wieder vorbei, um dich zu besuchen."

„Gut." Lucius schloss die Augen und war bereit einzuschlafen.

Ransom brachte mich aus dem Raum und hielt mich dabei weiter im Arm. Ich konnte nicht anders – ich liebte, wie es sich anfühlte, und wollte, dass Ransom das wusste. Ich hatte zu lange geschwiegen. Jetzt wollte ich, dass es voranging.

Er und ich hatten eine sehr harte Zeit durchgemacht und es

sah so aus, als wäre sie fast vorbei. Das Leben war zu kurz, um Zeit damit zu verschwenden, mir Sorgen zu machen, ob er mich wegstoßen würde, wenn ich auf ihn zuging.

Bevor ich meinen Mund öffnen konnte, küsste Ransom meinen Kopf und sagte: „Himmel, ich bin glücklich, dass du bei mir bist. Ich wusste nicht, wie sehr ich dich brauche. Ich hatte noch nie eine bessere Freundin als dich, Aspen."

Und da war es, das Wort „Freundin".

Plötzlich dachte ich, dass der Zeitpunkt doch nicht richtig war. „Danke, Ransom. Du bist auch ein ziemlich guter Freund. Ich bin froh, dass ich für dich da sein konnte."

Ich begann, mich zu fragen, ob der Zeitpunkt jemals richtig sein würde, um ihm zu sagen, dass ich mehr wollte. Unsere Beziehung gedieh, aber nicht so, wie ich es wollte. Mein Körper sehnte sich nach seinem. Aber er schien nicht die gleiche Sehnsucht zu empfinden wie ich.

Er führte mich zu einem Tisch in der Cafeteria und ich setzte mich hin. „Ich besorge uns etwas zu essen. Du wartest hier. Ich bin mir sicher, dass es anstrengend für dich war. Du musst dich um die Babys in dir kümmern."

„Okay, danke." Ich beobachtete, wie er wegging, und biss mir auf die Unterlippe, als ich seinen Hintern anstarrte. „Warum kann er mich nicht so wollen, wie ich ihn will?", murmelte ich vor mich hin.

Ich fühlte eine Hand auf meiner Schulter und sprang beinahe von meinem Stuhl. „Er ist nett anzusehen, nicht wahr?", sagte eine der Krankenschwestern, die bei Lucius gewesen waren.

Ich konnte nicht genau sagen, warum ich auf die Frau eifersüchtig war. Sie war mollig und versuchte nicht einmal, ihr weißblondes Haar zu stylen, sondern hatte es an ihrem dicken Hals zu einem Knoten zusammengesteckt.

„Ich wollte nicht, dass jemand das hört", murmelte ich.

„Sie sind also kein Paar", sagte sie und starrte Ransom an. „Er ist frei."

Panik erfasste mich. Die Mädchen, mit denen ich Ransom auf Fotos gesehen hatte, waren genau wie diese Frau. Sie war die Art Mädchen, mit dem er Sex hatte. Er hatte zu keiner von ihnen Beziehungen, sagte er, aber er schlief mit ihnen.

Ich war mir sicher, dass diese Krankenschwester einfach nur Sex von ihm wollte. Sie suchte keine Beziehung, nur Spaß mit ihm. Und ich sah rot.

„Frei?", fragte ich. „Das würde ich nicht sagen. Ich bin schwanger mit seinen Drillingen."

„Ja, davon habe ich gehört. Sie sind die Leihmutter." Sie sah mich an. „Sein Großvater hat es mir erzählt."

Ich hasste sofort, dass unsere persönlichen Angelegenheiten diskutiert wurden. Ich würde mit Lucius darüber reden, dass wir den Leuten nichts über uns erzählten, was sie nicht wissen mussten. „Wie schade."

Sie sah Ransom erneut an. „Ich habe gehört, dass es Mr. Whitaker besser geht. Er wird nicht mehr lange hier sein. Ich denke, es ist an der Zeit, dass ich aktiv werde."

Ich weiß nicht, was in mich gefahren ist. Ransom gehörte mir nicht. Und soweit ich wusste, würde er es niemals tun. Aber ich stand auf und sah direkt in die dunkelbraunen Augen der Krankenschwester. „Ransom ist nicht frei. Er gehört mir. Und wenn ich Sie dabei erwische, wie Sie etwas Unangebrachtes zu ihm sagen, werden Sie es bereuen."

Ihr Gesichtsausdruck verriet mir, dass sie mich verstanden hatte.

Ich hoffte nur, dass Ransom nie herausfinden würde, was ich getan hatte.

KAPITEL DREIUNDZWANZIG

Ransom

Lubbock, Texas – 25. November
Die Sechsmonatsmarke kam, und Aspen und ich warteten darauf, dass die Schwester uns verkündete, welches Geschlecht unsere Babys hatten. Ich konnte nichts erkennen, als sie das Instrument über Aspens gerundeten Bauch führte. „Wir haben hier einen Jungen", sagte sie.

Aspen streckte die Hand aus und ergriff mit glänzenden Augen meine Hand. „Ein Junge, Ransom!"

Ein Lächeln zog über mein Gesicht und wollte nicht mehr verschwinden. „Ich weiß."

Die Schwester sah mich strahlend an. „Und hier ist noch ein Junge, Mr. Whitaker."

„Noch einer?" Ich fühlte mich glücklicher als je zuvor in meinem Leben. „Zwei Jungen!"

Aspen ließ meine Hand los, um ihre Finger zu überkreuzen. „Bitte auch ein Mädchen."

„Ihr Wunsch ist mir Befehl", sagte die Schwester. „Sie bekommen auch ein kleines Mädchen. Sie ist die kleinste der drei. Eine kleine Prinzessin und zwei Prinzen, die auf sie aufpassen."

Aspens Gesicht glühte, als Tränen aus ihren hübschen Augen fielen. „Wir haben auch ein Mädchen!" Sie packte meine Hand und presste sie zwischen ihre vollen Brüste.

Ich hatte noch nie jemanden so sehr küssen wollen. Meine Lippen zuckten, mein Herz klopfte und ich beugte mich über sie. „Wir haben eine Familie, Aspen." Meine Lippen schwebten über ihren.

Ich war fast da. Gleich küsste ich zum ersten Mal die Mutter meiner Kinder. Jedenfalls das erste Mal auf den Mund.

Die Tür, die sich nach einem kurzen Klopfen öffnete, ließ mich jedoch den Kopf zurückziehen. Unsere Gynäkologin trat ein. „Was haben wir hier, Jessica?", fragte sie die Schwester.

„Zwei Jungen und ein Mädchen." Die Schwester druckte diverse Papiere aus und reichte sie unserer Ärztin. „Hier sind die Werte für alle. Es sieht gut aus."

Als mein Blick wieder auf Aspen gerichtet war, sah ich ihren Blick auf meinen Lippen. Sie musste wissen, was ich tun wollte. Ihre Augen stiegen langsam zu meinen hoch. Ich konnte etwas darin sehen. Lust.

Mein Schwanz zuckte. Ich wollte meine Ängste überwinden und es einfach tun. Aber die Angst, wie mein Gehirn reagieren würde, wenn ich Aspen nahm, sorgte dafür, dass ich meinen Schwanz in Schach hielt.

Mein Herz war nicht so leicht zu kontrollieren wie meine Erektion. Es tat weh, als ich von der Frau wegschaute, die es in ihren Händen hielt. Ich wusste, dass sie mich wollte. Ihr Verlangen entging mir nicht.

Aber sie wusste nicht, was mit uns geschehen würde, wenn ich mich damit beschäftigte, was sich zwischen uns zusammengebraut hatte. Unsere Kinder brauchten uns beide. Mein instinktives Verhalten würde mich zwingen, Abstand zwischen ihre Mutter und mich zu legen. Das war schon immer so gewesen. Warum sollte ich diesmal anders reagieren?

Nachdem sie sich angezogen hatte, traf mich Aspen im Wartezimmer. Ihr runder Bauch war bezaubernd. Ich konnte nicht aufhören, ihn anzusehen und an meine drei Babys zu denken, die sich darin befanden.

„Ich bin am Verhungern", sagte sie, als sie direkt zur Tür ging. „Können wir irgendwo anhalten und Chinesisch essen?"

„Was auch immer du möchtest." Ich sprang auf und überholte sie, um die Tür für sie zu öffnen.

Das brachte mir ein Lächeln von ihr ein. „Du bist wirklich zum Gentleman geworden, Ransom. Deine Mutter wäre bestimmt stolz auf dich."

Über meinen neuen Gentleman-Status würde sie es sein. Aber ich bezweifelte, dass sie auf viel anderes stolz sein würde.

In letzter Zeit hatte ich oft an meine Mutter gedacht. Ich fragte mich, wie sie meinen Vater so betrügen konnte, wie sie es getan hatte, nur um ihm dann zu erzählen, dass sie ihn liebte.

Waren alle Frauen brillante Schauspielerinnen? Oder war nur sie so?

Bevor mein Gehirn mich bremsen konnte, fragte mein Herz: „Wie denkst du über Untreue?"

Aspen blieb vor dem Aufzug stehen und sah mich mit großen Augen an. „Ich bin dagegen. Warum fragst du?"

Ich hatte keine Ahnung, warum ich gefragt hatte. Wir waren nicht einmal in einer Beziehung. „Nur so." Die Aufzugtüren öffneten sich und wir traten ein. Als wir allein in der kleinen Kabine standen, sagte mein Herz noch etwas: „Meine Mutter hat meinen Vater betrogen, aber er hat nie davon erfahren. Niemand wusste es. Nur ich."

Entsetzen erfüllte ihr Gesicht. „Ransom! Hast du das immer für dich behalten oder hast du noch jemandem davon erzählt?"

„Du bist die erste Person, der ich jemals davon erzählt habe."

Ich schüttelte den Kopf, um ihn freizubekommen. „Und um ehrlich zu sein, weiß ich nicht einmal, warum."

Aspen nahm mich schnell in ihre Arme und zog mich an sich. „Ransom, du Armer."

Zuerst wusste ich nicht, was ich tun sollte. Aber dann begann sie, mich hin und her zu wiegen, und ich bewegte meine Arme, um sie zu umarmen. „Es fühlt sich gut an, dass noch jemand dieses Geheimnis kennt. Ich habe es für mich behalten, seit ich ein Junge war."

„Oh Gott, Ransom." Sie umarmte mich fester. „Das tut mir so leid für dich."

„Warum?", fragte ich sie, da ich keine Ahnung hatte, warum sie mich für so etwas bedauern würde.

Sie ließ mich los und trat einen Schritt zurück, als der Aufzug stoppte. „Das ist sehr traumatisch. Deshalb tut es mir leid für dich."

Ich zuckte mit den Schultern, als sich die Türen öffneten, dann nahm ich ihre Hand und führte sie hinaus. „Traumatisch? Nein." Ich wollte kein Mitleid. „Und bedauere mich nicht, Aspen."

Sie verstummte, als wir zum Auto gingen. Ich wusste, dass es in ihrem Kopf arbeitete, aber ich wusste nicht, worüber.

Warum sollte sie Mitleid mit mir haben? Warum sollte sie so still sein? War das alles viel schlimmer, als ich mir jemals eingestanden hatte?

Ich öffnete die Beifahrertür meines Wagens für sie. „Sag etwas", sagte ich zu ihr, als sie mich mit traurigen, mitfühlenden Augen anblickte.

Sie schüttelte den Kopf und sagte: „Ich werde nichts sagen, bis ich weiß, was das Richtige ist."

„Wie du meinst." Als ich die Tür schloss, begann ich mich zu fragen, ob ich ein oberflächlicher Mensch war.

Um ehrlich zu sein, hatte ich mir nie die Zeit genommen,

mich selbst zu analysieren. Ich blieb gern beschäftigt und lebte einfach. Ich wollte nicht viel nachdenken. Aber es ging nicht mehr nur um mich. Ich würde bald Kinder haben.

Und diese Kinder würden zu mir aufschauen. Und sie würden mich vielleicht genauso ansehen wie Aspen, wenn sie ihnen je erzählte, dass ihr Vater als Junge Schaden genommen hatte, weil er gesehen hatte, wie seine Mutter Dinge tat, die sie nicht tun sollte.

Ich stieg ins Auto und drehte mich zu Aspen um. „Glaubst du, es war falsch, diese Dinge all die Jahre für mich zu behalten?" Wieder hatte ich keine Ahnung, warum ich sie das fragte. Sie gab mir das Gefühl, verletzlich und doch in Sicherheit zu sein. Es war so verdammt seltsam für mich, wie sie mich empfinden ließ.

Mit einem Nicken gab sie mir die Antwort, die ich von ihr erwartete.

Ich sagte kein weiteres Wort, sondern fuhr einfach zum nächsten chinesischen Restaurant, damit sie die hungrigen Babys füttern konnte, die in ihr heranwuchsen.

Meine Babys.

Aspen trug meine Babys unter dem Herzen und ich hatte ihre süßen Lippen immer noch nicht geküsst. Das war für mich mehr und mehr ein Verbrechen.

Wie ich nun einmal war, redete ich nicht viel beim Essen. Ich wusste nicht, was ich sagen sollte. Ich hatte dieses kolossale Geheimnis herausgelassen und jetzt machte ich mir Sorgen, dass Aspen bei jedem Thema, das ich ansprach, meine betrügerische Mutter erwähnen könnte.

Also sagte ich fast gar nichts.

Die Fahrt nach Hause verlief auch ruhig. Aber als wir hineingingen, beschloss ich, etwas zu tun, um die Atmosphäre aufzulockern. „Ich würde gerne einen der Jungen nach meinem Großvater benennen. Wie findest du diese Idee, Aspen?"

„Ich liebe sie." Sie lächelte strahlend. „Kann ich dabei sein, wenn du ihm davon erzählst?"

„Besser noch, ich möchte, dass du es tust." Ich nahm ihre Hand und brachte sie in die Suite meines Großvaters.

Er hatte wie ein Verrückter an seiner Physiotherapie gearbeitet. Er stand auf dem Laufband und lächelte uns an, als wir in den Wohnbereich seiner Suite kamen. „Hey, ihr Zwei. Wie war der Ultraschall?"

„Großartig." Ich fuhr mit meiner Hand über Aspens Bauch. „Alle drei Babys sehen gut aus, Grandad." Dann stieß ich Aspens Schulter mit meiner an. „Sie hat dir etwas zu erzählen."

Grandad stieg vom Laufband und wischte sich das Gesicht mit einem Handtuch ab, das er über die Vorderseite der Maschine gehängt hatte. „Was musst du mir erzählen, kleine Mama?"

„Wir bekommen zwei Jungen und ein Mädchen!", sagte Aspen. „Wir möchten einen der Jungen nach dir benennen, wenn du damit einverstanden bist, Lucius."

Die Art, wie er sie ansah, ließ mein Herz dahinschmelzen. Er nahm sie bei den Schultern und zog sie dann in eine Umarmung. „Entschuldige den Schweiß, meine Liebe, aber ich muss dich umarmen. Du hast mich überglücklich gemacht, kleine Mama. Ich liebe es, dass ihr einen eurer Söhne nach mir benennen wollt. Und ich liebe dich, Aspen Dell. Du bist ein Engel, der direkt vom Himmel zu uns geschickt wurde."

Zuerst dachte ich, ich hätte ihn falsch verstanden.

Hat er ‚Ich liebe dich' gesagt?

Aber dann antwortete Aspen: „Oh, Lucius, ich liebe dich auch. Und für das Protokoll – es war Ransom, der auf die Idee kam, einen von ihnen nach dir zu benennen. Natürlich stimme ich voll und ganz zu. Aber er hat sich das ausgedacht." Sie trat zurück, als er sie aus seinen Armen entließ.

Mein Großvater sah mich stoisch an. „Deine Idee, hm?"

Alles, was ich zustande brachte, war ein Achselzucken. „Ja."

Er machte zwei Schritte auf mich zu. Dann waren seine Hände auf meinen Schultern und etwas Seltsames geschah. Er umarmte mich. „Ransom, du tust es. Dir wachsen endlich die Wurzeln, die du so dringend brauchst. Ich liebe dich, Junge."

Meine Güte!

Ich klopfte ihm auf den Rücken und sah Aspen an, die mich anstrahlte. Sie flüsterte: „Sag es auch."

Ich musste meine Augen schließen, um das zu tun, was sie gesagt hatte. Dann kamen die drei Worte von irgendwo tief in meinem Inneren nach oben. Ich versuchte, sie zurückzuhalten, aber mein Mund öffnete sich und sie sprudelten heraus: „Ich liebe dich auch, Grandad."

Bei den Worten, die ich seit meiner Kindheit nicht mehr ausgesprochen hatte, entstand ein brennendes Gefühl in meinen Augen.

Verdammt!

Jetzt weinte ich auch noch. Es war schrecklich.

Ich löste mich von ihm und eilte aus dem Zimmer. „Ich muss gehen."

Ich rannte nicht, aber ich ging so schnell ich konnte den Flur hinunter. Dann ging ich weiter nach draußen und die lange Einfahrt hinunter, bevor ich zur Straße gelangte, die ich auch hinunterging.

Ich wusste nicht, wohin ich wollte, schien aber nicht stehenbleiben zu können.

Bis ein Auto hinter mir hupte. Ich trat an den Straßenrand und signalisierte, dass das Auto an mir vorbeifahren sollte. Aber bevor ich mich versah, packte eine Hand meinen Arm. „Ransom, was machst du da?", fragte Aspen.

Ich dachte nicht einmal darüber nach, was ich als Nächstes tat. Ich machte es einfach.

Ich wirbelte herum und nahm sie in meine Arme. Mein

Herz klopfte noch heftiger als zuvor. „Du kommst mir immer näher, Aspen. Du wirst verletzt werden."

„Das ist mir egal." Sie fuhr mit der Hand so sanft über meine Wange, dass es sich federleicht anfühlte. „Ich liebe dich, Ransom Whitaker."

Verdammt nochmal!

24

KAPITEL VIERUNDZWANZIG

Aspen

Lubbock, Texas – 1. Dezember

Mein Liebesgeständnis fand kein Echo. Ich dachte, ich könnte Liebe in Ransoms blauen Augen sehen, als er mich am Straßenrand festhielt. Aber es kam nichts aus seinem Mund. Und ich entschied, dass das okay war. Er brauchte Zeit.

Ich ging sowieso nirgendwohin.

Ein Dekorateur war angeheuert worden, um das Kinderzimmer für unsere Babys herzurichten, die nicht allzu weit davon entfernt waren, auf die Welt und dann in unser Zuhause zu kommen. „Da es Jungen und ein Mädchen gibt, denke ich, dass Gelb großartig funktionieren würde", sagte er uns.

Ransom schien abgelenkt zu sein, als er murmelte: „Klingt gut."

„Ich möchte, dass unsere Tochter ein paar rosa Sachen hat. Ich will nicht alles in Unisex-Farben." Ich legte zwei Stoffmuster, ein hellrosanes und ein babyblaues, auf die Kommode in dem großen Raum. „Ich denke, wir machen Streifen von jeder Farbe an der hinteren Wand, dann zwei Wände in Blau und eine in Rosa."

„Oh nein, meine Liebe." Franco, der Dekorateur, war von meiner Idee offenbar wenig begeistert.

Ich bat Ransom um Unterstützung. „Ransom, was denkst du?"

„Hm?" Er wandte sich von dem Fenster ab, aus dem er gestarrt hatte, um mir seine vage Aufmerksamkeit zu schenken.

Ich zeigte auf den Stoff. „Gefällt dir die Idee, Rosa und Blau zu verwenden?"

Er steckte die Hände in die Taschen und krümmte sich ein wenig. „Das ist mir egal. Lass Franco einfach seine Arbeit machen."

Ich musste mir auf die Zunge beißen, um nicht ausfallend zu werden. „Das ist unser Babyzimmer und unsere Entscheidung, Ransom."

„Aber es ist mir egal." Er sah zu der Zimmertür, die offenstand. „Ehrlich gesagt, möchte ich hier raus."

„Dann geh doch." Ich war wütend.

Ich hatte erwartet, dass er nach meinem Liebesbekenntnis etwas distanziert sein würde, da er große Probleme mit Frauen hatte, aber ich hatte nicht gedacht, dass es so weit kommen würde.

Franco und ich sahen zu, wie Ransom ging, und Franco schaute mich an. „Oh je", war alles, was er sagte.

Ich musste nicht fragen, was er damit meinte. Ich wusste, dass er tiefes Mitgefühl für mich empfand. „Können wir nicht einen Mittelweg finden, Franco?"

„Ich weiß nicht. Er sieht aus, als hätte er genug", kommentierte er.

„Ich habe nicht über ihn und mich gesprochen, sondern über Sie und mich." Ich schnaubte und setzte mich dann in den Schaukelstuhl am Fenster.

Ransom hatte die einzigartige Fähigkeit, in den schwierigsten Zeiten der Schwangerschaft für mich da zu sein. Und zu anderen Zeiten schloss er mich vollständig aus.

Franco nahm in dem Schaukelstuhl gegenüber Platz. „Also, was ist los bei Ihnen beiden?"

„Er brauchte ein Baby, um sein Erbe nicht zu verlieren. Ich brauchte Geld, um mein letztes College-Semester zu bezahlen. Er hat das, was er brauchte, bekommen und ich auch." Ich schaukelte langsam, während ich versuchte, mich zu beruhigen.

„Sie sind also im College?", fragte Franco. „Was ist Ihr Hauptfach?"

„Mineralöltechnik." Ich dachte über seine Frage nach. „Und derzeit belege ich keine Kurse. Ich habe sie aufgeschoben, als sein Großvater sehr krank wurde und wir in Houston sein mussten. Und nach der Geburt will ich für die Babys da sein."

Sein Pfeifen ließ mich wissen, dass er dachte, ich hätte ein Problem. „Meine Liebe, er hat Sie völlig aus der Bahn geworfen."

Ich biss auf meine Unterlippe und nickte. „Ja, das hat er." Als ich dort saß, dachte ich darüber nach, warum ich das überhaupt zugelassen hatte. „Aber ich bin nicht sauer deswegen. Wissen Sie, ich hatte keine Familie. Ich hatte mich seit dem Tod meines Vaters allein gefühlt. Bei Ransom und seinem Großvater war ich wieder Teil einer Familie. Dann kamen die Drillinge und ich fühlte mich wieder vollständig."

„Aber was ist mit Ihnen und Ransom?", fragte Franco. „Sind Sie beide ... nun ja ... intim miteinander?"

„Nein." Ich fühlte, wie mich eines der Babys trat. Fest. „Oh!"

Franco sprang auf. „Ich konnte das von hier aus sehen. Wow, was für Tritt." Er streckte die Hand nach meinem Bauch aus und sah mich an. „Darf ich?"

Er wäre, außer mir, die erste Person, die spürte, wie eines der

Babys trat. Ich hatte Ransom mehrere Möglichkeiten gegeben, aber er hatte sie nicht genutzt. „Sicher."

Franco legte seine Hand auf meinen Bauch. „Dieser Stoff ist so weich. Was ist das?", fragte er.

„Keine Ahnung. Ich glaube, Ransom hat mir dieses Kleid in der Maternity Barn gekauft." Ich keuchte, als eines der Babys mir einen harten Tritt gab.

Francos dunkle Augen wurden groß. „Meine Güte!"

„Ich weiß." Ich bemerkte eine Bewegung in der Nähe der Tür und drehte den Kopf, um Ransom dort stehen zu sehen.

„Was ist hier los?" Er machte lange Schritte in den Raum. „Nehmen Sie Ihre Hand von ihr."

Franco lachte, als er seine Hand von meinem Bauch entfernte und zur Kommode ging, um sich andere Farbmuster anzusehen. „Kein Grund, eifersüchtig zu werden, Daddy."

Ich sah Ransom mit Wut in meinen Augen an. „Ich habe dich schon mehrmals gefragt, ob du die Babys spüren willst. Du warst nicht interessiert."

Sein Gesichtsausdruck wurde vorwurfsvoll. „Also hast du *ihn* gebeten, dich anzufassen?"

„Nein." Ich konnte nicht glauben, dass er sich so wütend und eifersüchtig benahm.

Er wollte mich nicht. Oder gestand es sich zumindest nicht ein.

Ich stand auf und ging aus dem Raum. Ich wollte in diesem Moment nichts mit Ransom zu tun haben. In mir brodelte die Wut und ich wusste, dass ich Dinge sagen würde, die verletzend sein könnten.

Aber der Narr kam mir nach und packte mich sogar am Arm, um mich im Flur aufzuhalten. „Sind alle Frauen so, Aspen?"

„Wie denn?" Ich hatte keine Ahnung, wovon er sprach.

„Tu nicht so dumm", knurrte er.

Verzweiflung überkam mich und ich riss meinen Arm aus seiner Hand. „Lass mich los." Schnell drehte ich mich zu meinem Schlafzimmer um.

Und zum ersten Mal hielt er mich davon ab, die Tür zu schließen, indem er sie festhielt. „Gib mir eine Antwort."

„Ich habe keine Ahnung, was du mich fragst, Ransom." Schnaubend setzte ich mich auf die Bettkante. Meine Knöchel und Füße waren geschwollen, weil ich zu lange gestanden hatte.

Ich rutschte auf dem Bett zurück, um sie hochzulegen. Ransom kam an die Seite des Bettes, um mir zu helfen. Er schüttelte die Kissen auf und knurrte noch einmal: „Sind alle Frauen darauf aus, die Aufmerksamkeit jedes Mannes zu bekommen, der sie ihnen gibt?"

Franco kam zu der Tür, die Ransom offengelassen hatte. „Zu Ihrer Information – ich bin schwul, Ransom. Sie müssen sich keine Sorgen machen."

Ransom sah nicht einmal zu Franco zurück, der schnell wieder verschwand. „Das ist mir egal. Bitte, Aspen. Beantworte meine Frage. Und bitte beantworte sie ehrlich. Wollen alle Frauen so viele Männer, wie sie nur kriegen können?"

„Ich weiß nicht über alle Frauen Bescheid, aber ich bin nicht so." Ich wurde ruhiger, als ich verstand, worauf er hinauswollte. „Nicht jede Frau ist wie deine Mutter, Ransom. Ich weiß nicht, warum sie getan hat, was du gesehen hast, aber ich kann dir sagen, dass sie es nicht getan hat, um dich zu verletzen. Es hört sich auch nicht so an, als hätte sie es getan, um deinen Vater zu verletzen."

Seine Schultern sackten zusammen, als er auf den Boden sah. „Warum hat sie es dann getan, Aspen?"

Als ob ich ihm das sagen kann.

Selbst wenn ich die Frau getroffen hätte, wie sollte ich wissen, warum sie das getan hatte? „Ransom, darüber solltest du mit einem Therapeuten sprechen. Ich habe nicht die Antworten, die du brauchst."

„Ich denke nicht gern darüber nach." Er wandte sich ab und blieb stehen. Während er mir den Rücken zuwandte, fragte er: „Soll ich dir die Füße massieren? Ich habe bemerkt, dass sie etwas geschwollen sind."

Ein Teil von mir wollte Abstand halten. Aber ein anderer Teil sagte, dass sich die Kluft zwischen uns dadurch nur vergrößern würde. „Es wäre nett von dir, das für mich zu tun. Ich kann es nicht selbst machen. Mein großer Bauch ist im Weg."

Er drehte sich um und kam zu mir zurück, setzte sich auf die Bettkante und nahm dann meinen rechten Fuß. Die Art, wie er vorsichtig damit umging, brachte mich fast zum Stöhnen. Ich versuchte so sehr, nicht darüber nachzudenken, wie sich seine starken Hände anfühlen würden, wenn sie meinen ganzen Körper massierten.

„Du hast zu lange gestanden." Seine Hände bewegten sich über meine Wade. „Sie sind bis zu den Knien angeschwollen."

„Ich wusste nicht, dass die Schwellung so weit nach oben reicht." Ich biss die Zähne zusammen, als er seine Hände an meiner Wade auf und ab bewegte. Ich wollte so sehr stöhnen. Mein Inneres stand in Flammen. Nur eine Sache würde dieses Feuer löschen. Aber das würde er mir immer noch verweigern.

„Du musst dich hinsetzen und die Füße hochlegen, sobald du dich ein bisschen unwohl fühlst, Aspen." Er nahm das andere Bein und begann, es ebenfalls zu massieren. „Denk mehr an dich."

Als ich ihn ansah, entschied ich mich, genau das zu tun, was er gesagt hatte. „Das werde ich. Und vor diesem Hintergrund möchte ich dir etwas sagen, das mich belastet."

Seine Augen schossen zu meinen. „Bitte mich nicht, dir etwas zu sagen, das ich nicht sagen kann. Ich weiß, dass es zwischen uns steht, aber du musst begreifen, dass ich weiß, dass ich dich nur verletzen werde. Ich muss ehrlich zu dir sein. "

„Dann sei bitte ehrlich und sag mir, warum du so sicher bist, dass du mich verletzen wirst, Ransom." Ich war ganz benommen bei dem Gedanken, dass er mich ein bisschen näher an sich heranlassen würde.

„Ich betrachte Frauen als Eroberungen." Er bewegte seine Hände etwas höher und massierte meinen inneren Oberschenkel so, dass ich nass wurde.

„Selbst mich?", musste ich fragen.

Mit einem Nicken fuhr er fort: „Selbst dich. Aber ich brauche dich auch weiterhin in meinem Leben. Für unsere Kinder. Sobald eine Frau sich mir hingegeben hat, betrachte ich sie nicht mehr als Eroberung und will nichts mehr von ihr. "

„In deiner Vergangenheit warst du schon so." Ich griff nach unten, um seine Hände in meine zu nehmen und sie festzuhalten, während ich in seine Augen sah. „Du und ich sind Freunde. Meistens sogar beste Freunde. Glaubst du nicht, dass du bei mir anders wärst?"

Lange Zeit starrte er mir direkt in die Augen. „Ich brauche dich so sehr, dass ich es nicht riskieren will."

„Du brauchst mich, aber du willst mich nicht?", fragte ich.

„Nein, ich will dich auch." Er sah zur Decke und seufzte tief. „Aber ich kann dich nicht haben. Wenn doch, bin ich mir ziemlich sicher, dass mein altes Verhalten wieder zum Vorschein kommt. Ich werde dann schwer erreichbar, distanziert und sogar gemein, wenn du mich nicht einfach gehen lässt. Ich habe das alles schon öfter gemacht."

„Bei anderen Frauen", erinnerte ich ihn. „Frauen, mit denen du nicht zuerst befreundet warst."

„Stimmt." Er zog unsere gefalteten Hände hoch und küsste meine Hand. „Kann es genug für dich sein, zu wissen, dass ich dich will? Ich will dich so sehr. Aber du bedeutest mir zu viel, als dass ich zulasse, dass mein Verlangen dich mir wegnimmt. "

„Ich werde ehrlich zu dir sein, weil du so ehrlich zu mir bist." Ich schloss die Augen, als ich fortfuhr. „Es ist schön zu hören, dass du mich willst. Ich habe so viel darüber nachgegrübelt." Aber ich musste auch ehrlich zu mir selbst sein. „Ransom, ich weiß nicht, wie lange ich noch durchhalten kann. Ich sehne mich nach dir." Ich öffnete meine Augen. Seine Augen waren ungläubig aufgerissen. „Ich träume davon, dass du mir die Jungfräulichkeit nimmst. Ich träume davon, dass du mir meinen ersten Orgasmus schenkst."

Ein Stirnrunzeln tauchte auf seinem Gesicht auf. „Du hattest noch nie einen Orgasmus?"

Ich schüttelte den Kopf. „Nein."

Er stand auf und schob seine Hand durch sein dunkles Haar. „Hast du noch nie masturbiert?"

„Nein." Ich fühlte mich etwas verlegen, als er begann auf und ab zu gehen.

„Wie zur Hölle kann das sein?" Er hielt inne und sah mich an. Ich fühlte mich wie unter einem Mikroskop. „Du sagst mir die Wahrheit, richtig? Du lügst mich nicht an, nur um zu bekommen, was du willst, oder?"

„Ich bin keine Lügnerin, Ransom." Ich atmete langsam aus, um die Wut, die seine Vorwürfe bei mir auslösten, zu unterdrücken. „Ich bin eine Jungfrau, die noch nie einen Orgasmus hatte, und ich möchte, dass du und nur du mich in diese Welt einführst. Ich habe in meinem ganzen Leben noch nie jemanden so gewollt. Ich will dich, seit ich dich zum ersten Mal gesehen habe. Ich kann dir jetzt sagen, dass ich ziemlich sicher bin, dass ich niemals mit einem anderen Mann als dir zusammen sein möchte."

„Ich kann das nicht." Er drehte sich um, ging aus dem Raum und ließ mich völlig sprachlos zurück.

25

KAPITEL FÜNFUNDZWANZIG

Ransom

Lubbock, Texas – 25. Dezember

Es wurde nicht einfacher, in Aspens Nähe zu sein, ohne eine Erektion zu bekommen. Vor allem, während ich ihre Füße und Beine massieren musste, wenn sie geschwollen waren. Aber ich hatte es geschafft, meine Hände in sexueller Hinsicht von ihr fernzuhalten.

Und sie hatte aufgehört, darüber zu reden, dass ich der einzige Mann sein sollte, der sie nahm. Aber ich konnte ihren schönen Augen ansehen, dass sie den Funken, den sie für mich hatten, nie verloren.

Ich versuchte allerdings, ihn auf einer sehr niedrigen Flamme zu halten. Die meiste Zeit funktionierte es. Wenn das nicht der Fall war, nahm ich die Sache selbst in die Hand und verschaffte mir Erleichterung. Ein wenig Selbstliebe und eine kleine Fantasie mit Aspen linderten mein Verlangen eine Weile.

Manchmal musste ich mich mit meiner Eifersucht auseinandersetzen, dass sie vielleicht anfing zu masturbieren. Mein selbstsüchtiger Wesenszug wollte, dass sie auf mich wartete.

Nicht, dass ich überhaupt darüber nachgedacht hatte, meinem Verlangen nach ihr nachzugeben, aber ich wollte, dass sie trotzdem wartete.

Wie ich schon sagte, ich war selbstsüchtig.

Nun war mir also aufgefallen, dass ich nicht nur oberflächlich, sondern auch selbstsüchtig war. Mein charakterliches Inventar war gewachsen, aber auf keine gute Weise.

Dabei wurde ich bald Vater und sollte meine Kinder inspirieren, im Leben das Richtige zu tun. Was das Vatersein betraf, hatte ich bisher keine Fortschritte gemacht.

Aber ich dachte mir, es wäre Zeit für einige Veränderungen. Wenn die Zeit reif war, kam es von selbst dazu. Wie auch immer sie aussehen mochten.

Ich hatte keine Ahnung, was die Zukunft bringen würde. Da ich ein Freigeist war, dachte ich, dass es das Beste wäre, mich zurückzulehnen und mich vom Leben dorthin führen zu lassen, wo ich sein sollte.

Bei unserem ersten gemeinsamen Weihnachtsfest trafen sich Aspen und ich in dem Raum, den sie das Weihnachtszimmer genannt hatte. Grandad saß mit einer großen Tasse heißer Schokolade in der Hand auf dem Sofa. Seine Wangen waren rosig und sein Lächeln strahlend, als er uns begrüßte: „Frohe Weihnachten!"

Aspen sagte: „Frohe Weihnachten, Lucius." Sie ging direkt zu ihm und umarmte ihn. „Ich liebe es, dich heute Morgen so fröhlich zu sehen."

„Und du siehst aus wie eine Göttin, kleine Mama", sagte er und küsste sie auf die Wange. „Ich fühle mich heute etwas müde."

„Ich finde, du siehst toll aus", sagte ich zu ihm. „Besser als je zuvor, wenn du mich fragst."

„Nun, ich fühle mich aber nicht besser als je zuvor", grummelte er.

Aspen tätschelte seine Hand und lenkte Grandads Aufmerksamkeit von mir, wofür ich dankbar war, als ich unter den Baum sah, um das Geschenk zu holen, das ich für sie gekauft hatte. „Vielleicht solltest du deinen Arzt anrufen und für morgen einen Termin vereinbaren?"

„Vielleicht", sagte er.

Ich stand mit dem Päckchen in der Hand auf. „Bitte, Aspen. Das ist mein Geschenk für dich."

Sie zeigte auf ein Päckchen mit meinem Namen, das sich in der Nähe meines Fußes befand. „Und ich habe das für dich gekauft. Hol es dir und wir öffnen sie gleichzeitig."

Während mein Großvater zuschaute, nahm ich gegenüber Aspen Platz, nachdem ich ihr das Geschenk gegeben hatte. Wir packten unsere Geschenke aus und ich war von meinem unglaublich gerührt. „Unsere Babys. Wann hast du das gemacht, Aspen?"

„Ich wusste, dass es dich überraschen würde." Sie lächelte mich an. „Ich habe das vor einem Monat machen lassen. Es ist eine dieser 3D-Aufnahmen. Man kann wirklich alle drei Gesichter darauf sehen. Ich habe es in Sepia genommen, damit es zu dem Goldrahmen passt."

„Ich liebe es." Ich stand auf und küsste ihre Wange. Dann bemerkte ich, dass mein Großvater die Stirn runzelte, und konnte nicht verstehen, warum er das tat. Aber ich wollte ihn nicht danach fragen.

Ich wollte Aspens Reaktion auf das Geschenk, das ich ihr besorgt hatte, sehen. Sie zog den Deckel von der Schachtel, nahm die Diamantkette heraus und drückte sie an ihre Brust. „Ransom, sie ist wunderschön. Sie sieht aus, als hätte sie eine Million Dollar gekostet."

Mein Großvater beugte sich vor, um sie anzusehen. „Das ist verdammt nah dran."

Ich streichelte ihr Kinn, damit sie mich ansah, und sagte:

„Sie ist nichts im Vergleich zu deiner Schönheit, Aspen. Aber als ich sie sah, dachte ich an dich."

„Wie süß." Sie legte ihre Hand auf meine und drückte sie an ihre Wange. „Ich liebe sie. Vielen Dank."

Nachdem wir den Rest der Geschenke ausgepackt hatten, aßen wir ein schönes Mittagessen, bevor wir uns unseren persönlichen Angelegenheiten zuwandten. Aspen ging in die Stadt, um ihre ehemaligen Mitbewohnerinnen zu besuchen und Weihnachten mit ihnen zu feiern.

Somit blieben mein Großvater und ich allein. Ich hatte keine Ahnung, wie unheimlich das sein würde.

Als es an meiner Schlafzimmertür klopfte, fragte ich mich, wer es sein könnte. „Wer ist da?", rief ich.

„Ich", rief mein Großvater. „Kann ich reinkommen und mit dir sprechen?"

„Die Tür ist nicht verschlossen." Ich stand von meinem Bett auf und setzte mich auf das Sofa.

Grandads Gesichtsausdruck war streng und ich hatte keine Ahnung, warum das so war. Er setzte sich neben mich auf das Sofa. „Ransom, ich muss dich wissen lassen, dass ich verdammt glücklich darüber bin, dass du bald Kinder haben wirst."

„Gut. Ich bin froh, dass dich das glücklich macht, Grandad." Ich grinste, als ich an all die Babys in unserem Haus dachte, das seit meinem ersten Lebensjahr keine mehr gesehen hatte. „Dieser Ort wird in naher Zukunft ziemlich lebhaft werden."

„Ja, sicher", stimmte er zu. „Ich habe noch mehr, was ich dir sagen möchte."

„Dann sprich weiter", sagte ich, aber ich konnte nicht verstehen, warum mein Körper sich anspannte.

„Ransom, ich habe dich und Aspen beobachtet. Das Mädchen liebt dich. Weißt du das?", fragte er.

Ich glaubte nicht, dass er in mein Privatleben involviert sein musste. „Ich weiß, wie sie für mich empfindet. Sie ist sehr offen über ihre Gefühle."

Er schien überrascht zu sein. „Also hat sie dir gesagt, dass sie dich liebt?"

„Ja." Die Anspannung packte meinen Körper fester, als ich spürte, wie eine fremde Energie von meinem Großvater ausging.

Mit einem Stöhnen rieb er sich die Schläfen. „Und was hast du getan?"

„Nichts. Ich möchte, dass die Dinge so bleiben, wie sie jetzt sind." Ich stand auf, um mir einen Scotch einzuschenken. Vielleicht würde er die Anspannung lösen, die Grandads kleiner Besuch bei mir auslöste.

„Warum solltest du wollen, dass die Dinge so bleiben, wie sie jetzt sind?", fragte er.

Ich goss mir den Drink ein, als ich über meine Antwort nachdachte. Schließlich sagte ich: „Ich mag, wie die Dinge jetzt sind. Deshalb möchte ich, dass sie so bleiben."

Als ich mich umdrehte, sah ich, wie mein Großvater ein Taschentuch herauszog und damit den Schweiß von seinem Gesicht abwischte. „Die Dinge sind in Ordnung, Ransom. Sie könnten aber noch besser sein. Warum willst du nicht, dass sie bestmöglich sind?"

„Geht es dir gut?", fragte ich. Dann setzte ich mich wieder hin und ließ mein Glas auf der Theke stehen, während ich mich fragte, ob die seltsame Energie, die ich spürte, mit der Gesundheit meines Großvaters zusammenhing und sonst nichts.

„Nein." Er wischte sich erneut das Gesicht ab. „Mir geht es nicht so gut, wie es scheint."

Mein Herz sank. „Denkst du ...?"

Er stoppte mich. „Ich weiß es nicht. Doch ich weiß das: Etwas in dir hält dich davon ab, natürliche Lebensentscheidungen zu treffen. Ich weiß nicht, was es ist, aber ich muss tun, was ich kann, um dir zu helfen."

„Mir geht es gut", sagte ich zu ihm und musterte ihn bei dem Versuch, etwas an seinem Äußeren zu finden, das mich wissen ließ, ob ich den Mann in die Notaufnahme bringen musste. „Um dich mache ich mir aber Sorgen, Grandad. Sollen wir zur Notaufnahme fahren?"

„Nein." Er winkte ab. „Wenn ich wieder den verdammten Krebs bekomme, mache ich nicht noch einmal die Chemotherapie durch. Ich kann es nicht. Ich werde es nicht tun."

Das war es also. Wenn der Krebs zurückkam, würde er ihn nicht bekämpfen.

Ich stand auf und ging zu dem Drink, den ich mir eingegossen hatte. „Ich kann nicht glauben, dass du das tun würdest, Grandad. Du bist mir wichtig. Du wirst auch für deine Urenkel wichtig sein."

„Liebst du das Mädchen?", fragte er und hielt mich auf, bevor ich den ersten Schluck nehmen konnte.

„Du musst dich nicht darum kümmern." Ich nahm einen Schluck und spürte, wie die Flüssigkeit in meinem Hals brannte und dann meinen Bauch wärmte.

„Es würde mir helfen zu wissen, ob du sie so liebst, wie ich vermute." Er hustete. Es erinnerte mich daran, wie er sich angehört hatte, als er den Tumor in seiner Lunge hatte.

Ich seufzte. „Ich weiß nicht, ob ich sie liebe. Deshalb möchte ich, dass die Dinge so bleiben, wie sie sind. Auf diese Weise wird sie mich nicht hassen."

Als ich in sein Gesicht sah, machte ich mir wieder Sorgen. Er war blass und sah zittrig aus. Ich wollte diese Schwäche nicht mehr an ihm sehen. Es war viel zu früh, um ihn wieder zu verlieren.

Seine Worte kamen leise heraus, was mich noch mehr beunruhigte. „Ich hoffe, dass du mich dafür nicht hasst, Ransom, aber diese Frau hat mehr verdient. Sie wurde dazu geboren, eine Whitaker zu sein. Meine Urenkel haben mehr verdient. Und du auch. Ich habe keine Ahnung, warum du dich der Liebe dieser wunderbaren jungen Frau verweigerst. Ich verstehe auch nicht, warum du nicht weißt, ob du sie liebst oder nicht. Ich kann sehr deutlich sehen, dass du es tust. Warum kannst du es nicht sehen und zugeben?"

Ich hatte nicht die Absicht, ihm zu erklären, warum ich Aspen keine Worte sagen wollte, über die ich mir nicht sicher war. „Grandad, Aspen geht es gut mit ihrer Rolle in dieser Familie."

„Mir aber nicht." Er sah mir direkt in die Augen, als er mir die Neuigkeiten übermittelte. „Ich habe mein Testament wieder geändert."

„Scheiße."

Das verheißt nichts Gutes.

„Du musst Aspen Dell bis zur Geburt eurer Kinder heiraten. Und du musst dafür sorgen, dass es eine echte Ehe ist, mein Junge. Du verstehst, was ich sage, nicht wahr?" Er zwinkerte mir zu, als hätte er mir einen Witz erzählt.

Vielleicht war es ein Witz. „Ah, du scherzt. Alles klar, Grandad." Ich nahm noch einen Schluck und sah, wie meine Hand zitterte.

„Nein." Er schüttelte den Kopf. „Ich meine es todernst. Wenn ich du wäre, würde ich sie besser früher als später heiraten. Ich habe gehört, dass die meisten Drillinge ein oder zwei Monate früher kommen als einzelne Babys. Und wenn das Mädchen bis dahin keinen Ehering am Finger hat und sein Nachname nicht Whitaker ist, dann seid du, Aspen und eure Babys alle aus meinem Testament gestrichen."

Alter Bastard!

KAPITEL SECHSUNDZWANZIG

Aspen

Lubbock, Texas – 26. Dezember

Ich war in der Nacht zuvor etwas spät ins Bett gekommen. Margo wollte nicht, dass ich überhaupt ging. Sie jammerte, dass ich meine ganze Zeit mit Ransom verbracht hatte, sodass sie sich ausgeschlossen fühlte.

So lange zu bleiben, wie ich nur konnte, war alles, was ich ihr geben konnte. Sie hatte einen Kerl getroffen, sich in ihn verliebt, und er hatte sie ohne Begründung abserviert. Ich musste bleiben, damit sie mir ihr Herz ausschütten konnte.

Da sie sich in einem solchen Zustand befand, konnte ich nicht über mein eigenes Leben jammern. Und als ich in mein Bett kletterte, starrte ich viel zu lange an die Decke und fragte mich, was ich tun könnte, um Ransom dazu zu bringen, seine Probleme zu lösen und eine echte Beziehung mit mir einzugehen.

Als er am nächsten Morgen in mein Schlafzimmer kam, war ich mehr als erstaunt. Er kam zum Bett, setzte sich darauf und sah ein wenig seltsam aus. „Wie war dein Besuch bei deinen Freundinnen, Aspen?"

„Ziemlich gut. Margo hat eine Krise, aber ansonsten hatte ich Spaß mit den Mädchen." Ich strich mir die Haare aus dem Gesicht, streckte mich und gähnte, weil sein Klopfen mich geweckt hatte. „Und wie war dein Abend?"

„Ziemlich verrückt." Er stand auf und ging auf und ab.

Ich wusste, dass etwas Schlimmes passiert sein musste und betete, dass es nicht um die Gesundheit seines Großvaters ging. „Warum erzählst du mir nicht einfach, was passiert ist, Ransom?"

„Weil ich nicht weiß, wie ich das machen soll." Er schüttelte den Kopf. „Ich habe die ganze Nacht darüber nachgedacht, wie ich es sagen soll, und mir fällt nichts ein."

„Geht es um Lucius?" Ich musste es wissen. Ich musste mich vorbereiten, wenn es schreckliche Neuigkeiten gab.

Ich liebte den alten Mann. Und ich würde mich nicht nur mit meiner eigenen Trauer auseinandersetzen, sondern auch für Ransom stark sein müssen. Er sah stark aus, aber ich wusste, dass er alles andere als das war, wenn es um seinen Großvater ging.

„Ja, es geht um ihn", gab er zu. „Er hat wieder etwas getan. Und diesmal sind unsere Kinder betroffen."

„Also geht es nicht um seine Gesundheit?", fragte ich und fühlte mich ein wenig erleichtert.

Ransom nahm am Ende meines Bettes Platz und sah mich mit Angst in seinen Augen an. „Nicht wirklich. Aber er sagte, wenn der Krebs zurückkehrt, wird er nicht mehr kämpfen. Das hat mich wirklich fertiggemacht."

„Das kann ich mir vorstellen. Das ist sehr belastend." Ich hatte keine Ahnung, warum Lucius den Kampf aufgeben würde, nachdem er bewiesen hatte, dass er es schaffen konnte. „Vielleicht sollte ich mit ihm reden."

„Das wird nicht helfen. Er ist ein starrsinniger alter Mann." Er warf die Arme in die Luft. „Und das macht es so verdammt schwer."

„Ich habe das Gefühl, dass da noch mehr ist. Etwas anderes als die Gesundheit deines Großvaters." Ich setzte mich auf und legte meine Hand auf meinen Bauch, als ich Hunger bekam. Das bedeutete, dass ich ziemlich schnell etwas in meinen Bauch bekommen musste oder mir würde übel werden.

„Du hast recht." Er stand auf und ging wieder auf und ab.

Ich beugte mich vor und holte eine Packung Salzstangen aus der Schublade meines Nachttischs. Ich musste etwas essen und zwar schnell. „Also hör auf, mir auszuweichen, und sage es einfach." Ich knabberte geräuschvoll an einer Salzstange.

„Bei dir klingt das so leicht. Das ist es aber nicht." Er drehte sich langsam um und kam zu mir. „Du weißt, wie ich für dich empfinde, richtig?"

„Hat er dir etwas erzählt, das mit mir zu tun hat, Ransom?" Ich dachte, sein Großvater mochte mich, vielleicht liebte er mich sogar. Aber ich hatte das Gefühl, dass er Ransom geraten haben könnte, mich aus irgendeinem Grund loszuwerden.

„Das hat er", sagte er und bestätigte meinen Verdacht.

Ich wusste nicht, was ich denken sollte. Aber ich wusste, dass ich mich gleich übergeben würde. Ich warf die Decke von mir, sprang auf und lief ins Badezimmer, das ein Teil meiner Schlafzimmersuite war.

Ich kniete mich auf den kalten Fliesenboden vor der Toilette und würgte wie verrückt. Ransoms Hände strichen über meine Schultern und zogen meine Haare zurück. „Es wird wieder gut, Aspen."

Keuchend hob ich meinen Kopf aus der Toilette. „Was wird wieder gut?"

Sanft zog er mich hoch, nahm meine Hand und führte mich zum Waschbecken. Er benetzte einen Waschlappen und wischte mir das Gesicht ab, während er mich mit funkelnden Augen anblickte. „Wer weiß, vielleicht willst du es sogar."

„Was, Ransom?" Ich packte seine Handgelenke, um ihn daran zu hindern, mein Gesicht weiter zu reinigen. Mir war es egal, wie ich aussah. Ich musste endlich wissen, was los war.

„Mein Großvater hat sein Testament schon wieder geändert. Wenn du und ich nicht heiraten, bevor die Babys kommen, werden ich, du und die Babys aus seinem Testament ausgeschlossen." Er seufzte, als ich seine Handgelenke losließ. „Du bekommst also, was du willst."

Mir war schwindelig, als ich versuchte, die Informationen zu verarbeiten. „Ich wollte das nicht."

Mit einem Achselzucken sagte er: „Ach nein?"

Ich blinzelte, als ich ihn ansah. Ich hatte keine Ahnung, warum er glaubte, ich könnte wollen, dass er gezwungen wurde, mich zu heiraten. „Was?"

„Du siehst aus, als würdest du gleich in Ohnmacht fallen." Er nahm meine Hand und zog mich ins Bett zurück. „Lege dich wieder hin. Ich gehe runter, mache dir Frühstück und bringe es hierher, während du diese Informationen verarbeitest. Vielleicht können wir heute noch Eheringe aussuchen und entscheiden, wie wir weiter vorgehen."

Ich war sprachlos, als ich von dem Mann, der sich geweigert hatte, Sex mit mir zu haben, wieder ins Bett gesteckt wurde. Aber jetzt, da sein Großvater von ihm verlangte, mich zu heiraten, sah er aus, als hätte er es akzeptiert und dächte, dass ich das auch tun würde.

Nun, da irrte er sich.

„Meine Antwort ist Nein, Ransom." Ich sah, wie sich sein Gesicht unter einem Stirnrunzeln verfinsterte.

„Das meinst du nicht so." Sein Ausdruck wurde wieder zu reiner Freude. „Du bekommst, was du willst."

Seine Arroganz war überwältigend. „Warum denkst du, dass ich dich heiraten will?"

„Komm schon." Er stemmte die Hände in die Hüften, während seine Augen tanzten. „Du hast mir gestanden, dass du Sex mit mir haben willst. Nur mit mir. Aber jetzt soll ich glauben, dass du mich nicht heiraten willst, um das zu bekommen? Vergiss es. Als ich letzte Nacht über alles nachgedacht habe, hatte ich sogar den Verdacht, dass du vielleicht diejenige warst, die meinen Großvater angestiftet hat."

Jetzt war ich einfach nur sauer. „Raus." Ich zeigte auf die Tür. „Verschwinde aus meinem Schlafzimmer, Ransom Whitaker. Ich kann nicht glauben, dass du mich schon so lange kennst und trotzdem denkst, ich würde so etwas machen."

„Beruhige dich", sagte er. „Denke an die Babys."

„Den Babys geht es gut. Mir aber nicht. Ich werde deinem Großvater sagen, dass ich dich nicht heirate. Ich werde dich niemals heiraten. Außer du liebst mich. Was du nicht tust."

Er sah mich an und ich bemerkte einen Trotz in ihm, den ich noch nie zuvor gesehen hatte. „Wir sollten uns nicht darüber streiten. Und wer bist du überhaupt, mir zu sagen, dass du weißt, dass ich dich nicht liebe?"

„Wer ich bin? Ich bin die Frau, die dir ihre Liebe erklärt hat. Die Frau, die du danach einfach hängen gelassen hast. Wenn du mich lieben würdest, hättest du die Hände nicht von mir lassen können." Ich verschränkte die Arme vor meiner Brust, als mir klar wurde, dass ich keinen BH trug und meine Brustwarzen steinhart waren.

„Um ehrlich zu sein, bin ich auch jetzt nicht bereit, dir diese Worte zu sagen." Er sah auf den Boden. „Aber ich glaube, mit der Zeit könnte ich dazu in der Lage sein."

„Das ist nicht gut genug für mich." Ich schüttelte den Kopf. „Es ist nicht so, dass ich nicht liebenswert bin. Aber du gibst mir immer wieder dieses Gefühl, Ransom. Ich will dich nicht heiraten Jedenfalls nicht im Moment."

„Nun, wir haben nicht viel Zeit, Aspen. Du weißt genauso gut wie ich, dass die Babys früher kommen werden. Ein bis zwei Monate früher. Und ich kenne meinen Großvater. Wenn wir bis dahin nicht getan haben, was er verlangt, werden wir ohne einen Cent enden."

„Dann solltest du anfangen, darüber nachzudenken, was du tun wirst, um für deine Kinder und mich zu sorgen, bis ich einen Job finden kann." Ich war hartnäckig. „Ich lasse mich nicht dazu zwingen, einen Mann zu heiraten, der mich nicht liebt."

„Und wenn ich dir einfach die Worte sage, die du hören willst? Wirst du mich dann heiraten?" Er warf erneut seine Arme in die Luft. „Ich kann nicht glauben, dass ich dich anbetteln muss, mich zu heiraten. Das ist verrückt!"

„Ganz genau." Ich dachte darüber nach, was er mich gefragt hatte, und wusste, dass ich ihm nicht glauben könnte, wenn er jetzt die Worte sagen würde. „Meine Antwort ist immer noch Nein. Ich werde dich nicht heiraten, nur weil du mir sagst, dass du mich liebst. Ransom, das wären nur Worte, weißt du. Ich muss aber *spüren*, dass du mich liebst."

„Zuerst musstest du die Worte hören und jetzt musst du die Liebe spüren?" Nun sah er verärgert aus. „Ich weiß nicht, was zur Hölle ich tun soll. Ich dachte, du wärst überglücklich. Ich dachte, das wäre genau das, was du wolltest. Du könntest meine Frau sein, um Gottes Willen. Du könntest Mrs. Ransom Whitaker sein. Du hättest für den Rest deines Lebens ausgesorgt. Du würdest wahrscheinlich die verdammte Präsidentin von Whitaker Oil werden. Und trotzdem sagst du Nein."

Das alles war mir in diesem Moment egal. „Ich werde mit deinem Großvater sprechen. Danach wird das kein Thema mehr sein."

Ransom lachte den ganzen Weg durch die Tür. Dann stand ich auf und zog mich an. Lucius Whitaker hatte keine Ahnung, mit wem er es zu tun bekommen würde.

Als ich zu dem anderen Flügel und dann den langen Flur hinunter zu Lucius' Schlafzimmer stapfte, fiel mir ein, dass der Mann vielleicht nicht so gesund war, wie ich dachte. Möglicherweise hatte er das Gefühl, der Krebs wäre zurückgekehrt.

Ich musste meinen Ärger beiseiteschieben, ihm aber trotzdem klarmachen, dass ich mich nicht herumschubsen ließ, wenn es um etwas Ernstes wie die Ehe ging.

Ich klopfte an seine Tür und fragte: „Kann ich reinkommen?"

„Ich habe dich erwartet", rief er.

Ich trat ein und fand ihn auf dem Sofa im Wohnzimmer seiner Suite. Er hatte eine Decke um seine Schultern gewickelt. Es erinnerte mich an die Art und Weise, wie er sich verhüllte, wenn er krank war. „Geht es dir gut?"

„Nein." Er bedeutete mir, Platz zu nehmen. „Ich bin mir sicher, dass mein Enkel dir alles über meine Forderungen erzählt hat."

„Ja. Und ich bin hier, um dich wissen zu lassen, dass ich ihn nicht heiraten werde." Ich klang selbst in meinen Ohren streng.

„Du liebst ihn, oder?", fragte er mich, bevor er hustete.

Der Husten machte mir Angst. Er hatte kein einziges Mal gehustet, seit der Tumor verschwunden war. „Das ist egal."

„Mir nicht." Er wischte sich mit einem weißen Handtuch das Gesicht ab. Ich erinnerte mich daran, dass er viel schwitzte, wenn er krank war. „Und er liebt dich. Ich weiß, dass er die Worte nicht ausspricht, aber du weißt, dass seine Handlungen etwas anderes besagen. Dieser Mann kümmert sich um dich, wie er sich noch nie um jemanden gekümmert hat. Manchmal können Menschen diese drei kleinen Worte einfach nicht sagen. Ich verstehe nicht genau, warum Ransom so ein Problem damit hat, aber es ist so. Du musst darüberstehen und einfach die Tatsache akzeptieren, dass Ransom dir nicht sagen wird, dass er dich liebt. Aber du wirst immer wissen, dass er es tut."

Es war mir inzwischen egal, ob Ransom mir sagte, dass er mich liebte, oder nicht. „Lucius, ich möchte nicht, dass er gezwungen wird, mich zu heiraten. Du musst das verstehen", flehte ich.

Seine hellblauen Augen wurden traurig, als er mich ansah. „Kleine Mama, wenn die Zeit nicht so flüchtig wäre, würde ich ihm sagen, dass er sich bei dir Zeit lassen kann. Aber sie vergeht schneller, als man sich vorstellen kann."

„Bitte, sprich nicht so. Es ist noch genug Zeit für Ransom, sich in mich zu verlieben und mich aus freien Stücken zu heiraten. Und ehrlich gesagt, Lucius, bin ich gar nicht bereit, irgendjemandes Ehefrau zu sein." Ich hatte noch nie zuvor das Bett mit einem Mann geteilt. Heiraten brachte allerlei Neues mit sich. Die Dinge zwischen Ransom und mir würden sich komplett ändern, wenn wir heirateten.

Lucius war aber beharrlich. „Es ist mein Geld. Und es ist meine Meinung, dass ihr beide einen Anstoß braucht. Du hast jetzt drei Kinder, an die du denken musst. Es geht nicht nur um dich. Hasse mich, wenn du willst, aber das Testament wird sich nicht wieder ändern, bis ihr beide verheiratet seid. Dann werdet ihr alle wieder darin aufgenommen. Sogar du, meine Liebe. Egal, was die Zukunft bringt, du wirst von jetzt an immer eine wohlhabende Frau sein – wenn du meinen Enkel heiratest, bevor die Babys kommen."

Trotz der in Aussicht gestellten Reichtümer kämpfte mein Stolz immer noch. „Ich kann das nicht tun, Lucius. Es tut mir leid."

Seine Worte kamen zu schnell: „Dann tut es mir auch leid."

KAPITEL SIEBENUNDZWANZIG

Ransom

Lubbock, Texas – 27. Dezember

Der ganze Vortag war schrecklich gewesen. Voller Schuldgefühle hatte ich mich von Aspen ferngehalten und mich in meinem Zimmer versteckt. Ich fand wenig oder gar keinen Schlaf und wusste, dass ich mit ihr alles wieder in Ordnung bringen musste. Und ich musste sie dazu bringen, mich zu heiraten.

Sie wollte Intimität mit mir, und ich hatte ihr das verweigert. Seit die Ehe wie ein Damoklesschwert über meinem Kopf schwebte, war alles außer Kontrolle geraten. Ich hatte keine andere Wahl. Mein Leben war dazu bestimmt, es mit Aspen zu verbringen. Ich musste einfach Hoffnung und ein gewisses Maß an Vertrauen haben, dass sie niemals einen Grund haben würde, mich so zu betrügen, wie meine Mutter es getan hatte.

Ich wusste gewisse Dinge über die Beziehung meiner Eltern. Mein Vater arbeitete hart und war nicht viel zu Hause. Die meiste Zeit verbrachte er unter der Woche in Houston oder

Dallas. Wir sahen ihn an den Wochenenden, das war so ziemlich alles.

Unsere Ehe musste nicht so sein. Ich würde sicherstellen, dass sie es nicht war. Ich genoss es, Zeit mit Aspen zu verbringen. Und ich wusste, dass ich näher daran war, sie zu lieben, als jemals bei irgendjemandem zuvor. Die Liebe würde kommen. Ich war mir dessen sicher.

Vielleicht würde Sex es beschleunigen. Vielleicht würde die Intimität, die mit Sex einhergeht, die Mauern um mein Herz einreißen und eine Öffnung für Aspen schaffen, durch die sie schlüpfen konnte.

Ich wusste, dass ich seit dem Tag, an dem wir uns kennengelernt hatten, dagegen ankämpfte. Aber jetzt musste ich es zulassen. Mein Großvater hatte mich zum Handeln gezwungen.

Und ich musste zugeben, dass mich die Aufregung wie ein rauschender Fluss durchflutete, als ich zu Aspens Zimmer ging. Die Sonne war noch nicht am Horizont aufgetaucht, als ich die Tür öffnete, ohne anzuklopfen.

Sie atmete gleichmäßig, während sie auf der Seite lag. Ihre dunklen Haare bedeckten ihr Gesicht und ich schob sie etwas zurück, um sie anzusehen. Sie rührte sich nur ein wenig und entspannte sich dann wieder.

Ich setzte mich hinter sie auf das Bett und wiegte sie in meinen Armen. Beim Einatmen ihres Duftes füllte sich mein Herz mit Verlangen. Ihr Körper fühlte sich natürlich und richtig in meinen Armen an.

Ich bewegte meine Hand über ihren Bauch und liebte seine Rundheit. Unsere Babys lagen schlafend in ihrem Mutterleib. Bei dem Gedanken daran wurde ich hart.

Diese Frau trug drei meiner Kinder unter dem Herzen, und trotzdem hatten wir uns noch nie geküsst oder geliebt. Das sollte sich ändern. Ich würde dafür sorgen.

Ich strich ihr Haar zurück und legte ihren Hals frei. Meine

Lippen streiften darüber, bis ich an ihr Ohr kam. „Aspen", flüsterte ich und küsste ihren Hals.

Als ich mit einer Hand ihren Arm streichelte, spürte ich, wie sie Gänsehaut bekam. „Mmmm", stöhnte sie.

Ich führte meine Hand zurück zu ihrem Bauch, machte langsame Bewegungen, ließ sie unter ihr Pyjama-Oberteil wandern und berührte ihre seidenglatte Haut. „Baby, wach auf", flüsterte ich und blies ihr ins Ohr.

Sie legte ihre Hand auf meine, die ihren ganzen Bauch erkundete. „Ransom?"

Ich lachte leise. „Wer sonst?" Ich küsste sie sanft und sinnlich auf die Wange und kam immer näher an ihren Mund.

Dann drückte sich ihre Hand auf ihre Lippen, als ihre Augen aufflogen. „Was machst du da?", murmelte sie.

„Ich will dich. Ich werde mich nicht länger zurückhalten." Ich zog ihre Hand von ihrem Mund. „Lass mich dich haben. Gib mir, was ich will, Aspen. Ich habe so lange gewartet und du auch."

Die Art und Weise, wie ihre Augen hin und her huschten, sagte mir, dass sie nicht sicher war, ob das überhaupt real war. „Meinst du Sex? Du willst Sex mit mir haben? Jetzt sofort?"

Ich rollte sie auf den Rücken und übersäte ihr Schlüsselbein mit Küssen. „Das ist, was ich meine." Ich schob ihr Oberteil hoch und sah auf ihren runden Bauch und die großen Brüste. „Oh Gott, Baby." Ich konnte mich nicht beherrschen. Ich musste sie kosten.

Ich presste meinen Mund auf eine Brust und spielte mit der anderen, während sie stöhnte. „Ransom ..."

Ich konnte nicht sprechen, als ich meine Zunge über ihre harte Brustwarze bewegte. Ich saugte daran und spürte, wie ihre ganze Brust hart wurde. Dann machte ich mir ein bisschen Sorgen, dass ich sie zu sehr stimulieren könnte und sie anfangen würde, Milch zu produzieren.

Ich löste mich von ihr und küsste mich zu ihrem Mund hoch. Ich wollte ihre vollen rosa Lippen küssen. Ihre Hände strichen durch mein Haar, als ich nur einen Moment in ihre Augen sah, bevor ich ihren Mund eroberte.

Ihre Zunge spielte mit meiner, während wir uns küssten. Mich quälte das Gefühl, so viel Zeit verschwendet zu haben. Ich hätte diesen süßen Mund schon seit Monaten küssen können, hatte mich aber von alten Wunden daran hindern lassen.

Sie zog ihre Beine hoch und beugte ihre Knie und ich ließ mich zwischen ihnen nieder und achtete darauf, unsere Babys nicht zu zerquetschen. Die Hitze zwischen ihren Beinen drang durch ihre Pyjamahose und meine Unterwäsche. Sie war heiß auf mich. Und ich war zuversichtlich, dass sie auch nass werden würde.

Ich musste mehr von ihr haben. Ich wollte jeden Zentimeter von ihr kosten. Mein Mund verließ ihren und ich begann, mich ihren Körper hinunter zu küssen. Als ich ihre Taille erreichte, nahm ich mir einen Moment Zeit, um ihr Oberteil zu entfernen. Sie wand sich dabei ein wenig und lehnte sich dann wieder auf die Kissen zurück. „Ich gehöre dir, Ransom. Zeig mir, was ich verpasst habe."

Mein Schwanz zuckte und ich stieg vom Bett, um meine Boxershorts auszuziehen. Ihre Augen waren auf meine gerichtet, bis die Unterwäsche zu meinen Füßen landete. Mein Schwanz war hart und ich musste über ihre Reaktion lächeln, als sie ihn sah.

Während ich ihn einmal streichelte, fragte ich: „Gefällt dir, was du siehst?"

Sie nickte und seufzte. „Ich hoffe, du schlägst keinem unserer Babys mit diesem Monster auf den Kopf."

Lachend packte ich ihre Hose und ihren Slip und zog sie ihr aus, sodass sie nackt auf dem Bett lag. „Ich denke, Mutter Natur hat das unmöglich gemacht, Baby."

„Ich hoffe es." Sie hielt die Arme weit geöffnet. „Also komm zu mir und setze meiner Jungfräulichkeit ein Ende."

Ich lachte wieder. „Warum legst du dich nicht einfach zurück und lässt dich von mir verzaubern?"

„Oder wir können es auf deine Weise machen." Sie machte es sich bequem. „Ich bin offen für alles, Baby."

„Es freut mich zu hören, dass es für dich keine Grenzen gibt." Ich kletterte auf das Bettende. „Jetzt möchte ich die Verlockung zwischen deinen Beinen probieren."

Ich beobachtete, wie sie die Bettlaken mit den Fäusten packte, als sie besorgt wurde. „Du willst", sie hielt inne, bevor sie flüsterte, „mich lecken?"

„Ich werde dich verschlingen, meine süße kleine Prinzessin." Ich spreizte ihre Beine weiter, zog ihre Knie höher und legte dann meine Hände auf die Innenseiten ihrer Oberschenkel, um sie auf diese Weise zu öffnen.

Sobald meine Lippen ihre bereits geschwollene Perle berührten, rief sie: „Oh Gott!"

Ich hoffte, dass sie das noch öfter sagen würde.

Der Gedanke, der einzige Mann zu sein, der seine Lippen jemals auf sie gelegt hatte, gab mir die härteste Erektion aller Zeiten. Und mein Appetit auf sie war überwältigend. Der Instinkt übernahm die Führung und meine Gedanken wurden leer.

Sie in einen Zustand der Erregung zu versetzen, den sie noch nie zuvor erlebt hatte, machte mich zu einem Tier, das sie zu seiner Gefährtin nahm – wie ein Wolf oder dergleichen.

Ich hatte nicht so Sex, wie ich es normalerweise tat. Mein ganzer Körper erwachte zum Leben. Ich bewegte mich wie ein Panther, der eine Schüssel süßer Milch ausleckte und sich bereitmachte, sich auf eine hilflose kleine Antilope zu stürzen.

Ihre Beine zogen sich zusammen, als sie ihren ersten Orgasmus hatte. Ihrem Schrei nach zu urteilen, musste er atemberaubend gewesen sein – es war der verführerischste Laut, den ich je gehört hatte.

Jetzt wollte ich, dass der nächste lustvolle Schrei direkt neben meinem Ohr landete, während ich sie in die Bewusstlosigkeit fickte. Das Mädchen holte mehr aus mir heraus, als ich in mir zu haben glaubte.

Ich bewegte mich ihren Körper hoch und stieß meinen schmerzenden Schwanz hart und schnell in sie. Sie schnappte nach Luft, während sich ihre Nägel in meinen Bizeps bohrten.

„Ransom!"

„Der schlimmste Teil ist vorbei, Baby." Ich küsste sie, als ich sie in Besitz nahm. Ihre Nägel waren scharf und mein Körper liebte den Schmerz, den sie ihm zufügte.

Endlich wurde mein Schwanz von ihrem süßen Zentrum umschlossen. Die Qualen waren vorbei und lagen hinter uns. Alles, was wir vor uns hatten, war eine verdammt fantastische Zukunft.

Ihr enges, kleines Zentrum machte es mir schwer, so lange durchzuhalten, wie ich es normalerweise tat. Und als sie ihre Beine um mich schlang und meinen Namen schrie, während ihre Wände um meinen Schwanz pulsierten, hatte ich keine andere Wahl, als ihr nachzugeben.

Während wir keuchend dalagen, durchdrang mein Gehirn den Nebel der Ekstase. Wir waren beide schweißgebadet und lächelten uns mit hämmernden Herzen an.

Ich strich feuchte Haarsträhnen aus ihrem Gesicht und sah ihr in die Augen. „Heirate mich, Aspen Dell, und mach mich zum glücklichsten Mann der Welt."

KAPITEL ACHTUNDZWANZIG

Aspen

Lubbock, Texas – 27. Dezember
Der Mann ist unglaublich!
„Du hast das getan, nur damit ich dich heirate, oder?" Ich schloss die Augen und drängte die Tränen zurück. Ich hatte mich noch nie so manipuliert gefühlt. „Verschwinde, Ransom!"

Er rollte sich von mir herunter und rief: „Was zum Teufel soll das, Aspen?" Er sprang vom Bett auf und überragte mich. „Bist du verrückt?"

Und jetzt nennt er mich auch noch verrückt!

„Ob ich verrückt bin?" Ich zog die Decke über meinen Körper. Ich hatte mich noch nie so entblößt gefühlt. „Du hast mir nur zu diesem Zweck meine Jungfräulichkeit genommen."

„Ich denke, jeder, der jemandem die Jungfräulichkeit nimmt, tut das zu einem bestimmten Zweck." Er hob seine Unterwäsche vom Boden auf und zog sie wieder an. „Aber wenn du glaubst, dass der Zweck darin bestand, dass du zu meinem zweiten Heiratsantrag Ja sagst, dann ist die Antwort Nein. Ich habe nicht nur deshalb mit dir geschlafen, um dich dazu zu bringen, Ja zu sagen."

„Warum dann?", fragte ich, als ich die Decke noch enger um mich zog. Da er Unterwäsche trug, fühlte ich mich nackt unter der Decke verletzlich.

„Weil ich es wollte!" Seine Arme flogen wieder in die Luft, als er mich gereizt ansah. „Du hast gewusst, dass ich dich wollte. Du hast gewusst, dass ich mich zurückhielt. Und du hast sogar gewusst, warum ich das tat. Also wollte ich mich nicht mehr zurückhalten. Ich weiß jetzt, mit wem ich meine Zukunft verbringen will. Es gibt einfach keine Gründe mehr, mich zurückzuhalten."

Irgendwo in meinem Kopf verstand ich ihn. Aber ich konnte nicht vergessen, dass sein Großvater entschieden hatte, dass wir heiraten sollten, nicht er selbst.

„Sag mal, Ransom, hast du jemals deine eigenen Entscheidungen getroffen? Wird dein Großvater für den Rest seines Lebens alle wichtigen Dinge für dich entscheiden? Er hat dich dazu gebracht, Kinder zu zeugen. Und jetzt bringt er dich dazu, eine Frau zu heiraten, die du nicht einmal liebst."

Die Art und Weise, wie er dort stand und auf den Boden starrte, sagte mir mehr, als Worte es konnten. Er war schwach und oberflächlich und nicht der Typ Mann, an den ich dachte, wenn ich mir einen Ehemann und Vater vorstellte.

Und je länger er dort stand und nichts sagte, desto leichter fiel es mir, eine Entscheidung zu treffen. „Ich habe keine Ahnung, warum ich dich liebe, aber ich tue es. Und wegen dieser Liebe, die ich für dich empfinde, mache ich das. Ich werde dich nicht heiraten. Ich werde niemals einen Mann heiraten, der sich von einem anderen sein ganzes Leben vorschreiben lässt. Die Tatsache, dass du mir die Jungfräulichkeit genommen und mich wieder gebeten hast, dich zu heiraten, mir aber nie gesagt hast, dass du mich liebst, löst bei mir Übelkeit aus."

So sehr ich Ransom die ganze Schuld daran geben wollte, musste ich meinen Teil davon akzeptieren. Ich hatte dem zugestimmt, was er wollte. Ich hatte mein Leben zurückgestellt, um seine Babys zu bekommen. Und das auch noch für Geld.

Ich ließ mein Gesicht in meine Hände fallen und weinte. Als ich wieder aufsah, war er weg.

Meine Schlafzimmertür war geschlossen und ich hatte ihn nicht einmal gehen hören. Außerdem hatte er kein Wort zu mir gesagt.

Ich konnte nur eines tun: Aus diesem Haus verschwinden.

Eine Stunde später hielt ich vor meiner alten Wohnung und war froh, dass ich meinen Teil der Rechnungen im Gegenzug dafür bezahlt hatte, mein Bett freizuhalten. Ich trat in die kleine Wohnung und sah mich um, da alle anderen bei der Arbeit waren.

Es gibt nicht einmal Platz für meine Babys an diesem Ort.

Ich musste über so viele Dinge nachdenken, so viele Maßnahmen ergreifen und versuchen, mit so viel Kummer fertig zu werden.

Ransom hatte seine Fehler, aber ich empfand dennoch Liebe für ihn, unsere Babys und seinen fehlgeleiteten, manchmal zu kontrollierenden Großvater.

Aber ich musste mich auch selbst lieben. Ich konnte mich nicht von diesen verrückten Männern beherrschen lassen.

Wie wäre das Leben, wenn Ransom und ich jedes Mal springen würden, wenn sein Großvater mir den Fingern schnippte?

Der Mann musste lernen, sich zurückzuhalten. Und er musste aufhören, sein riesiges Vermögen dazu zu benutzen, es drohend über die Köpfe anderer Menschen zu halten. Er hatte es sogar über die Köpfe unserer ungeborenen Babys gehalten, um Himmels Willen.

Da Ransom nie mit mir über seine Finanzen gesprochen

hatte, hatte ich keine Ahnung, ob der Mann eigenes Geld hatte. Aber ich wusste, dass ich, sobald die Babys auf der Welt waren und sechs Wochen vergangen waren, anfangen würde, meinen Lebenslauf zu verschicken und eine Stelle zu suchen, bei der ich meinen Studienabschluss nutzen konnte.

Ich hatte noch rund 47.000 Dollar auf meinem Bankkonnte. Mit dem Auto, dessen Papiere Ransom praktischerweise auf meinen Namen geändert hatte, konnte ich überallhin gelangen. Sein Großvater konnte mein Bankkonto und mein Auto nicht anrühren. Ransom und ich konnten es allein schaffen. Wir mussten dafür nicht das Geld seines Großvaters haben.

Und dann erinnerte ich mich an ein kleines Gespräch, bei dem Ransom und ich darüber geredet hatten, dass er den gleichen Abschluss wie ich hatte. Also konnte er sich auch einen Job suchen. Wir würden tun, was normale Leute taten, und die Kinder in einer Tagesstätte abgeben, während wir für ein Dach über dem Kopf und Essen auf dem Tisch arbeiteten.

Er tat so, als bräuchte man Milliarden von Dollar zum Leben. Ich wusste, dass man nicht so viel Geld haben musste, um ein gutes Leben zu führen.

Aber würde sich Ransom jemals gegen seinen Großvater stellen?

Das war die eigentliche Frage.

Würde er dem Mann jemals unmissverständlich sagen, dass er heiraten würde, wen er wollte? Wann er wollte und keine Minute früher?

Margo kam gerade herein, als ich mich auf die Couch setzte. „Was machst du hier, Aspen?"

Mein Mund öffnete sich, aber nur ein Schluchzen kam heraus. Margo beeilte sich, mich zu umarmen. „Ich habe Ransom verlassen!"

„Warum zur Hölle würdest du so etwas Dummes tun, Aspen?" Sie ließ mich los, um mein Gesicht anzusehen. Als sie sah, dass ich nicht annähernd fertig damit war, zu weinen, stand sie auf und kam mit einer Schachtel Taschentücher zurück. „Hier, wisch dir das Gesicht ab und lass uns dieser Sache auf den Grund gehen."

Ich brauchte ein paar Minuten, bevor ich mir schließlich die Nase putzte und die Tränen wegwischte. „Sein Großvater will Ransom dazu zwingen, mich zu heiraten, bevor die Babys geboren werden."

„Gut." Sie holte zwei Flaschen Wasser aus dem Kühlschrank. „Er sollte dich heiraten. Ihr habt schließlich den Lebensplan, diese Kinder zusammen großzuziehen. Und ihr habt eine verrückte Chemie, die ihr beide scheinbar zu ignorieren versucht. Vertrau mir, eines Tages wird einer von euch einen schwachen Moment haben und BUMM! Dann wird es sexy!"

„Das ist heute früh geschehen", klärte ich sie auf. „Und am Ende hat er mich gebeten, ihn zu heiraten. Kannst du das glauben? Der Mann hat Nerven."

Ihr Kopf fiel zur Seite, als ihre Kinnlade herunterklappte. Sie hätte fast die Wasserflaschen fallen lassen, die sie in der Hand hielt. „Das ist kein Scherz, oder?"

„Nein, das ist kein Scherz." Ich nahm eine Wasserflasche aus ihrer schlaffen Hand, bevor sie zu Boden fiel. „Ransom hatte heute Morgen die Unverschämtheit, in mein Schlafzimmer zu kommen und in mein Bett zu schlüpfen, während ich noch schlief. Er fing an, mich zu küssen und zu streicheln, und es machte mich so nass und erregt, dass ich sofort nachgab. Und es war so viel besser, als ich es mir je erträumt hätte."

Margo ließ sich auf den Sessel fallen und wirkte aus irgendeinem Grund ehrfürchtig. „Ja, ich wette, du warst wirklich überrascht davon, wie gut es war."

„Ja." Ich nahm einen Schluck Wasser, bevor ich hinzufügte: „Ich fühlte mich so verbunden mit ihm, Margo. Ich hätte nie gedacht, dass ich so empfinden kann. Noch mehr mit ihm verbunden als durch die Babys, die ich in mir trage. Als wären er und ich eine Person. Aber ich habe mich geirrt. Er hat meine Jungfräulichkeit nur genommen, um mich dazu zu bringen, das zu tun, was sein Großvater verlangt hat – ihn zu heiraten."

„Was für ein Bastard", sagte sie, aber in einem sarkastischen Ton. Sie beugte sich vor und stützte die Ellbogen auf die Knie. „Glaubst du, dass deine Hormone vielleicht einfach nur durcheinander sind und du zurzeit nicht bei Verstand bist?"

„Nein, das glaube ich nicht, Margo." Jetzt war ich es, die die Hände in die Luft warf. „Wie kann ich die Einzige sein, die es sieht? Ransom will mich nicht heiraten. Allein die Drohung seines Großvaters, ihn und seine Kinder aus dem Testament zu streichen, hat ihn dazu gebracht, mir einen Antrag zu machen. Ich denke, ich habe etwas Besseres verdient. Du etwa nicht?"

„Hier ist, was ich denke." Sie stellte die ungeöffnete Wasserflasche zwischen uns auf den Tisch. „Ransom hat seine Probleme. Du hast mir ein bisschen darüber erzählt, dass er seine Mutter mit anderen Männern gesehen hat."

„Bitte denk daran, Ransom niemals wissen zu lassen, dass ich das getan habe, Margo. Es würde ihn wirklich quälen, wenn er wüsste, dass ich jemandem etwas erzählt habe, das er jahrelang mit sich herumgetragen hat." Ich lehnte mich zurück und betete, dass ihr unser kleines Geheimnis nie wieder über die Lippen kommen würde.

„Natürlich, Aspen." Sie seufzte und fuhr dann fort: „Ransom hat also einen intuitiven Großvater. Er hat sich um Ransom gekümmert, seit er fünfzehn war. Er kennt Ransom bestimmt in- und auswendig. Er weiß, dass Ransom dieses Problem hat. Er weiß, wenn er nichts erzwingt, wird Ransom für den Rest seines Lebens einsam sein. Und er liebt seinen Enkel so sehr, dass er diese Forderungen stellt und ihn im Grunde erpresst, das zu tun, was für Männer in seinem Alter ziemlich normal ist."

„Genau." Ich war froh zu hören, dass sie die Situation so sah wie ich.

„Und du denkst nicht, dass Ransom diese kleinen Schubser braucht?", fragte sie.

Ich lachte. „Das sind keine kleinen Schubser, Margo. Das sind Stöße. Grobe, harte Stöße, die ihm sein Großvater versetzt. Und was hindert ihn daran, es immer wieder zu tun? Sagen wir, in einigen Jahren möchte Lucius, dass wir mehr Enkelkinder für ihn haben, und ändert das Testament wieder, um das zu bekommen, was er will?"

„Ich dachte, du hättest gesagt, du liebst seinen Großvater", sagte sie, während sie die Augenbrauen hob. „Vertraust du dem Mann nicht?"

Ich wusste nicht, was ich sagen sollte. Ich liebte Lucius – nicht unbedingt die Art und Weise, wie er sein Geld benutzte, um seinen Willen durchzusetzen, aber der Mann selbst war ziemlich liebenswert.

„Er ist fehlgeleitet, denke ich", war alles, was ich herausbrachte. „Im Grunde bin ich wütend auf Ransom, weil er nachgegeben hat. Sein Großvater hat ihm gesagt, wenn wir nicht verheiratet sind, bevor die Babys kommen, werden wir alle aus dem Testament ausgeschlossen. Also hat Ransom sich beeilt, mich zu bitten, ihn zu heiraten."

Margo kaute auf ihrer Unterlippe herum, während sie nachdachte. „Er hat sich wirklich beeilt, hm?"

„Ja, er hat mir gleich am nächsten Morgen alles erzählt und gesagt, wir sollten uns Eheringe besorgen und alles in die Wege leiten. Natürlich habe ich ihn gefragt, ob er mich liebt. Und er konnte mir nicht sagen, dass er es tut. Also sagte ich ihm, dass ich keinen Mann heiraten werde, der mich nicht liebt." Ich schlug meine Faust neben mir auf die Couch. „Warum müssen diese Männer alles so kompliziert machen?"

„Ich weiß nicht", antwortete sie auf meine rhetorische Frage.

„Vielleicht, weil sie reich und daran gewöhnt sind, ihre Interessen durchzusetzen."

Als einer der Drillinge mich trat, schaute ich auf meinen Bauch und mir wurde etwas klar. Sie würden genau wie die anderen Whitakers werden, wenn ich jetzt nicht anfing, etwas zu ändern.

Als mein Handy klingelte und ich sah, dass es Ransom war, leitete ich ihn direkt auf meine Mailbox um. „Ich muss gegenüber diesen Männern hart bleiben. Ich weiß, dass sie wahrscheinlich nie erwartet haben, dass jemand, der so jung und unerfahren ist wie ich, in ihre Welt kommt und sie auf den Kopf stellt. Mutter zu werden hat mich verändert. Genauso wie mit Ransom zu schlafen. Ich fühle mich mächtig, so als könnte ich die Regeln aufstellen, nach denen wir alle leben müssen."

„Du bist verrückt, Aspen." Margo schüttelte den Kopf. „Du kannst den alten Mann nicht dazu zwingen, irgendetwas zu tun. Ich habe vier Großeltern. Glaube mir, auf diesem Planeten gibt es niemanden, der störrischer ist als alte Leute."

„Was ist mit Müttern, die nur das Beste für ihre Kinder wollen?", fragte ich.

Margo nickte. „Die können auch ziemlich stur sein. Manchmal können sie so stur sein, dass sie nicht sehen, was für ihre Kinder *wirklich* das Beste ist. Zum Beispiel, ihren Vater zu heiraten, weil du ihn liebst und er dich liebt, und die Tatsache zu ignorieren, dass sonst noch jemand seine Finger im Spiel hat."

Leichter gesagt als getan. Sie führt nicht mein Leben.

KAPITEL NEUNUNDZWANZIG

Ransom

Lubbock, Texas – 28. Dezember

Ich ließ Aspen eine Nacht in Ruhe, um über alles nachzudenken. Ich war an ihrer alten Wohnung vorbeigefahren und hatte gesehen, dass sie in Sicherheit war. Dann ging ich nach Hause, um meinen Großvater zur Rede zu stellen.

Wenn er diese Bedingung nicht genannt hätte, wäre sie jetzt in meinen Armen zu Hause. Na ja, vielleicht nicht in meinen Armen, weil ich aufrichtig sein und zugeben musste, dass es sein Drängen auf eine Heirat war, das mich dazu gebracht hatte, mit ihr zu schlafen. Aber wer wusste das schon genau?

Ich stellte mich vor seine Sitzecke und konfrontierte ihn. „Ich will, dass du das in Ordnung bringst, Grandad. Sie ist weggegangen."

„Sie hat was getan?", fragte er verwirrt.

„Sie ist weggegangen", wiederholte ich. „Sie ist mehr als sauer und hat mir ein paar gemeine Dinge an den Kopf geworfen, aber ich muss ihr zustimmen. Ich war schwach und bin von dir herumgestoßen worden. Es ist Zeit, dass ich für mich einstehe und ein Mann bin. Die Frau, die meine Babys erwartet, ist wütend auf mich und hat unser Zuhause verlassen. Ich habe alles verloren und niemand ist schuld daran außer mir."

Er ließ den Kopf sinken. „Und mir."

„Nein. Es ist nicht deine Schuld. Ich muss hier die ganze Schuld auf mich nehmen." Ich setzte mich, als ich den Kummer in den Augen meines Großvaters sah. „Ich bin ein Mann. Ich hätte nicht zulassen dürfen, dass du mich mit deinem Geld erpresst. Ich habe einen Abschluss in Mineralöltechnik. Ich könnte schon seit Jahren bei unserer Ölfirma arbeiten und mein eigenes Geld verdienen. Das habe ich nicht getan. Ich habe mich amüsiert und sorglos gelebt. Und das ist meine Schuld, nicht deine. Du dachtest, du müsstest etwas Drastisches tun, um mich dazu zu bringen, endlich erwachsen zu werden. Und ich sage nicht, dass du dich geirrt hast. Du hattest recht damit." Es fühlte sich gut an, die Verantwortung für meine eigenen Handlungen zu übernehmen. Das hätte ich schon vor langer Zeit tun sollen.

„Ich hätte von Anfang an das Richtige machen müssen. Und als du mir sagtest, dass ich Aspen heiraten muss, bevor die Babys geboren werden, hätte ich dir sagen sollen, dass du dein Geld nehmen und es dir dort hinstecken kannst, wo die Sonne nicht scheint. Hauptsächlich deshalb, weil ich dieser Frau schon lange aus eigenem Antrieb einen Heiratsantrag hätte machen sollen."

„Also willst du sie jetzt heiraten?", fragte er mit einem Lächeln auf seinem Gesicht. „Wenn ich mein Testament wieder ändere und dich, sie und die Kinder einbeziehe, würdest du sie trotzdem bitten, dich zu heiraten, Ransom?"

„Ich werde sie so oder so bitten, mich zu heiraten. Streiche uns aus dem Testament oder lass uns drin, das ist mir egal. Ich heirate sie auf jeden Fall." Es war fantastisch, endlich ohne Zweifel zu wissen, was ich wirklich wollte.

Ich wollte, dass Aspen meine Frau war. Ich wollte, dass sie so lange bei mir war, wie Gott es zuließ. Und es war mir egal, ob wir hart für unsere Familie arbeiten mussten oder nicht.

Er stand auf, ging zu einem kleinen Schreibtisch und zog ein Blatt Papier heraus. „Das ist das überarbeitete Testament. Ich habe es noch nicht bei meinem Anwalt eingereicht. Das alte gilt noch – dasjenige, das ich vor ein paar Monaten gemacht habe, berücksichtigt die Babys, ihre Mutter und dich. Ich habe geblufft." Er zerriss das Papier in drei Teile, bevor er es in den Mülleimer warf. „Es tut mir leid. Kannst du ihr ausrichten, dass ich das gesagt habe? Ich bin ein sturer alter Mann, der seit Jahren keine Frau mehr hat, die ihm die Meinung sagt. Ich habe einen Fehler gemacht."

Ich klopfte meinem Großvater auf die Schulter und musste lächeln. „Entschuldigung angenommen. Und ich werde sie ihr ausrichten. Mir tut es auch leid, Grandad. Du hast alles richtig gemacht und dein Bestes gegeben, um mich dazu zu bringen, ebenfalls das Richtige zu tun. Es ist nicht deine Schuld. Und ich nehme an, es ist an der Zeit, ehrlich zu dir zu sein."

Soll ich das wirklich tun?

„Worüber, Ransom?", fragte er, als er zurückging, um Platz zu nehmen.

„Darüber, warum ich so war." Ich setzte mich neben ihn. „Als Kind habe ich Mom mit anderen Männern gesehen. Das ließ mich glauben, dass man Frauen nicht vertrauen kann. Deshalb habe ich mich bei Aspen so sehr zurückgehalten. Ich wusste, dass sie mir das Herz stehlen würde. Was ich nicht wusste, war, dass sie mir das antun konnte, ohne dass ich sie auch nur küsste. Sie hat es vor langer Zeit gestohlen. Die bedingungslose Liebe, die sie uns beiden schenkt und auch unseren

Kindern schenken wird, lässt sie in meinen Augen wie ein Engel wirken."

Er nickte. „Genau. Und es tut mir leid, dass du diese Seite deiner Mutter gesehen hast. Wir hatten keine Ahnung, dass du davon wusstest. Dein Vater wollte es geheim halten. Er und deine Mutter hatten ihre Probleme, aber sie hätten sich beide schrecklich gefühlt, wenn sie wüssten, dass du dir dessen schon immer bewusst warst."

Das überraschte mich. „Ich hätte irgendwann darüber sprechen sollen, was ich gesehen habe. Aber das war die Vergangenheit und jetzt ist die Gegenwart. Ich lasse Aspen eine Nacht in Frieden, um sich zu beruhigen. Sie hat jedes Recht, sauer auf uns beide zu sein. Und morgen ändere ich alles." Ich stand auf und ging in mein Zimmer, um an dem Plan für den nächsten Tag zu arbeiten. Ich wollte, dass alles perfekt für sie war.

Vor allem, weil ich alles so falsch gemacht hatte.

Ohne Aspen davon wissen zu lassen, erschien ich am nächsten Morgen mit einer Tüte Gebäck in der einen und einer kleinen schwarzen Schatulle in der anderen Hand vor ihrer Wohnung und klopfte an die Tür.

Margo öffnete und lächelte, als sie mich sah. „Bitte sag mir, dass du hier bist, um sie aufzuheitern."

„Ich werde mein Bestes geben." Ich hielt die Tüte hoch. „Kannst du den Inhalt so auf einem Teller anrichten, dass er köstlich aussieht?"

„Sicher", sagte sie, als sie mir die Tüte abnahm. „Komm rein. Sie ist im Badezimmer und zieht sich an."

Ich achtete darauf, leise zu reden, damit ich sie überraschen konnte. „Ich werde hier warten, bis sie rauskommt."

Margo fand einen hübschen, kleinen rosafarbenen Teller, auf den sie das Gebäck legte, bevor sie ihn auf den Couchtisch stellte. „Ich werde auch koffeinfreien Kaffee machen. Das wird ihr gefallen." Sie beeilte sich, es zu tun, und ich musste versuchen, nicht zu viel zu zappeln. Ich war nervös darüber, was ihre Antwort sein würde.

Ich hatte an einer Rede gearbeitet, von der ich dachte, dass sie funktionieren würde. Bei Aspen wusste ich nie genau, wie sie reagieren würde. Und jetzt, da ich wusste, dass sie wütend auf Grandad und mich war, konnte ich ihre Reaktion noch weniger abschätzen.

„Rieche ich Kaffee, Margo?", rief Aspen, bevor sie ins Wohnzimmer kam. „Du bist so fies. Du weißt, ich sehne mich nach dem Zeug, darf es aber nicht trinken."

Sie kam um die Ecke, strich ihr rosa Kleid glatt und sah nicht auf. Ihr Kopf fuhr erst hoch, als ich sagte: „Er ist koffeinfrei, Aspen."

„Ransom?" Ihre Augen verengten sich auf mich. „Ich möchte nicht mit dir reden."

„Das ist okay, weil ich reden werde." Ich stand auf, um ihre Hand zu nehmen und sie zu einem Stuhl zu ziehen. „Setze dich bitte. Du weißt, dass ich es hasse, wenn du zu lange stehst und deine Beine anschwellen."

„Ransom ...", sagte sie.

Ich legte einen Finger an ihre Lippen, als ich vor ihr auf ein Knie ging. „Still. Hör mir nur zu, Baby. In erster Linie möchte ich, dass du weißt, dass mein Großvater gebluft hat. Er hat sein Testament nicht geändert. Du, ich und die Babys sind alle gleichberechtigte Erben. Egal, ob du mich heiratest oder nicht. Du bist auch sein Blut. Und du musst mich nicht heiraten, um deinen Anteil zu bekommen."

Sie schluckte. „Ich bin eine Erbin?"

„Ja. Und du musst mich nicht heiraten, um dein Erbe zu bekommen." Ich nahm ihre linke Hand in meine. „Und jetzt möchte ich dir noch etwas sagen. Ich habe gestern den ganzen Tag und die ganze Nacht meine Seele erforscht und tief gegraben. Ich wollte dir das nicht sagen, bis ich wusste, dass es die Wahrheit ist."

Tränen traten in ihre Augen. „Ransom."

Ich schüttelte den Kopf und sah sie ernst an. „Still. Lass mich reden. Als ich in meinem Kopf und meinem Herzen herumwühlte, fand ich auf Schritt und Tritt dich. Du bist überall in mir, Aspen Dell. Du bist in meinem Kopf, in meinem Herzen und in meiner Seele. Es war, als wären wir eine Person, als wir uns liebten. Ich habe mich in meinem Leben noch nie so gefühlt. Du bist mein Anfang und mein Ende. Ich werde niemals wieder jemanden so lieben, wie ich dich liebe."

„Du liebst mich?", wimmerte sie, während Tränen über ihre Wangen liefen.

„Ja." Ich zog die schwarze Schatulle hervor und öffnete den Deckel. „Und ich möchte der Welt zeigen, wie sehr ich dich liebe." Ich brauchte eine Sekunde, um mich unter Kontrolle zu bringen, als sie so schön aussah, dass es mir den Atem raubte. „Aspen, das musst du nicht tun. Niemand wird dich jemals wieder dazu zwingen, irgendetwas zu tun. Alles, was du tust, wird aus deinem freien Willen geschehen. Ich frage dich also, ob du mich zum glücklichsten und dankbarsten Mann auf diesem Planeten machen und meine Frau werden willst. Und zwar wann immer *du* das möchtest."

Sie brachte mich aus dem Konzept, als sie fragte: „Auch wenn ich fünf Jahre warten will?"

Ich brauchte eine Minute, um zu sagen: „Auch wenn du fünf Jahre warten willst."

Sie lächelte, als sie die Tränen abwischte. „Auch wenn ich dich so schnell wie möglich heiraten will?"

Mein Herz machte einen Sprung und ich seufzte. „Auch wenn du mit unserem Privatjet nach Vegas fliegen und so schnell wie möglich heiraten willst. Ich will dich bei mir haben. Für immer und ewig. Aber ich möchte, dass du das auch willst."

„Für immer und ewig." Sie sah zur Decke. „Ich habe ihn gefunden, Daddy. Ich habe den richtigen Mann für mich gefunden. Du hast immer gesagt, ich würde es tun. Ich habe so lange gewartet und eines Tages fand ich einen Aushang mit seiner Telefonnummer darauf und rief ihn an. Und er bat mich, sein Baby zu bekommen. Und ich habe Ja gesagt. Was soll ich jetzt sagen, Dad?"

Margo stimmte ein, als sie Aspens verstorbenen Vater mit einer tiefen Stimme imitierte: „Sag Ja, Tochter."

Aspen und ich lachten und dann hielt sie mir ihren Ringfinger hin. „Er scheint auch zu denken, dass ich Mr. Right gefunden habe. Ich würde dich gerne heiraten, Ransom Whitaker. Je früher, desto besser."

Ich konnte die Tränen nicht aufhalten. Als ich den Verlobungsring auf ihren Finger schob, ließ ich ihnen freien Lauf. „Du hast keine Ahnung, wie sehr ich dich liebe, Aspen."

Sie legte ihre Arme um mich. „Und du hast keine Ahnung, wie sehr ich dich liebe, Ransom. Jetzt steigen wir in den Privatjet und tun es einfach. Es wird eine Freude sein, unsere Kinder als verheiratetes Paar auf die Welt zu bringen. Und ich glaube wirklich, dass Doktor Larson begeistert darüber sein wird, wenn sie die Babys besuchen kommt, bei deren Zeugung sie uns unterstützt hat."

Ich hatte keine Ahnung, wie überwältigt ich von ihrer Antwort sein würde. Als wäre gerade ein Blitz durch mich geschossen, wusste ich, dass mein Leben nie wieder so sein würde wie zuvor.

KAPITEL DREISSIG

Aspen

Lubbock, Texas – 12. Februar

Ich wusste seit drei Stunden, dass ich Wehen hatte. Die Kontraktionen lagen dreißig Minuten auseinander, aber sie waren stabil. Da in mir drei Babys waren, würde die Geburt etwas riskant sein. Außerdem waren sie einen Monat zu früh dran, aber die Ärztin sagte uns, dass dies in unserem Fall normal sei.

Der Grund, warum ich über den Beginn der Wehen den Mund hielt, war, dass wir bereits im Krankenhaus waren. Lucius musste einige Tests durchführen lassen, um herauszufinden, ob der Krebs zurückgekehrt war.

Keiner von uns wollte sich das vorstellen. Aber Lucius sagte, dass er sich oft müde fühlte und ihm kalt war. Zuerst wollte er nicht einmal zum Arzt gehen. Der störrische alte Mann hatte einfach nicht auf uns hören wollen.

Schließlich hatte ich an seine Menschlichkeit appelliert und ihm gesagt, dass seine Urenkel ihn kennenlernen wollten, wenn auch nur für kurze Zeit. Wenn er diese Schlacht noch einmal für sie schlug, wusste ich, dass sie ihn immer dafür lieben würden.

Nach ein paar Tagen, in denen er über all das nachgedacht hatte, vereinbarte Lucius einen Termin bei seinem Arzt. Wir brachten ihn zur Blutuntersuchung und man sagte uns, wir sollten in drei Tagen zurückkehren.

Also warteten wir jetzt vor dem Labor auf die Ergebnisse.

Da Lucius das Ganze bereits durchgemacht hatte, wusste er, was ihm bevorstand. Und er war nicht glücklich darüber.

Schmerz erfüllte meinen Körper und ich versuchte, ruhige Atemzüge zu machen, damit Ransom oder sein Großvater nichts bemerkten. Aber Ransom saß neben mir und hielt meine Hand. Sein Arm ruhte auf einer Seite meines Bauches. Er musste bei der Kontraktion sehr hart geworden sein. „Spürst du das, Baby?"

„Was?", fragte ich unschuldig.

Er legte seine Hand auf meinen riesigen Bauch. „Dein Bauch ist so hart wie Stein."

Ich legte auch meine Hand darauf. „Hm, das ist seltsam. Ich spüre nichts."

Seine blauen Augen durchdrangen meine und ich lächelte ihn an. „Wir sollten die Ergebnisse bald bekommen. Dann können wir gehen und vielleicht einen Spaziergang machen. Vielleicht muss ich nur meine Muskeln entspannen. Ich bin riesig, weißt du."

„Du bist wunderschön." Er küsste meine Lippen zärtlich. „Und ich liebe dich."

Sobald Ransom angefangen hatte, die drei Worte zu sagen, die er sein ganzes Leben lang wie die Pest gemieden hatte, sagte er sie ständig. Er erzählte seinem Großvater und mir öfter, dass er uns liebte, als wir ihm.

Mein Mann hatte seit unserer Hochzeit unglaubliche Fortschritte gemacht. Wir hatten noch am Tag seines Antrags geheiratet. Es war traumhaft. Er und ich nahmen alle meine alten Mitbewohnerinnen und seinen Großvater mit nach Vegas. Er kaufte ihnen hübsche Brautjungfernkleider und mir ein Hochzeitskleid. Dann liehen er und sein Großvater, der als Trauzeuge fungierte, Smokings und wir waren eine großartig aussehende Hochzeitsgesellschaft.

Meine Freundinnen waren noch nie so verwöhnt worden. Ransom bestand darauf, dass wir als Hochzeitsreise einen einwöchigen Urlaub dort machten. Und er stellte sicher, für alles zu bezahlen.

Es war das beste Hochzeitsgeschenk aller Zeiten. Ich musste ihn nicht einmal bitten, etwas zu tun. Ransom hatte sich das alles selbst ausgedacht.

In dieser Woche gewöhnte ich mich daran, seine Frau zu sein. Zusammen zu schlafen war herrlich. Neben ihm aufzuwachen war ein Traum. Zusammen zu baden war mehr als entspannend. Zusammen zu duschen war sündhaft sexy.

Ich wusste, dass unsere Ehe perfekt sein würde. Ein echtes Märchen. Ein nicht ganz jugendfreies Märchen, aber dennoch eines, bei dem es darum ging, dass die Liebe alle Widerstände überwand.

Als aus dem Labor eine Frau zu uns kam, machten wir uns alle auf das Schlimmste gefasst. „Folgen Sie mir bitte."

Lucius war ganz blass. „Okay, lasst uns das hinter uns bringen."

Wir flankierten ihn und ließen ihn unsere Liebe spüren, als wir alle zu seinem Arzt gingen. „Alles wird gut, Grandad", sagte Ransom zu ihm, als er seinen Arm um seine Schultern legte. „Was auch passiert, wir sind an deiner Seite."

Er tätschelte Ransoms Hand. „Danke. Ich weiß, dass ihr das seid."

Wir nahmen Platz, als sein Arzt die Testergebnisse verkündete. „Nun, Mr. Whitaker, Sie haben hier ein Problem, mit dem wir uns befassen müssen."

„Ich wusste es", kam seine bedrückte Antwort.

Ich lege meine Hand auf sein Knie. „Es ist in Ordnung. Wir sind bei dir. Du wirst niemals allein sein."

„Aber die Babys", wimmerte er. „Ihr werdet so beschäftigt mit ihnen sein."

Der Arzt räusperte sich. „Einen Moment. Ich hätte mich klarer ausdrücken sollen. Sie sind immer noch krebsfrei, Mr. Whitaker."

Lucius' Schultern strafften sich, als er sich aufsetzte. „Ach ja?"

Der Arzt nickte, als er die Papiere auf den Schreibtisch legte, damit wir sie sehen konnten. „Ja. Das Problem ist Ihr Testosteronspiegel. Er ist völlig aus dem Gleichgewicht geraten."

„Was zum Teufel bedeutet das?", fragte Lucius.

„Es bedeutet, dass wir Ihnen etwas Testosteron verabreichen müssen, mehr nicht", sagte der Arzt mit einem Lächeln. „Sie sind immer noch ein kerngesunder Mann. Sie können davon ausgehen, dass die Babys zu Kindern heranwachsen, bevor Sie uns verlassen."

Lucius schlug sich aufgeregt auf den Oberschenkel. „Ich kann mein Glück kaum fassen!"

Ransom lehnte sich zurück, sah mich an und verschränkte seine Finger mit meinen. Ich nahm seine Hand und konnte nicht aufhören zu lächeln. Dann hatte ich eine schreckliche Kontraktion und musste ihn loslassen, als ich mich vorbeugte.

Bevor ich mich versah, war ich von drei Männer mit besorgten Gesichtern umgeben. Aber keines war besorgter als das meines Mannes. „Du hast Wehen. Versuche nicht einmal, es zu leugnen."

Sobald der Schmerz nachließ, antwortete ich: „Ja, ich habe Wehen. Es ist noch früh. Ich wollte, dass dein Großvater zuerst seine Diagnose erhält, ohne sich um mich Sorgen zu machen. Und wir sind bereits im Krankenhaus, also wusste ich, dass ich jederzeit in Sicherheit war."

Ransom zog mich hoch. „Du hättest es wenigstens mir sagen können."

„Damit du dir Sorgen um ihn und um mich machst?" Ich warf meine Hände in die Luft. „Und um die Babys? Auf keinen Fall."

„Die Babys kommen heute?", fragte Lucius.

„Es scheint so." Ransom führte mich aus dem Raum. „Ich bringe sie auf die Entbindungsstation." Er sah den Arzt seines Großvaters an. „Rufen Sie bitte eine Krankenschwester, die Grandad alles gibt, was er braucht. Ich möchte, dass es ihm so bald wie möglich besser geht. Er muss Baby Lucius in den Armen halten, wenn es geboren wird."

Lucius stoppte mich, indem er mich am Arm packte. „Heißt das, dass ich dabei sein kann, wenn die Babys kommen, kleine Mama?"

Ich lächelte ihn an, da er erwähnt hatte, dass er dabei sein wollte. Meine Ärztin und ich hatten uns also etwas ausgedacht. „Wir haben Änderungen an dem Kreißsaal vorgenommen, in dem wir sein werden. Dein Geld wirkt Wunder."

Ransom wollte keine Zeit verschwenden. „Komm schon, sag ihm das auf dem Weg nach oben, Aspen. Ich will, dass du so schnell wie möglich mit Monitoren neben dir im Bett liegst."

Ich verdrehte die Augen und fuhr fort: „Er wird während der Geburt furchtbar herrisch sein, ich weiß es einfach. Wie auch immer, Lucius, wir haben alles vorbereitet. Es gibt dieses Wäscheleine-Ding mit einem Laken, das verhindert, dass du die ekligen Sachen siehst. Aber du wirst live dabei sein. Und wenn die Babys geboren werden, wirst du sie gleichzeitig mit uns sehen."

„Wie viel hast du für die Wäscheleine und das Bettlaken bezahlt?", fragte Lucius mit einem Stirnrunzeln.

Ransom drückte den Knopf am Fahrstuhl. „Zehn Dollar."

„Alles Geld der Welt und du hast so eine Idee, Aspen? Ich sage dir, du hast ein Talent zum Sparen, Mädchen." Lucius klopfte mir auf den Arm, als wir den Aufzug betraten.

Auch als Erbin eines Milliardenunternehmens würde ich nie vergessen, wo ich herkam. „Das ist einfach meine Art."

Nur ein paar Stunden später befanden sich meine Beine in Steigbügeln und ich schwitzte stark, als mich eine Kontraktion nach der anderen traf. Ransom war so rot im Gesicht wie ich, als er jedes Mal die Sekunden zählte und meine Hand hielt, während ich seine fest drückte.

Die Krankschwester schüttelte den Kopf, als sie meine Werte sah. „Das war heftig. Sind Sie sicher, dass Sie keine Epiduralanästhesie wollen?"

Ich holte tief Luft und sagte zu ihr: „Ich möchte alles spüren. Ich habe die Babys nicht auf die altmodische Art und Weise gemacht, aber ich möchte sie so auf die Welt bringen."

Ich wusste, dass mich niemand verstand. Warum sollten sie auch? Nicht viele Jungfrauen hatten sich je dazu entschieden, so schwanger zu werden wie ich. Nicht, wenn sie einen absolut leistungsfähigen Mann hatten, der ein Baby wollte.

Seltsamerweise machte das Warten auf Ransom alles noch süßer, als ich ihn schließlich bekam. Er hatte mein Herz erobert, ohne dass ich es wusste. Die Liebe, die ich für ihn empfand, wuchs unmerklich.

Wenn etwas langsam passiert, neigt es dazu, tiefere Spuren zu hinterlassen, als wenn es schnell geschieht. Zumindest dachte ich das.

Die Geburt dauerte neunzehn Stunden. Eine lange Zeit. Zeit genug für mich, alles in meinem Herzen, meiner Seele und meinem Geist zu erleben. Meine Liebe zu den Kindern würde immer weiter wachsen, aber sie war bereits tief und aufrichtig.

Elijah kam als Erster. Ransom wartete direkt neben mir, hielt meine Hand und litt mit, als ich den vier Pfund schweren Jungen in die Welt beförderte.

Sein Schrei war schrill und laut und Lucius rief: „Meine Güte, er wird ein starker Junge werden!"

Ich verliebte mich in den kleinen dunkelhaarigen Jungen, sobald ich ihn sah. „Er sieht aus wie sein Vater. Ich liebe dich, Elijah."

„Daddy liebt dich auch, Sohn", sagte Ransom. „Oh Gott. Das fühlte sich so komisch an, das zu sagen." Dann strahlte er stolz. „Ich habe einen Sohn!"

„Du hast sogar zwei", erinnerte ich ihn.

Die Wehen ließen nur wenige Minuten nach. Dann kehrten sie mit aller Macht zurück. „Ah! Jetzt geht das schon wieder los. Ich frage mich, wer als Nächstes dran ist."

Zehn Minuten später kam unsere kleine Prinzessin Arian. „Mama liebt dich, kleines Mädchen", rief ich schwach. Die Zeit und der Schmerz setzten mir zu.

Ransom konnte es sehen. Er küsste meine Stirn. „Nur noch einer, kleine Mama."

Ich hätte nicht gedacht, dass ich es noch einmal tun könnte. Es war zu viel. Ich hatte keine Kraft mehr. „Ransom, ich glaube nicht, dass ich noch mehr pressen kann. Ich bin erschöpft."

Im nächsten Moment erschien Lucius' Kopf über dem Laken, das uns trennte. „Kleine Mama, ich weiß, dass du Schmerzen hast. Ich weiß, dass du müde bist. Und ich weiß, dass ich mir nicht einmal vorstellen kann, wie schlimm es ist. Aber ich weiß auch, dass du eine Kämpferin bist. Du bist stark und wirst das schaffen. Ich glaube an dich."

Mit der Unterstützung meiner ganzen Familie gab ich noch einmal alles und drei Minuten später schrie der kleine Lucius aus Leibeskräften. Bald würden wir unsere drei Babys nach Hause bringen.

Ein Zuhause, das wir alle zu einem glücklichen Heim machen würden. Wir hatten unser Happy End gefunden und jeder von uns würde es für immer wie einen Schatz in seinem Herzen bewahren.

ENDE

MELDE DICH AN, UM KOSTENLOSE BÜCHER ZU ERHALTEN

Möchtest Du gern Eifersucht und andere Liebesromane kostenlos lesen?

Tragen Sie sich für den Jessica Fox Newsletter ein und erhalten Sie ein KOSTENLOSES Buch exklusiv für Abonnenten indem Du diesen Link in deinem Browser eingibst:

https://www.steamyromance.info/kostenlose-b%C3%BCcher-und-h%C3%B6rb%C3%BCcher/

Eifersucht: Ein Milliardär Bad Boy Liebesroman

Neue Liebe entsteht, aber auch eine Eifersucht, die sie zu zerstören droht.
    Ich habe meine winzige Heimatstadt und ihre Einschränkungen hinter mir gelassen. Dann erschien ein bekanntes Gesicht in der Bar, in der ich arbeite, und brachte mich wieder dorthin zurück, wo ich angefangen hatte ...

https://www.steamyromance.info/kostenlose-b%C3%BCcher-und-h%C3%B6rb%C3%BCcher/

Du erhältst ebenso KOSTENLOSE Romanzen-Hörbücher, wenn Du Dich anmeldest

© Copyright 2020 Jessica Fox Verlag - Alle Rechte vorbehalten.
Das Werk, einschließlich aller seiner Teile, ist urheberrechtlich geschützt. Jede Verwertung ist ohne Zustimmung des Verlages und des Autors unzulässig. Dies gilt insbesondere für die elektronische oder sonstige Vervielfältigung. Alle Rechte vorbehalten.
Der Autor behält alle Rechte, die nicht an den Verlag übertragen wurden.

❦ Erstellt mit Vellum

www.ingramcontent.com/pod-product-compliance
Lightning Source LLC
LaVergne TN
LVHW021659060526
838200LV00050B/2421